MAHOH
LIBRO II

Gabriel Capitán

Título original: MAHOH - La Leyenda Indígena, 2017

Título de reedición del autor formato bolsillo: Saga MAHOH - Libro II, 2024

© 2017 Gabriel Capitán, autor

© 2022 María del Mar López Ruiz, pintura al óleo de ilustración de portada

© 2022 Celibell, fotografía de autor

© 2024 Ana Fernández Viña, corrección de texto

© 2023 Kike Campillo, diseño de cubierta

© 2024 GC Books, reedición de autor

Con la compra de este libro apoyas a los autores independientes. Igualmente, al adquirir una edición oficial autorizada por el autor, a través de una empresa legal con reconocimiento profesional a nivel mundial y que ha confiado en los escritores independientes, apoyas el resguardo del *copyright*, permitiéndoles llegar a todos los rincones del planeta con la distribución de sus obras: libros confeccionados con materiales de buena calidad, clara impresión en cubierta e interior, precios económicos y fiabilidad en su entrega. Gracias por respetar el esfuerzo desempeñado en este trabajo y no reproducir o distribuir, sin autorización, esta obra o fragmentos de ella. Respetándonos, ayudas a que sigamos publicando con la ilusión de llegar a ti.

Depósito Legal: SE-851-17

Escrito en España - Written in Spain

MAHOH
LIBRO II
Gabriel Capitán

LIBRO II

© 2022 María del Mar López Ruiz, pintura al óleo de ilustración de portada

Agradecimientos:

A Ana Fernández Viña, mi ángel del verbo que alienta y mejora mis textos puliendo mi estilo.

A la artista María del Mar López Ruiz por sus pinturas.

Al enigmático y distinguido doctor Edoardo Zeloni Magelli, por su amistad y sabias perlas de sabiduría.

Gabriel Capitán

España, Madrid, 1978.

Estudié reporterismo gráfico y realización de documentales. Desarrollé mis primeros trabajos en productoras de televisión, como *freelance*. Con la intención de llegar a ser reportero de guerra, ingresé al servicio militar, continué como soldado de Infantería de Marina y Operaciones Especiales (UOE), desde donde fui reclutado para formar parte del CNI, dedicando así mi vida a la seguridad del ciudadano. Tras más de veinte años en activo, me vi retirado al sufrir un grave daño medular durante el desempeño de mis funciones. Mi ocupación, desde ese momento y hasta la actualidad, ha sido tratar de no sucumbir a las duras secuelas, realizar una intensa auto-rehabilitación física y mental, evadiéndome de los problemas gracias a la escritura, la naturaleza y la música, para dar un nuevo sentido a mi vida.

Autor de la controvertida novela *El mal menor*, con varios proyectos literarios iniciados y otros terminados en fase de publicación —como esta saga *MAHOH*, integrada por cuatro volúmenes—, además de cartas, cuentos, relatos cortos y reflexiones en mis redes sociales.

Gracias por confiar.

Web: gabrielcapitan.com
Facebook: Gabriel Capitán
Instagram: @capitandepalabra

- 10 -

Prólogo

D. Pedro Carreño Fuentes, historiador majorero, nacido en el municipio de la Oliva, en la isla de Fuerteventura, en el año de 1955.

Es uno de los actores principales en la conservación activa del patrimonio cultural e histórico de Fuerteventura.

Fue en esos avatares de la vida y de la historia por los que nos cruzamos en el camino, quizás guiados por la búsqueda de lo auténtico o tal vez por lo sublime y por qué no, por lo eterno; fue así, en las cuevas del volcán de La Oliva donde coincidí con Gabriel; un personaje afín y de palabras pocas, pero cautivadoras, y del que te atreves a pensar y, sientes la tentación interior, de creerte que con él has convivido toda tu vida.

Escucharle nos lleva a disfrutar de esos momentos únicos que nos ofrece la vida, a veces son la voz del poeta, otras la del caminante o la del artista tal vez, y tantas otras la voz del amigo.

Gabriel es devoción, autenticidad, virtud, lealtad, honestidad, y otras cosas más, y así es y eso significa. Les invito, amigos lectores, que de igual forma que yo encontré todo esto en sus palabras, ustedes también puedan hallar en Mahoh II sus mensajes y testimonios que les permitan mirar hacia nuestra historia por el camino de lo eminente, sencillo y cotidiano, como sencillas y cotidianas son sus palabras y sus reflexiones.

Así pues, sin miedo a equivocarme, puedo decir que estamos ante una de las narraciones más extraordinarias escritas sobre Fuerteventura y su historia, su vida y su paisaje, de la mano de mi amigo escritor.

Decía el filósofo danés Soren Kierkegard que la vida sólo puede ser comprendida hacia atrás, pero únicamente puede ser vivida hacia delante, y esto es lo que, en gran media, el escritor en este caso nos trata de hacer ver con su relato sobre el pasado y sobre el devenir en esta tierra. Un relato en el que el autor entra a tropel en un contexto histórico de mano de unos personajes que, con sus miedos y sus ilusiones, con su sentir y sobre todo con su aspecto humano y generoso, nos hace revivir episodios de nuestro pasado, dando rienda suelta a la imaginación literaria que nos brinda la oportunidad de ir más allá, y que, al acompañarnos sosegadamente, nos dispone a descubrir la belleza y el encanto, no solo de su historia, sino también el de otros valores de esta isla majorera, donde hasta el silencio es música.

Él, que da vida a las emociones y sufrimientos de estos personajes henchidos de tantas leyendas, tiene la aquiescencia para introducirse en sus aspectos más íntimos que acaban provocando sentimientos en los lectores que acompaña; unas veces llorando y otras veces en total complicidad y convención fidedigna. La recreación de las escenas en sus lugares de origen, que Gabriel domina con conocimiento y acierto, es toda una composición casi poética a las vivencias de los personajes.

Este libro es todo un homenaje a aquellas gentes —nuestros antepasados—, que les tocó vivir ese momento histórico, sin más voluntad que recorrer con ellos un camino tenso, y demasiado frío muchas veces, o aquellos otros de jolgorio y algarabía que nos relata el autor, que también resulta un guiño a la paz y a los valores universales. Son ellos los protagonistas de la historia que ahora se forja en leyenda.

Gabriel, que conversa con la historia misma, que trajina apresuradamente en los relatos; que recala con sus personajes en unos escenarios muy variados, siempre expuestos a la lucha por la vida y defensa de los valores colectivos, tiene todo el derecho a tomar las licencias necesarias, que luego acaba recreando y sesgando, en astucia y emotividad.

Y así, vemos como en estas páginas se despliega ante nosotros un fragmento de una parte decisiva de la historia de Fuerteventura, de esta tierra colmada de encanto y misterio —allá donde las haya—, y al hojearlas, nos adentramos en un mundo fascinante a través de los tiempos, donde los ecos del pasado se entrelazan con el devenir del presente para revelar los secretos y las hazañas que han forjado el alma de esta tierra. Porque Fuerteventura, con sus montañas suaves y onduladas, sus barrancos y su lomas tostadas y calcinadas por un calor denso, de colores ocres y sienas, de paisajes de dunas y de un mar intenso de azul turquesa, es mucho más que un destino turístico de sol y playa: es un tesoro patrimonial y cultural que bien merece ser descubierto y celebrado.

En esta narración, su autor nos brinda la oportunidad de adentrarnos pues en las leyendas de antaño, de conocer a sus habitantes ancestrales y de entender las vicisitudes y triunfos que han marcado su devenir, desde los tiempos pretéritos en que llegaron a sus costas los primeros habitantes, hasta los avatares de la conquista, la colonización y la evolución moderna. Cada episodio que se narra en estas páginas es un testimonio vivo de la riqueza y diversidad de Fuerteventura, donde su historia cobra vida, los personajes se vuelven cercanos y el lector se sumerge en una tierra sin igual.

Por tanto, que este libro sea no solo un compendio de hechos y fechas, sino también ese reconocimiento a la memoria colectiva de Fuerteventura, a sus tradiciones y leyendas arraigadas que han resistido el paso de los siglos. Que esto nos sirva para amar, apreciar y preservar la historia única de esta isla extraordinaria.

Adéntrate pues, amigo lector, con curiosidad y asombro en las páginas que siguen, y déjate envolver por la magia y el poder evocador que desvelan de esta isla; que sea tu aval a un viaje inolvidable a través de los siglos, un viaje que te llevará a descubrir los tesoros ocultos de esta tierra que nunca deja de sorprender. Ello te va a permitir conocer sus extraordinarias leyendas y misterios, sus paisajes áridos y a su gente acogedora, tejiendo una trama fascinante que se entrecruza con las vivencias de antaño.

Mahoh nos invita a un recorrido que nos transporta en el tiempo, desde la llegada de los primeros pobladores. Gabriel nos descubre cómo las huellas de la cultura aborigen dejaron una profunda marca en la identidad de la isla, y cómo las vicisitudes moldearon su destino hasta convertirla en el tesoro que es hoy en día. En Mahoh cada página es un testimonio vibrante de su riqueza cultural y natural, una distinción a sus raíces y a la fuerza de su espíritu indomable, donde hasta Unamuno —que no sólo descubrió su alma, sino que se nutrió y bebió de su espíritu— de su sed sintió su eterno hechizo. Y es que la vida no se mide en tiempos, sino en momentos mágicos; dejémonos pues cautivar por la magia de Fuerteventura, de su luz y su color, y por la pasión con la que Gabriel Capitán ha sabido plasmar la esencia de esta tierra en cada estrofa de su relato con metáforas y alegorías, haciendo suyo el dicho de que Fuerteventura no se ve, sino se siente, y en este caso se lee.

Que este libro sea un faro que ilumine el conocimiento sobre nuestra tierra, y que inspire, tanto a las actuales como a las futuras generaciones, para amar y preservar su idiosincrasia y su esencia misma.

Bienvenidos pues a este viaje sorprendente por la historia de Fuerteventura, donde el pasado y el presente se entrelazan en un abrazo bajo el sol eterno de estas tierras, tan etéreas como franciscanas. Gracias por ello, amigo.

Pedro Carreño.

Índice

VIII. El fantasma (1396)
IX. Maday
X. Preparativos (1402)
XI. Juan
XII. Cádiz-Sevilla, Rey de Castilla
XIII. Descarnada Sevilla
XIV. Sevilla-Cádiz
XV. Cádiz-La Inmensidad

VIII
El fantasma

Año de nuestro Señor de 1396.
Grainville-la-Teinturière, región de Normandía.

Le Verrier ya no era ese joven religioso e inmaduro. Por aquel entonces residía endurecido bajo una pesada losa de recuerdos dolorosos, de masacres, de rostros corrompidos por la ira, de una muerte en descomposición; de todo un calvario de úlceras propias punzándolo con turbadoras visiones sin describir, de la mano de su caótico destino en inesperados momentos. Ciertos olores, ecos, texturas sobrantes de la realidad, con las inmundicias habidas en el oscuro recuerdo de un apartado lugar de África, remoto escenario de aquella batalla rememorada en imágenes confusas compungiendo su alma, exorcizadas cada vez que sus ojos veían despellejar o eviscerar animales para comer.

Se limpió la boca en un señero movimiento del puño, de los restos de salsa de pasas y piñones que maridaba el suculento pato acabado de degustar, invitado a la mesa por su señor de Betancourt, algo ya habitual en los seis años como *pater* en la villa.

La gran chimenea encendida, presidiendo esa sala del castillo, y su relajante crepitar, atemperaban con calidez un ambiente frío y distante. Confortable. Allí se profesaba uno a gusto. Podía escuchar cómo al otro lado de las cristaleras esmeriladas una fuerte lluvia golpeaba sin piedad cual cántaros. Hacía días que no cesaba de caer agua; desbordándose ya el cauce normal del río Durdent, anegando muchas tierras de cultivo. Estaba al corriente del hastío que los campesinos acumulaban en su haber, acrecentado ahora por esas incesantes tormentas, fermentando una tierra trabajada y echando a perder la última de las malas cosechas que venían arrastrando en ese año. Para muchos de los vasallos del señorío el hambre era una sensación de dolor compitiendo con la desesperanza diaria. Sus oraciones no eran suficientes, no bastaban. Que la fe no daba de comer a sus hijos, escuchó de alguno con prudencia. El padre Jean Le Verrier dio cobijo durante esa semana a algunos aldeanos que pedían refugio en la iglesia a causa de las inclemencias del tiempo, de la falta de pan y de la necesidad espiritual de encontrar, en ese lugar sagrado, algo de esperanza.

A pesar de ello, él permanecía en ese instante en el castillo, bajo la protección de gruesos muros y recios techos sin goteras; sobrado de lujos culinarios en esa noble mesa cuando, extramuros, sus parroquianos andaban angustiados. Pese a ello no iba a desaprovechar la oportunidad de comer y beber. En sus años de responsabilidad como pastor de la parroquia, tras la marcha del padre Remy, había aprendido a no sentirse culpable, a no nadar a contracorriente y, a la vez, a moderar sus valoraciones personales sobre estos asuntos. Además, en caso de no comérselo, el señor daría las sobras a sus perros, a quienes trataba con más afecto que a cualquiera de sus feudatarios hambrientos. «Mejor yo que los canes», sentenciaba en pensamiento y obra.

En más de una ocasión tras tomar el cargo osó medir voluntades con las de su señor; no obstante, tras desapacibles encuentros, había trabajado la capacidad de mostrar algo de hipocresía hacia él. El señor, en cierta medida, despertaba en él una sensación de compasión inquietante, pues reconocía en Betancourt ciertas similitudes con propias e íntimas conductas suyas que él mismo era incapaz de llevar a la práctica dada la alta estima por su propia moral. Actos que su señor practicaba por costumbre, con satisfacción y sin ningún complejo: él podía realizarlos por su condición. Muchas otras conductas le resultaban totalmente opuestas a su forma de ser. Una de ellas, la de mayor motivo de fricción entre estos dos hombres, era la mano dura con la que manejaba señorío y negocios. Motivo suficiente para que, año tras año, sus gastos fueran mayores que sus rentas. Algo que ese hombre tan testarudo, era incapaz de entender por su desmedido orgullo, rememoraba el *Pater*.

Hacía tiempo que no discutían gracias a la cualidad recientemente adquirida por Jean Le Verrier que, afortunadamente, proveía a su favor sin llegar al enfrentamiento. Simplemente aprendió a ser más paciente, cauto, a dejar que las cosas cayeran por su propio peso, «a hacer el bien en lugar de combatir el mal», como síntesis propia de uno de sus evangelios predilectos. Le Verrier le confiaba todo a Dios y este siempre le respondía, más tarde o más temprano respondía de una forma u otra. Y el tiempo transcurrido esperando esas respuestas era, para él, la verdadera definición de la fe y así se lo revelaba a sus feligreses en los malos momentos, tal cual estaban siendo aquellos.

Por su parte, Betancourt aprovechaba los pequeños banquetes compartidos para obtener información sobre sus feudatarios y tomar el pulso al ambiente de la villa. Un mundo tan cercano a pocas varas de distancia fuera de esos muros, como lejano en casta y clase en el que, por su condición de noble, ni se movía ni tenía intención de hacerlo. Gustaba de conocer la opinión del pastor en asuntos relativos a la Casa de Betancourt que a él le interesasen, al tanto de que ni lo adulaba ni era hombre de dar razones a la ligera —formas propias del resto de lisonjeros que lo rodeaban—. Ya creía conocer bien a Le Verrier tras años departiendo con él e intuía que, como mínimo, se mostraría sincero si era preguntado: uno de esos hombres íntegros que todavía quedaban, poseedor de extrañas virtudes decaídas en esa Francia corrompida —llegó a asegurar de él en público—. Y no se equivocaba, la sutil hipocresía del padre Jean Le Verrier no había cambiado ese aspecto de su carácter.

Betancourt descorchó una botella con los dientes escuchándose en la estancia el seco vacío de un buen sellado, y sirvió a continuación un par de copas con el oscuro brebaje. Ilustrando audaz añadió:

—¡Probad este magnífico Brandy normando, Padre!

Le Verrier observó a su señor más afable que de costumbre, como si en su cabeza rondase algo a confesar. Parecía un chiquillo sin poder disfrutar de la suerte a la hora de exponer a su progenitor alguna contrariedad, dando vueltas sin sentido por la estancia copa en mano, bajo el fingido rostro de una fiera amansada.

Precavido, aunque consciente de no tener cuentas pendientes con el señor, Le Verrier se limitó a disfrutar de las sensaciones proporcionadas por ese licor en el paladar, mientras aquel continuaba absorto en lentos pasos reflexivos. Todo un privilegio poder catar ese licor según estaban las cosas fuera. Qué fácil sería acostumbrarse a esa vida y en qué clase de cínico se convertiría, maduraba. Le venían a la mente, en concreto, algunos religiosos viciados con facilidad en las mieles de pecados capitales, sucumbiendo ante ese estilo de agasajos para comprar sus voluntades.

—*Pater*, cuando estuvisteis en Génova años ha, tal que yo lo estuve, ¿escuchasteis hablar de las islas de Canaria? ¿Las Afortunadas? —aclaró al fin sentándose reclinado sobre el brazo en forma de león del que disponía una butaca cercana, acercándosele, como escudriñando su gesto con la mirada clavada en él.

—Creo al menos haber oído hablar de ellas, mi señor... creo que sí. Recuerdo parlamentar sobre esas ínsulas, pero no podría concretaros —dijo tratando de refrescar las dudas en su memoria mientras humedecía los labios una vez más en la copa que retenía en su mano.

—Bien, yo sí escuché sobre ellas y me interesé por esos relatos de aventurados marinos. Tengo en mente una empresa. Una locura tal vez, ya conocéis mi espíritu audaz y aventurero. —Le Verrier escuchaba cómo el señor se describía a sí mismo sin ningún pudor. Esos detalles le causaban tal vez mayor compasión por él, era como un niño consentido—. Sé que han sido frecuentadas —continuó el señor— por mallorquines, genoveses y otros más, para nutrir los mercados de esclavos, sobre todo en los reinos españoles de Castilla y Aragón, muy aficionados a ello. Esas islas no pertenecen a nadie, no han sido conquistadas aún, ¿me entendéis, Padre?

Le Verrier asintió casi obligado o quizá llevado por la soltura conferida por ese licor —un efecto, sin duda, buscado por el señor— y devolvió la pregunta, tal vez, de manera impertinente, sin apenas meditarla:

—¿Y pretendéis conquistarlas vos, mi señor? —dijo mutando su sonrisa cómplice a una mueca algo más seria, tras ser consciente de la implicación en el fondo de lo expresado, del riesgo de su apuesta verbal.

Aquellas palabras podrían llegar a ser malinterpretadas. Betancourt era propenso a lo inesperado, por lo que aguardó durante unos segundos cualquier reacción. Pero no fue así, también el alcohol había atenuado la naturaleza de su señor.

—No. ¡Hum!, pudiera ser… Eso sería harina de otro costal. Escuchadme bien: los comerciantes se equivocan con los esclavos. Sí… —perdiendo la mirada en el vacío, reflexivo—. Un genovés me señaló que allí vio extensas alfombras de orchilla.

Al apreciar la extrañeza en el rostro de Le Verrier por aquella novedosa palabra, aclaró:

—Sí, Padre, la orchilla es una especie de musgo seco que crece en las rocas de por allí y que, según relató ese comerciante y yo mismo me encargué de comprobar, vale su peso en oro en los mercados de telas de Florencia. Se utiliza para obtener el más pulcro y preciado color púrpura, como de ninguna otra manera se puede conseguir. Me dijo que, por esa razón de peso, aquellas ínsulas fueron llamadas Purpúreas por los antiguos. Hay una mina de oro allí, Padre. Los antiguos han estado viajando a aquellas zonas del Mediodía durante cientos de años para comerciar con sus salvajes. Estos sabían dónde encontrar esas riquezas en los rincones de sus tierras y, sin embargo, hasta ahora solo se piensa en especular con ellos convirtiéndolos en esclavos. ¡Necios!

Le Verrier sabía perfectamente que al señor no le importaba lo más mínimo el futuro de los nativos de esas islas y que, de no existir el mercado de esclavos, se le habría ocurrido a él.

—Pero, mi señor, ¿y nadie reparó hasta ahora en lo mismo que vos? —reflexionó. Pues de ser así, estaba sorprendentemente ante una lúcida idea que posiblemente estuviese robando a otro.

—En efecto, estoy pensando en ir a comerciar con esos salvajes.

—¿A comerciar? —repitió Le Verrier en el conveniente papel de aprendiz sin concebir del todo bien la lección de su maestro. Sorprendido de que quizá, por esa vez, no estuvieran ante una de esas ideas ruinosas de su señor. Parecía más bien haberla examinado con minuciosidad, dedujo el padre Le Verrier tras escuchar lo que comenzó a mencionar de seguido.

—Sí, a comerciar; ya lo he pensado. ¡Yo!, ¡yo lo he pensado! —aclaró exhibiéndose al relatarlo bien sonriente, acelerando el tempo por su entusiasmo—: Dejaré un destacamento fijo en una de esas islas. Los normandos tenemos sangre especial y, aunque no vayamos por delante en el comercio marítimo, poseemos innato talento y audacia. Padre, ofreceré a esos salvajes protección contra los barcos de esclavistas a cambio de que recojan para mí la orchilla y otros productos que sean de interés. ¡Oro!, mucho oro en juego, Padre.

Para el religioso —abstraído en sus pensamientos—, resultaba una idea tan sencilla y fácil de llevar a la práctica, que le parecía imposible que a nadie se le hubiese ocurrido antes. Era absurdamente brillante, para alguien como él, obtener ganancias procedentes con una empresa basada en la justicia cristiana en favor de aquellos salvajes que eran capturados; que siendo herejes de igual manera iban a padecer el mal de ser infieles por desconocimiento de la verdadera fe. Por una vez en su vida, su señor haría fortuna con los demás y no a costa de los demás. «Sorprendentes los caminos del Señor que son inescrutables», rumió para sí, antes de continuar:

—Si bien... ¿no será esa una empresa muy gravosa para vos en solitario? ¿Altamente comprometida quizá? Debéis de contar con mucho oro para acometerla, sin mencionar a su vez la no desdeñable protección de muy altas esferas, ¿no estoy en lo cierto, mi señor?

Le Verrier era buen conocedor de la crítica situación económica y judicial por la que pasaba Betancourt, prácticamente arruinado, sentenciado a pagar grandes sanciones económicas por su particular manera de aplicar en sus tierras lo que él masticaba como justicia, por lo gastado por capricho y por las considerables deudas dejadas tras la infructuosa expedición a El Mehadieh en Berbería años atrás. En definitiva: gastaba más de lo recaudado.

Betancourt, al ostentar un título de barón, disponía de licencia para aplicar la justicia feudal bajo criterios, a veces, demasiado particulares; por ello, su ímpetu lo involucró en varios procesos en tribunales de la ciudad de París, en los de la región de Normandía y, a la par, en el Tribunal Eclesiástico, acusado en este último de haber dado orden de martirio a unos monjes, a quienes había sorprendido cazando en sus tierras para llenar sus estómagos vacíos. Asimismo, contaba con antecedentes en este último tribunal por lo que sucedió en el convento de Barville, cercano a la villa de Grainville —que el excéntrico señor asaltó por medio de sus hombres—, condenado a pagar la cifra equivalente a las rentas de dos años de sus feudos. Sin duda el barón tenía al estamento judicial y eclesiástico en su contra, además de algunos enemigos en la corte. Ciertamente, la mejor solución era marcharse con su arrogancia lejos de allí por un tiempo prudencial. Consciente de ello, barajaba esa expedición canaria como una honrosa vía de escape, de la misma forma que concibió la de África en su momento y, tras la cual, su apellido volvió a ser respetado por haber atendido la llamada del duque de Borbón.

Betancourt dio una ensortijada palmada sobre la talla de un león en madera desgastada —testigo de quién sabe cuántas sesiones de elucubraciones mantenidas por la sucesión de propietarios—, intentando sentenciar así la conversación tras la interpelación de su clérigo, emanando cierta suspicacia. Tras aquella sonora palmada que intimidó al religioso siguieron detalles no esperados. En la pregunta de Le Verrier había muchas connotaciones, el señor lo sabía y necesitaba convencerlo.

—Lo sé, Padre, ¡maldita sea!, lo sé. Dejadme que os explique hasta el final lo de esta empresa y luego me diréis si cuento o no con vuestro aplauso y bendición. Vos sois hombre inteligente y sincero, ¿o no? —Tras la pregunta, un intranquilo Le Verrier prefirió tomarse un tiempo para identificar si optaba por un sutil sarcasmo o ponderaba las palabras de su señor para obtener su beneplácito—. Puedo obtener recursos para una nave y su tripulación, ¡vive Dios, Padre! Mi primo, Robín de Braquemont, ya sabéis de él, jefe de la guardia pontifical de Aviñón, podría conseguirme una bula del santo padre con la condición de que la misión principal de dicha empresa canaria sea evangelizar en la verdadera fe a esos salvajes —Le Verrier sabía que eso era lo menos cierto, aun así, continuó escuchando sin mediar palabra ni procurar gesto—. Por supuesto, cuento con vos para esa misión si decidís acompañarme —dijo provocando con esa propuesta la ruptura del silencio del religioso al sentirse directamente aludido.

—Os ruego continuéis, mi señor —contestó raudo, para así evitar dar una respuesta precipitada que lo comprometiese más aún de lo que ya estaba en ese momento.

—El principal escollo podría ser que esas islas fueron otorgadas por el papa como señorío a no sé qué noble castellano. Ni me importa. Sin embargo, ese asunto tendría solución con la bula de la que os hablo, está todo aquí —señaló una de sus sienes con el índice—, esas islas son señorío en documentos tan solo, pero no de facto; si nadie toma posesión de ellas, subsistiría el derecho de investidura y por allí no ha pasado ni el Altísimo para reclamarlas como suyas.

—¡Mi señor!, blasfemar... —refutó el franciscano exageradamente ofendido, provocando el vuelco de la conversación a su favor; dibujándose de seguido un Betancourt ceremonioso la sagrada cruz sobre el pecho, para evadir el mal fario en mentar el nombre de Dios en vano.

—Disculpadme, Padre —farfulló tras la apostilla del religioso, continuando sin inmutarse—. Esta conversación no quiero que salga de estas puertas. Si todo marchase bien, tengo pensado solicitar audiencia al rey Enrique de Castilla. Le propondré conquistar esas ínsulas para su reino y evangelizar a los salvajes que allí habitan.

Le Verrier quedó asombrado de que su señor hubiese pensado eso él solo. Cuando el hambre apretaba, se agudizaba el ingenio. Sorprendentemente, le pareció empresa digna, aparentemente bien atada y segura.

—Bien, parece una idea plausible, mi señor.

Betancourt se sonrió al ver correspondida su gran inteligencia y planificación. «Soy buen estratega, un líder audaz», se dijo a sí mismo complacientemente.

—Lo único es que… Disculpad vos, mi señor, me surgen ciertas incertidumbres: ¿y si Enrique III de Castilla se negase?

—Si el papa me otorgara la bula, ya estaría todo dicho. Es un rey cristiano y no puede negarse. Podría no apoyar mi propuesta, pero la bula papal es incuestionable.

—¡Hum!… ¿Y si los nativos infieles de aquellas remotas regiones de Canaria se niegan a colaborar para con vos?

—Eso no llegará a suceder, Padre.

—¿Cómo estáis tan seguro de ello, mi señor?

—Porque los miserables, entre el palo y el pan, siempre eligen el pan.

Más desencantado que sorprendido, Le Verrier agachó la cabeza: esa última afirmación, expresada de manera tan natural, tiraba por tierra todo lo razonado anteriormente. Esa brusca determinación generó un temor al que no dio forma en ese instante, algo que, por ser quien era, surgió de sus entrañas, pero prefirió no exponer. Había escuchado lo suficiente por el momento. Su ánimo se resintió y evitó seguir conversando, consciente a su vez de que, si seguía poniendo en duda a su señor, la cosa no terminaría bien.

La preocupación trascendental por esa empresa se quedó en su garganta, semejante a pluma en tintero, sin mostrar la más razonable de las dudas básicas que cualquier guerrero —o para el que no lo fuera, como él—, pudiese albergar: ¿de qué pasta estarían hechos esos salvajes? Tal empresa podría llegar a convertirse en cruzada cristiana a sangre y fuego. Lo cual ya vivió en Berbería y de ninguna manera quería volver a verse en otra masacre similar.

Durante toda la tarde estuvo dando vueltas a su cabeza rumiando el mismo asunto, las mismas vueltas que en ese instante daba al guiso sobre el fuego para la treintena de feligreses que pasarían la noche bajo los techos de su iglesia. Continuaba lloviendo como si un océano celestial quisiera castigar aquellas tierras con oscuras olas de lluvia. Asomándose por el quicio de la puerta —para que así el viento no apagase las velas del interior de esa humilde pieza que era su hogar tras la sacristía—, veía las calles de su alrededor convertidas en verdaderos barrizales, con evidentes arroyos fluyendo por estas. Los relámpagos iluminaban magníficas cortinas de agua ocultas en la noche cerrada, venidas con la naturaleza de aquella fuerte tormenta a su paso. El estruendo del portón principal de la iglesia al cerrarse, anunciaba la entrada de más vecinos a pasar la noche, más seguros allí que bajo sus precarios techos de brezo. Le Verrier, ligeramente agitado por el tenso escenario, permitía su cobijo sin estar presente y a su vez ausente, germinando en su interior la semilla plantada por Betancourt en la anterior reunión en el castillo, sobre esas islas llamadas «Afortunadas», tan remotas que no sabría situar en un mapa. Le seguía pareciendo una empresa interesante, incluso atractiva para sus propósitos. La imaginación lo trasladaba a verse allí, en aquellas lejanas partes del Mediodía, evangelizando a los nativos en la verdadera fe. Una gesta digna de vivir: viajar de nuevo a tierras extrañas. Algo que, desde su misión en El Mehadieh seis años atrás, ni por asomo se le habría ocurrido volver a intentar por lo que allí vivió. Lo cual, en cambio, podría llegar a ser benéfica empresa sin derramamiento de sangre, un sano servicio a la santa madre Iglesia bendecido por Dios a todas luces.

Saciado el estómago después de la copiosa invitación de su señor, divagaba frente a ese guiso con una satisfacción que podría rozar lo egoísta: que el no tener hambre era el mejor estado del que un ser humano podía disponer para cocinar. Sin esperarlo, entre aquellos pausados y meditativos movimientos del cucharón removiendo el vaporoso contenido del perol, algo lo sobresaltó súbitamente.

El hijo menor de Pierre el Bizco —ya mozo maduro, con el que tenía cierta confianza tras el paso de los años—, entró chorreando de golpe por la portezuela de la pequeña vivienda tras la sacristía:

—¡Padre, han matado a un hombre! —aulló sin aliento—. ¡Han matado a un hombre! ¡A un hombre! —intentaba explicar descompuesto de frío y nervio.

—¡¿Qué?! Pero, ¿qué dices? ¡Pasa!, ¡serénate muchacho! ¿Qué pasó?

Lejos de serenarse, el joven avanzó un par de pasos señalando la puerta, como queriendo que lo acompañasen fuera.

—¡Lo he visto con mis propios ojos, Padre!, han tirado a alguien desde una de las torres del castillo. He visto cómo se estampaba contra el suelo. —El joven se arrodilló mientras comenzaba a brotarle al fin el llanto almacenado de una inocencia perdida hacía poco tiempo.

—¡Por todos los santos! —pronunció Le Verrier—. ¡Quédate aquí, muchacho! —indicó en tanto se ocultaba bajo la capucha del hábito de lana gruesa que vestía, perdiéndose veloz en la oscuridad en dirección a las proximidades del castillo.

A la carrera llegó en un santiamén y sí, era cierto todo lo que el chico relató: allí estaba el cuerpo de aquel infeliz tirado como un enorme trapo empapado por la tormenta, abatiendo dura y con fiereza en su resonancia en esos instantes. Y sí, lo habían arrojado desde la torre, cayendo junto al foso de defensa desbordado ya por sus costados; a merced de la corriente ese cadáver, de no ser por fragmentos de sus huesos que, a modo de estacas, lo mantenían anclado tal que rejos de arado.

—¡No sabía que ahora os dedicaseis a recoger ratas muertas de las tierras del señor, padre Le Verrier!

Esa inconfundible voz le estrujó las tripas como hacía tiempo no ocurría; intuía que ese malnacido estaría

- 32 -

detrás de aquel horrible suceso. Pura era la rabia sentida, acrecentada por una extrema tensión desde el momento en el que se había introducido voluntariamente como actor principal. Un rayo volvía a iluminar el funesto escenario con un ser humano asesinado, en una posición indigna en la que tan solo se le identificaba un pie descalzo. Bajo otro resplandor apreció cercano el rostro de Jean Le Courtois. No sintió frío, sino todo lo contrario: un ardor interior lo empujó a quitarse la capucha a pesar de aquella intensa lluvia y fulminarlo desafiante con la peor mirada animal surgida de un cristiano, apuntalada con el trueno consiguiente al rayo en ese arrebato de cólera. Le Courtois, el fiel esbirro de su señor Jean IV de Betancourt, buen consejero en asuntos tan sucios como su oscura mirada eterna; con opiniones siempre contrarias a todas sus sentencias en los seis años al cargo de la parroquia; un mordaz personaje que conseguía cerrarle el estómago con su sola presencia, en una mezcla de ira e impotencia tal, que era incapaz de mantenerse piadoso frente a él. Perpetuo bajo su negra vestimenta, allí estaba detrás de él con otros dos secuaces: los hermanos Colín y Robín Brument, que sonreían con la perversidad con la que disfrazaban su considerable merma en inteligencia.

—¡Qué habéis hecho, bestias inmundas! —culpó desafiando con rabia, postrando sus manos sobre ese bulto informe de ropajes empapados unidos por huesos astillados. Actuaba protegiendo a ese anónimo ya bien muerto por ellos, como si lo ayudase a volver a la vida con ese gesto.

—Quería volar el pajarito y lo soltamos, Padre…, voló, sí, voló… —Tras aquella explicación macabra, propia del oscuro ingenio de Le Courtois, rieron como bobos los dos hermanos—: Ya sabéis cómo pagan los que osan robar al señor —sentenció irónico.

Con las sandalias hundidas en el barro, impertérrito ante la tempestad y petrificado en legítimo mármol de cólera, Le Verrier aguantó a que terminase de hablar sin apartar la mirada de él, algo que no acostumbraba a hacer. Esos ojos —los de Le Courtois—, se le clavaban cual firmes tachas de odio en el alma, cada vez que tenía la mala fortuna de cruzarse con él.

No permitiría más ofensas. Había aguantado demasiado a ese canalla: lo suficiente. Y en el resplandeciente lapso de otro relámpago y sin que Le Courtois lo esperase, el religioso salió de su tensa quietud y se encaró con él, tanto que incluso pudo llegar a vislumbrar la maldad habitada tras aquellas pupilas. Le Courtois lo proyectó hacia atrás por el pecho con sus manos, rechazando lo que fuera que representara ese religioso tan diferente a él. Al sulfúrico olfato de diablo le provocaba náuseas el hedor emanado por los justos como lo era ese clérigo; advirtiéndolo a continuación, despacio y claro, de que la noche estaba demasiado oscura y que, tal como le había ocurrido al muerto, podría tropezarse y hacerse daño: —Ojo conmigo, Padre ... ojo —concluyó.

Tras un instante silenciado por el repiqueteo de la lluvia arreciando con intensidad, Le Verrier prefirió bajar la suya. Aquella amenaza podría llegar a consumarla sin reparo por muy *pater* que él fuese. Procuró recuperar entonces algo de aliento y con él la sensatez, consciente de su inferioridad.

—¡Por el amor de Dios! ¿Qué os ha hecho este desdichado?

—Mejor si preguntáis qué han hecho: son dos las ratas —corrigió Le Courtois, para debilitar aún más la moral de un ser considerado inferior.

—¿Y el otro?

—Pues a punto de volar también… el pajarito, desde ahí arriba —compartió señalando la torre alzada sobre sus cabezas—, está aguantando el chaparrón más que este —aclaró señalando al muerto, tornando la palma de la mano a continuación para hacer notar la lluvia sobre ella, ebrio de orgullo e hiriente en su ironía—. Estos dos no lo vuelven a intentar, así las demás ratas con intenciones de venir a robar conejos a nuestras tierras sabrán lo esperado.

Le Verrier se tragó todas las palabras dispuestas para ese malnacido con la dignidad que pudo, y acarreando el peso de todos los rencores del mundo, corrió en dirección al acceso del castillo. Una vez allí, un soldado de guardia entreabrió la pequeña puerta guarnecida al percatarse de su presencia.

—¡Padre!, ¿vos por aquí? ¿Os llegó la noticia, verdad? —Quiso informarse con cautela sin más, casi en susurros, ese guardia a quien el sacerdote conocía por haberlo confesado en alguna ocasión.

—Pero, ¿qué ha pasado?

—Los han cogido esta tarde poniendo lazos en el bosque y con dos conejos colgando del cinto.

—¡¿Dos conejos?! —exclamó indignado.

—Lo sé Padre, lo sé… ni debo ni puedo deciros más, bastante me juego ya con estas palabras. El señor se deja influir por ese… ya vos sabéis —refiriéndose a Le Courtois—. Deja en sus manos este tipo de asuntos. No todos compartimos ese proceder. Os juro que yo…, os lo juro, Padre, no comparto esas cosas, ya me conocéis.

Era buen muchacho; por esa razón, tras escucharlo, Le Verrier lo apartó sin brusquedad para colarse en el castillo, saltándose así la guardia y corriendo en dirección a la torre desde donde habían tirado al muerto. Subió raudo y con suma angustia de dos en dos los escalones de la estrecha escalera de caracol que accedía al castillete donde, a la luz de varias antorchas ancladas a las paredes, vio algo que lo dejó espantado, mas sin llegarlo a enmudecer.

—¡Deteneos!, ¡ya!, ¡malditos seáis! —ordenó a otros dos más, reconocidos secuaces de Le Courtois, quienes remangadas sus camisas, se frotaban puños y muñecas ensangrentadas en gestos doloridos.

Yaciendo este sobre un encarnado lamparón —resultando ser un enorme charco de sangre—, el infeliz permanecía encadenado cerca del ventanuco por donde posiblemente habrían tirado al compañero momentos antes. El herido intentaba tomar aire para sus adentros entre reflujos sanguinolentos, gorgoteando y emitiendo sonidos propios de un animal apaleado con saña. Le Verrier, espantado por las condiciones de ese prisionero, del que no era capaz de distinguir los rasgos faciales propios de una persona en su hinchazón por los golpes extenuantes que debió de haber recibido, no escuchó la presencia de Le Courtois rompiendo el frustrante silencio dejado tras su entrada, aclarando este mordaz: —Padre, pues ya conocéis al otro. ¿Os lo presento? —exclamó, mientras por los pelos levantaba la cabeza de ese hombre apenas consciente.

—¿El señor está al corriente?

—¿Vos qué creéis, Le Verrier? —No recordaba que le hubiese llamado nunca por su apellido a secas—. ¿Creéis que no aprecio mi puesto al servicio de esta casa? ¿O tan desquiciado que excavaría mi propia tumba? —contestó, palpándose el pecho con firmeza sobre el escudo del león rampante con fondo blanco luciendo en su capa: el escudo de armas de la Casa de Betancourt.

Su viva voz bramaba por el interior de la torre del homenaje, a donde había terminado accediendo milagrosamente tras franquear —a duras penas, con decencia y por derecho—, bajo antorchas de una guardia persiguiéndolo por pasillos y escabulléndose de ese tumulto gracias a una fingida falta de diligencia de aquellos soldados ante un hombre de la Iglesia. Así llegó hasta su señor.

—¡¿Qué demonios os ocurre, padre Le Verrier?!, ¡¿os habéis vuelto loco?! —preguntó Betancourt sin despabilar aún, cubriéndose los hombros con unas pieles de oso.

—¡Sus esbirros han matado a un hombre!

—¡¿A un hombre?!, ¡a un ladrón! —quiso acallarlo con un desganado destello de firmeza, en el que Le Verrier apreció a su señor envejecido, como si le hubieran caído varios años desde la reunión de esa misma tarde.

—Mi señor, ¡a un alma de Dios! —rebatió el clérigo alzando también su voz saturada de una ira que el propio señor pudo ver en su rostro.

—Más vale que serenéis el tono, Padre, o correréis el riesgo de conseguir que esta conversación tenga nefastas consecuencias para vos. ¡Mantened el decoro! No toquéis vos mi moral.

Tras aquella amenaza directa, legitimada por su señor al haberlo replicado ante su guardia, el religioso decidió relajar su ímpetu sirviéndose de un aspaviento contenido, dirigiendo acto seguido su mirada al suelo, movido por una única razón: salvar a ese moribundo en el caso de seguir con vida.

—¡No puedo permitir que nadie entre sin mi permiso y cace en mis tierras! Si lo consiento, las gentes vendrán aquí sabiéndose impunes.

El padre Le Verrier, en su fuero interno, era consciente de que ninguna de las palabras pronunciadas con anterioridad durante los seis años como confesor de su señor servirían para evitar la repetición de ese hecho: debía darle una sutil lección sobre ese altercado, alejada de dogmas de fe y modélicos sermones, ayudarlo a razonar con inteligencia y por sí mismo, sin dejarse llevar por los consejos tendenciosos de tipos semejantes a Le Courtois. Respiró profundamente y en un decisivo gesto de negación, exteriorizó despacio:

—Mi señor, esta misma tarde dejé vuestro hogar convencido de la gran perspicacia con la que vos, en vuestra brillante idea de la expedición a las islas Afortunadas, procedíais. Marché con júbilo por estar sirviendo a un barón de soberanos talentos—. Betancourt escuchaba con atención entre el crepitar de los maderos de la chimenea con sus rostros frente a frente, a una distancia prudencial. No identificaba aún el camino tomado por el religioso, cuando este atrajo su atención seduciéndolo—: Me fui orgulloso de que confiaseis en mí para esa empresa y de tener la oportunidad de participar de tal gesta, empero esta noche…, esta noche toda esa ventura de la que me creía bendecido se ha convertido en desventura; se ha desvanecido... ¡borrado! ...¡desaparecido!, con lo que he presenciado. Semejante violencia no es propia de hombres de razón, mi señor —Apreciaba el sutil relajamiento de sus músculos faciales. Hablaba de *hombres* en plural, así el peso de sus palabras no lo inculpaba directamente como responsable de ese crimen—. ¿Cuánto creéis que durarían en paz los salvajes de aquellas remotas islas si se les castigase así? Un hombre despeñado y otro desfigurado a golpes, ¡¿por dos conejos?! —La contundencia de su mensaje mantenía en silencio a su señor—: Se me hace difícil pensar que una empresa de tal gesta presagie buen final. ¡Mi señor!, ¿¡qué queréis vos!?, ¿otro pleito más arruinando lo que podría llegar a ser vuestra gloria y la de vuestros descendientes?, ¿no tenéis vos bastantes pleitos ya?

—*Dura lex, sed lex*, Padre —arguyó Betancourt acorralado dialécticamente.

—¡*Jus sum cuique tribuere*!, también sé latín mi señor: a cada cual lo que le corresponde, reza mi frase —dejando una pausa—. Sé lo que queréis hacerme ver vos, ¡pero son dos conejos, mi señor!, y vuestra gente pasa hambre mientras vos y yo, tal como hoy, almorzamos hasta saciar.

El señor de Betancourt mandó salir a la guardia con una seña y comenzó a caminar por la estancia pensativo con sus manos a la espalda, dirigiendo la vista hacia el techo sin mirarlo realmente.

El sonido de esos pasos atravesaba a Le Verrier durante instantes interminables, observando con cierta satisfacción la posible influencia que, con su atrevimiento, podía haber dejado tras de sí. No tardó en pronunciarse con tono áspero sin mencionar nada sobre la anterior reflexión de su párroco.

—Bien, Padre. Ordenaré que pase unos días en las mazmorras y sea puesto en libertad sin más tormento. Y con el muerto, que ya lo está, no se puede hacer más que darle cristiana sepultura. Mañana os lo llevarán mis hombres al camposanto. Ya sabréis vos qué hacer con él. Creo que ha sido suficiente por hoy. Agradezco vuestros consejos. Podéis marcharos.

Le Verrier abandonó el castillo con el corazón tan agitado como trepidante a lo de su alrededor, bajo la acción de esa intensa tormenta acompañando fuertemente. Se culpaba, en parte, por haber vuelto a confiar ingenuamente en su señor y se decepcionaba consigo mismo, por otra, por no haber observado el verdadero trasfondo existente en todo aquello. «Me engaño yo solo, Señor», confesaba a un oscuro y encapotado cielo con ojos vidriosos, en ese tono cansado nacido en todas las ocasiones tras un derroche especial de honestidad. «Me engaño solo: ¡solo! No aprendo; soy un vulgar bufón», se repetía, lamentándose camino de la iglesia. Si dicho asunto se había desencadenado por dos conejos, ¿qué podría suceder en dichas islas tan apartadas de la mano de Dios? «¡Jesús!». ¿En un lugar donde sus gentes no tendrían más opciones que luchar a muerte o arrojarse al mar?

El viento picaba con finas gotas de lluvia su rostro y tonsura, ambos sin resguardar bajo la capucha, distraído por la tensión que aún arrastraba con él; esas gotas —sentidas como agujas— eran motivo suficiente para entrecerrar sus ojos, pero no el único debido a su naturaleza: sin esperarlo, una súbita angustia brotó de sus adentros sacudiéndolo de seguido, tal como solía sucederle desde el retorno de aquella dichosa expedición en Berbería. Esa aflicción le enturbió la vista, anegando sus ojos de dentro afuera. La reconoció al instante, mas en esa ocasión no quiso dejarse arrastrar a la oscuridad adonde solían llevarlo esas imprevistas sensaciones. «El diablo en su labor», se decía siempre al comenzar a sentirlas. Ese nervio incontrolable situaba su voluntad en manos de Satanás, bajo su criterio; pero no era sino producto de emociones desbordantes, de miedos sin afrontar, de heridas del alma sin erudiciones para curar. No obstante, en ese momento, se permitió la misma dosis de piedad con la que acostumbraba a acariciar el espíritu de los demás y, como justa pieza encajando en un resorte, algo sanador impregnó su ánimo y lo hizo sentir pleno. Algo que, en ese íntimo diálogo con Dios —ajustado a ese momento desolador—, pudo identificar en un atisbo de reflexión, un reconfortante orgullo merecido al haber puesto en valor un coraje desconocido en él, algo que realmente poseía haciéndolo suyo. Y así se lo agradeció a Él. En una sola noche se había enfrentado a diablos con forma humana, a su rabia por el vil asesinato de un semejante en su parroquia y a la pequeña gran victoria de la contundente arenga frente al rostro enmudecido de su señor. Un elocuente discurso que seguramente salvó un alma del martirio y muerte de manos de esos diablos. Sus lágrimas brotaban acentuando su sentir frente a lo sucedido —no de pena sino de amor propio—, percibiendo balsámico ese generoso ardor salino en el interior de sus párpados aliviándose al dilatarse, de la misma manera que su espíritu. Un llanto con el que ese corazón en pausada latencia agradecía haber sido escuchado; el haberlo tomado como el mejor de los instrumentos de defensa, lo hizo sentirse aún más cerca de Dios en ese instante. Quedaba en dicha plena por todo ello, apreciando cómo la recurrente y oscura ansiedad, a su favor, manaba gloria. El mismo ardor físico que siempre dolía resurgía en forma de extraña y nutritiva energía, como un arrojo adrenalínico controlado aportándole confianza. Por ese motivo caminaba erguido a paso lento, sin esa tensión de hombros inconsciente que estimula un caminar bajo la lluvia. Se sonreía dichoso por aquella revelación. La seguridad en sí mismo se perdía en su pasado, ante acometidas de esa oscura angustia asfixiante, anulándolo por completo. Sin embargo, en esa ocasión la había vencido en su guerra personal con acciones y reflexiones que Dios le proporcionaba en amor, como armas contra la ira de esos demonios acechantes. Meditaba —pasado ya el trance— sobre la milagrosa fuerza que podría llegar a emerger de un solo un pensamiento, algo inmaterial, a la hora de elegir un arma para la triunfal victoria de un hombre frente al mundo que lo rodeaba.

Como surgido de un auto-exorcismo, sustituyendo al Maligno por la fuerza de Dios, sonriente, procuró calmar algo el espíritu acelerado tomando aire bajo el aguacero antes de entrar con sus feligreses. No quería que lo viesen así, emocionado; aunque fuese de amargo pero sublime gozo cristiano.

Permaneció unos instantes con el cuerpo reposado bajo el arco del acceso al templo. Ese diluvio, embebiendo voraz todo a su alrededor, ya le era indiferente; digería lo sucedido en tensa calma, asimilando el efímero y ya roto sueño canario, cuestionándose a su vez un posible futuro en esa villa al lado de semejante barón.

Volviendo a la realidad, apretó el rosario por instinto como ayuda para serenarse: debía entrar a la iglesia afianzado, dando ejemplo con su actitud, dada la lamentable situación que estaban viviendo sus parroquianos con aquellas inundaciones hundiéndolos con oleadas de pesimismo a su paso. Debía asimismo entrar sin dar demasiadas explicaciones, las que menos lo comprometiesen sobre la noticia que habría corrido como la pólvora a través del hijo de Pierre: una vil ejecución consentida.

Entonces rezó, pasando del resuello a la calma, agradeciendo la muestra de su moral, su valor... Él era responsable de dicha parroquia y se encomendaba con esas afirmaciones de orgullo al oscuro infinito bajo ese arco de piedra.

Fue en el santiamén en el que un rayo dejó entrever todo lo oculto a su alrededor, cuando la cercanía del estruendo lo sacudió por entero; ensordecedor y sobrecogedor conforme a ningún otro esa noche. Una vez más ese nervio resurgió intentando atraparlo. Culpó a Satanás que estaba detrás de todo miedo: lucharía contra esa fuerza misteriosa, contra ese mal, no debía sucumbir si en él habitaba el valor del amor. Agarró la pequeña cruz del rosario que pendía del cuello comenzando a entonar una oración, el Padrenuestro, en susurros apenas audibles por la tormenta:

—*Pater noster, qui es in caelis, sanctificetur Nomen Tuum; adveniat Regnum Tuum...* —El estruendo de otros truenos más lo interrumpían sin ceder a ellos—. *Fiat voluntas Tua, sicut in caelo et in terra* —Entreabría los ojos al entonarlo sin sobresaltarse por aquellos que iluminaban fachadas aledañas, prosiguiendo con más impulso en sus palabras, tal vez—: *Panem nostrum cotidianum da nobis hodie; et dimitte nobis debita nostra...*

De pronto, algo extraño llamó su atención al fondo de una de las calles anegadas. «¿Qué demonios?». Agudizó la vista: «¡Dios mío!», algo se acercaba, mas era incapaz de identificar aquella figura inquietante, lenta, sigilosa: estremecedora. ¿Una sombra?, ¿su imaginación?, ¿un animal? —especuló—. Echó un vistazo a su alrededor, estaba solo. Le Verrier intentó retomar la oración sin poder llegar en esa ocasión al párrafo siguiente. «Tonterías», pensó. Sin embargo, en el lapso del resplandor hasta el siguiente relámpago, agudizando sus sentidos en un acto reflejo, comprobó no ser una sombra *eso* que estaba cada vez más cerca. «Pero, ¡qué demonios!», se volvió a repetir, «Dios...».

—¿¡Quién va!? —gritó resonando su voz apagada por recelo.

Aquello resurgía de entre la penumbra y la lluvia, continuando a paso lento. Semejada a la silueta de una persona a lomos de un animal, pareciendo un espectro errante extrañamente pausado para encontrarse en mitad de un diluvio azotándolo bajo un cielo roto por completo. «No, Señor, no... ¿qué probáis en mí con esto ahora?, no más», se dijo. ¿Quién sería tan insensato de viajar a ese paso en una noche como la de hoy?, inquiría con sus manos temblorosas dispuestas a modo de plegaria, pendiendo de ellas su rosario. La imagen era aterradora: una lóbrega figura encapuchada a lomos de una bestia que permanecía inalterable. «¿La muerte quizá, Señor...?».

Le Verrier de nuevo echó un vistazo detrás de él: los portones de la iglesia bajo el arco de piedra estaban cerrados y pensó en abrirlos para alarmar sobre aquello. ¿Se estaría volviendo loco?, llegó a plantearse antes de frotarse los ojos para secarlos del agua de lluvia, agarrando con fuerza la cruz del rosario como queriendo con ese gesto superar sus miedos.

De repente, mediante un inconsciente arrebato de tenacidad, que profesó en acción del propio Altísimo empujándolo, venció sus miedos atravesando la cortina de agua con ese valor. Salía sin creerlo al alcance de esa figura fantasmagórica, hacia esa aparición extraña surgida ante él cuan demonio de entre las tinieblas. «¡Dios está conmigo!», se alentó. Inició nuevamente entonces por instinto la oración dejada a medias, si bien con una pronunciación diferente, en un contundente e imperativo tono que lo incitaba a seguir:

—¡*Pater noster, qui es in caelis: sanctificetur Nomen Tuum...*!

El corazón le latía intensamente. «Absurdo para un mortal el viajar entre barro y lluvia», volvió a discurrir. «¿Qué?, o más bien: ¿quién sería?», se preguntaba mientras rezaba mudo con la garganta completamente seca, desconcertado a su vez por ese extraño impulso que lo arrastraba sin voluntad propia a su encuentro, sin poder evitarlo y sin querer echarse atrás.

La mula paró a unos pasos; Le Verrier hizo lo propio deteniéndose en seco, tal que una efigie de brazos abiertos. La figura encapuchada desmontó como si nada a su alrededor lo incomodase: asía las riendas observando al clérigo postrado ante él, semejante a una representación litúrgica.

Le Verrier gritó lo primero que se le ocurrió ante aquella aparición surgida de la noche:

—¡Hombre de Dios! —No hubo reacción en esa figura, ni siquiera un movimiento—. ¿Cómo viajáis con semejante tormenta? ¡Venid conmigo!, acompañadme, os daré algo caliente —terminó dicha frase con voz temblorosa pero indulgente, inevitablemente amable como buen cristiano y señalando los portones de la iglesia tras él.

Una barba de tonos claros sobresaliendo bajo aquel sombrío rostro —lo permitido bajo la calada capucha— llamó su atención. Al menos, confirmó ser un hombre y no un ánima o demonio errabundo. Suspiró.

—*L'ho trovato…* —escuchó de pronto el religioso en tono rasgado, arenoso, provocativo, de un acento extranjero que le resultaba familiar—. *Vedo quel* Altísimo en *suo* esplendor *di* grandeza y magnificencia, ha *albergato suo tempo* para *perdonami* maldiciones *proferitas* durante *sei anni di fila*. Al fin ha *incontrato il nostro* camino.

Súbitamente una corazonada llenó de éxtasis al padre Jean Le Verrier, colmándolo de una insoportable duda eufórica a su vez. Aquella sensación recorrió su cuerpo por entero con la misma velocidad que el rayo recién caído tras esa figura humana de aspecto fantasmal. Algo intuyó, sin poderlo creer. Consciente de quien pudiera ser, sin poder comprender que lo fuese. En ese efímero instante, un torrente de pensamientos irradiantes atravesó su discernimiento en semejante noche que le sería recordada de increíble iluminación espiritual. El misterioso hombre retiró su capucha goteante y otro rayo concibió, con el fugaz resplandor del día, la unión de las almas de esos dos hombres en un reconocimiento mutuo, quedando ambos ebrios de incredulidad al mirarse. Sin palabras.

Le Verrier se acercó todo lo que la precaución le permitió, para palpar su rostro como si de un ciego se tratase en ese emocionado encuentro. Era él, era ese hombre en carne y hueso y no otro. No un fantasma, ni un espíritu salido de la funesta tormenta.

El visitante se emocionó hasta donde la sensibilidad le permitió. Su vigor masculino dejaba asomar unas lágrimas sin apenas poderse apreciar en él, fugazmente diluidas por gotas de aquel aguacero.

Le Verrier, con un gesto convulso, quiso agarrarle del brazo izquierdo buscando el final del mismo, pero en lugar de la mano, encontró un grueso trozo de tela empapado y vacío, confirmando lo evidente, sus suposiciones, su corazonada.

—Sí, *sono io Pater.*

Un nuevo rayo fragmentó el momento, otro trueno lo acalló.

—Mi nombre es Guglielmo Di Giute, no temáis *Pater*, por fin os encuentro.

Tras esas palabras, el recién llegado hincó una rodilla solemnemente en el barro, tomando por la cintura al que fue su salvador en aquellas lejanas tierras de herejes, buscando sus manos con devoción y autocomplacencia por la férrea voluntad puesta en la larga búsqueda en pos del religioso, intensamente satisfecho por haberlo encontrado.

Le Verrier hipaba como un chiquillo mientras sentía el corazón caliente lleno de gozo. Su alma quedaba pagada con el anhelado descanso que se esperaba tras ese encuentro. Ese increíble suceso cerraba la herida de una etapa sumamente dolorosa de su vida, iniciada en la madrugada de un día lejano en el tiempo, con el sangriento despuntar del alba que vivió en aquella ciudad pirata de El Mehadieh. Al fin hallaba la mejor de las respuestas balsámicas y curativas: había salvado la vida del genovés al cercenar el brazo.

Tras inmedibles instantes de intensa emoción sin articular palabra alguna entre ambos, sonó esa voz de nuevo, una extraña voz que también extrañamente aún recordaba.

—He venido hasta aquí tan solo para daros las gracias. Por haberme sacado de ese infierno en vida— exponía erguido ya Di Giute, aferrando fuertemente con la única mano viva las del fraile.

De improviso, sacó del bolsillo algo envuelto en tela que ofreció a Le Verrier, quien lo tomó entre sus manos abiertas como en plegaria sarracena, mientras la lluvia terminaba de empapar del todo ese pequeño bulto. Desenvolvió lentamente los pliegues de la tela descubriendo en su interior una cuerda deshilachada y vieja. Le Verrier lo miró sin saber; el genovés asintió satisfecho y este entendió emocionado: era el cordón del hábito llevado puesto el día que mutiló su brazo en África, el mismo con el que lo salvó de desangrarse fabricando un torniquete. Aquel objeto volvía a su dueño tras haber cumplido la mejor de las misiones divinas: salvar una vida. «Otra alma más para ese día, al menos en conciencia, a Dios gracias», recapacitó satisfecho Le Verrier. Una conciencia, la suya, que reposaría en paz por un tiempo, sin ser consciente aún de las increíbles aventuras por vivir que pondrían a prueba ese estado.

Jean Le Verrier había soñado despierto durante años imaginando de mil maneras diferentes ese momento que la buenaventura podría quizá proveer, pero ninguno se asemejaba a aquel. Sin saber si ese hombre al que cercenó la mano habría llegado a vivir o a morir, ahí se aparecía frente a él en ese justo momento y en su villa: en Normandía. A mil leguas de su primer y único encuentro seis años atrás. Estaba vivo.

—¡Estáis vivo, por el amor de Dios! —gritó ebrio de júbilo, olvidando sus miedos como si nunca los hubiera poseído, ante el más inconmensurable de los regalos que podría llegar a disfrutar.

—Sí, ¡*cazzo*! y vos también. *Eccomi…* aquí *tenéisme, Pater.* —El italiano sonrió pleno, pues cabía la posibilidad de estar buscando a un fraile que podría haber muerto aquel día.

De manera espontánea, tras esa revelación se abrazaron fuertemente sintiendo con ese gesto terminar al fin con una arriesgada apuesta de la que nunca se podría haber sabido el resultado, salvo por ese propicio cruce de caminos.

IX
Maday

Isla de Erbania, mismas fechas.

Miraba a su hijo con la ternura propia de una buena madre. Lo había intentado ser, de hecho, lo había sido en esos casi seis ciclos cumplidos por su cachorro. Atenery no llevaba la vida que de pequeña soñó, ni para la que fue educada por sus progenitores, ni siquiera una que le hubiera gustado vivir. No tuvo la oportunidad de elegir, sobrevivía a la brindada por los dioses: su condena, se decía. Observaba crecer a su hijo Maday, única terapia reconfortante dentro de la penosa situación en la que residía.

—Eres como tu padre. Él era un valeroso altahay, fuerte como tú —musitó melancólica en ese instante, acicalándose los cabellos alborotados por el empeño de este en marchar fuera del pequeño habitáculo donde vivían, tras intentar darle, donde fuese, un instintivo beso de madre.

Tan negros tal que piedra de azabache, tan largos y brillantes como siempre lo habían estado, atusó sus cabellos hacia atrás bordeando con ellos el lóbulo de la oreja, adornada con discreción por sencillos abalorios de concha y hueso, con un movimiento suave, delicado y atractivo —a ojos ajenos—, para no ser molestada por ellos durante la fatigosa tarea realizada con esas dos pesadas piedras. Manipulaba rocas basálticas a modo de mortero, machacando y moliendo granos de cebada tostados en obtención de un gofio para alimentar a su niño, en una de esas mañanas en las que el cuerpo no le daba para más, aturdida todavía por la resaca de un dolor de cabeza tan intenso que apenas la había dejado dormir. No obstante, nada de lo ocurrido en su vida consiguió apagar del todo los rasgos propios de una hermosa mujer; rasgos aún anidados en la mirada que cualquier macho de su raza en sano juicio, apreciaría como valiosos toques de entereza. Atributos carentes en otras mujeres de su edad, que en ella cobraban especial sentido al observar un inocente guiño cargado de mística bondad, punzante si la observabas fijamente, de igual forma que cuando abstraía su mirada manifestando oscuras sombras, reflejando unas propias a quien la mirase.

Hablaba bastante de Amuley con su hijo, para que tuviese muy presente quién había sido su padre. Maday escuchaba con atención todas las historias relatadas por su madre, algunas más de las vividas por ella, provenientes estas de la pura imaginación de una mujer de existencia amarga entre capítulos trágicos de sucesivos abandonos. Habían compartido pocas experiencias, eran demasiado jóvenes cuando Amuley desapareció de su vida seis ciclos atrás. En ocasiones, Atenery se imaginaba con él en un bello mundo irreal, unas ensoñaciones y deseos entristecedores a su fin: conviviendo con su esposo en un hogar de tradición, dándose todo el amor posible en las diferentes situaciones del día a día. Una vida feliz juntos, al lado del hijo que los unía y de otros más que pudiesen venir.

Cuanto más crecía Maday, más se parecía al padre: el aspecto físico, el carácter, las expresiones utilizadas... repasaba Atenery, pellizcada por su corazón roto en momentos de ilusión, entre imágenes de manos de lo vivido. En parte, llenar el vacío dejado en su hijo con todos aquellos relatos era una buena manera de protegerlo ante las lenguas de personas malintencionadas. Su padre —Amuley—, era recordado en la aldea como un cobarde según la tradición de los mahoh, pues no murió luchando como otros.

Maday adquiría consciencia propia comenzando a perfilar cuál sería su personalidad en el futuro. Era un niño pleno de sueños desbordados por el ansia de aventuras, por ello muchas veces se acercaba peligrosamente a lo desconocido; tal vez emulaba a su padre a raíz de todas aquellas historias relatadas sobre él. Quería explorar y comprender el mundo que lo rodeaba por sí mismo, tal y como Amuley deseaba cuando era tan solo un joven altahay, recordaba Atenery.

Con sus cinco ciclos completos, casi seis en solsticios, corría con rapidez y soltura, silbaba al ganado y ya se expresaba con palabras, manteniendo pequeñas y graciosas conversaciones con su madre, vecinos, cabras o consigo mismo, aunque con expresiones que tan solo él comprendía del todo. «Es una flor única por abrir en el más preciado de los paraísos, un dulce fruto verde por madurar», repasaba Atenery, no solo con amor de madre, sino porque realmente sentía que su hijo atesoraba algo especial en su interior.

La dolorosa soledad impuesta la desconsolaba en ciertos momentos del día y oraba buscando la protección del espíritu de su padre —asesinado brutalmente en dicho ataque de los demonios del mar y posteriormente sepultado en una cista, arropada por el monte Huriamen con todos los honores, en los ritos realizados por el hechicero Buypano—. Pensaba mucho en su madre de igual manera: dónde la habrían llevado tras desaparecer también aquel día, si estaría viva o muerta o si la volvería a ver una vez más. No obstante, de quien sentía más su pérdida y con más dolor si cabía, era de Amuley, aunque no lo expresase. A pesar de ello, un inexplicable hilo la mantenía unida a su energía vital tan fuertemente, gozándola días en la esperanza y otros, depositándola en la más pura desolación. Aún pendía del cuello el colgante que le había regalado cuando la pretendía, hecho de pequeñas conchas de burgados y lo palpaba en ese instante en ausencia de Maday con las yemas de los dedos, recordando el significado que tenía para él: sentirse con el mismo espíritu ermitaño y errante de los animalillos ocupados en esas conchas. Una evocación que resultaba irónicamente absurda tras la tragedia sucedida. «¿Dónde te encuentras, amado mío? Sigues vivo, ¿verdad? ¿Se te ha borrado mi rostro del pensamiento con el tiempo pasado? ¿Estás con los dioses? Sé que no. Te siento. Siénteme. Nunca dejes de sentir, de sentirme, amor» —invocaciones al anhelo más que pensamientos reales, tratando de dar un sentido a su vida, a lo que agarrarse como ascua tras el fuego con la esperanza de volver a encenderlo—. Pensándolo allá donde estuviese vivo pese a que, al finalizar esas reflexiones, la duda pujaba con la realidad. Pero lo estaba, así lo concebía: estaba vivo.

Ciclos completos, sobre todo las tristes épocas frías, pasaban uno tras otro. En un sentido, tan rápidos como el día, mas a su vez, tan lentos como esas mismas eternas y frías estaciones en las que Atenery y Maday permanecían, la mayor parte del tiempo, en el habitáculo que su tío Tenaro —penado por el Consejo de Ancianos por su agresión—, construyó para ella anexo a la morada familiar.

En aquel tiempo Atenery cumplía escrupulosamente con sus cometidos diarios: era una honrosa mujer de entre los mahoh. Despertaba de madrugada —aunque apenas hubiera dormido—, ordeñaba las cabras del rebaño familiar de su tía, iba por agua al manantial, azuzaba el fuego y, con los primeros rayos de sol, despertaba a Maday con un buen *tofio* de barro cocido lleno de leche de cabra con fino gofio —cuando no era él mismo el que chupaba directamente vaciando la ubre alguna cabra—; para después, salir juntos a recolectar avena silvestre, cebada, bayas y otros cereales encontrados por el camino; o incluso cosco, en caso de no encontrar los anteriores. Curtía pieles, secaba al sol dátiles, tiras de carne de cabra y pescado. También a veces los salaba o ahumaba; preparaba quesos y requesones, más todavía encontraba tiempo de sacar por la tarde el rebaño a pastar en las llanuras cercanas, mientras enseñaba a Maday nociones de pastoreo esperando que comenzase a realizar esa tarea él solo muy pronto. Jornada tras jornada, era seguida siempre por su pequeño, quien afortunadamente ya caminaba y no era necesario cargar con él a la espalda como había ocurrido hasta hacía poco tiempo.

Por otro lado, enfrió las relaciones con la familia desde lo sucedido con su tío, pero no se libraba de recibir las firmes órdenes de su tía, la cual se dirigía a ella siempre de malas formas. Si Atenery jamás perdonó la agresión de su tío, tampoco su tía le perdonó que su familia quedase señalada y rechazada en la aldea porque su sobrina —según chismorreaba defendiendo su honra—, se hubiese exhibido gustosamente desnuda ante su esposo sin pudor. De cara a toda la aldea, se odiaban mutuamente. A causa de esas tensiones diarias, Atenery comenzó a sufrir fuertes dolores dentro de la cabeza. Dolores duros de soportar, electrizando su vista e incluso sus extremidades, dejándola inmovilizada en jornadas no deseadas, como en esa.

Su tío Tenaro —demacrado tras lo acontecido—, apenas se acercaba por las inmediaciones de la aldea salvo para mendigar algo y, menos aún, por la que fue su casa. Desde aquello residía en páramos y montañas medio enloquecido, según decían testigos tras haberse cruzado con él. Su familia directa también optó por despreciarlo: no por el hecho en sí, si no por la mala reputación injertada en el recuerdo. Sus primos —los hijos de Tenaro—, trabajaban poco aprovechándose de la ventajosa situación vivida en esa casa, siendo Atenery quien cargaba sobre sus espaldas con todo el peso de las tareas propias de esa familia. Se veía sucia, maltratada, además de repudiada por todos, sufriendo un injusto castigo sin dictaminar que debían haber recibido ellos. Atenery tragaba con todo aquello para poder mantener a su hijo y que creciese sano, alimentado, educado bajo las costumbres de su tierra, la tierra de los mahoh. Por encima de todos los pesares estaba él, era lo más importante para ella: Maday.

Sin apreciar la suerte por haber quedado liberada de casi todas las tareas de la casa, su tía aún continuaba poniendo quejas sobre su sobrina ante el Consejo de Ancianos, aludiendo que tenía demasiadas bocas para alimentar sin un varón válido equilibrando el trabajo. Insinuaba que Atenery y su hijo —no los nombraba como sobrinos de propio linaje—, nunca saciaban su apetito y holgazaneaban sin apenas aportar, siendo una pesada carga para ella como matriarca de esa familia. Odio y venganza fluían por su mala sangre. Cualquiera podía ver que Atenery terminaba desfallecida a la caída del sol, estación tras estación y ciclo tras ciclo. Pero eso nadie parecía quererlo ver, las palabras de su tía resonaban demasiado en la tribu.

En el asentamiento de la montaña de los Saltos se notaban los estragos del primer ataque perpetrado por los demonios provenientes del mar y, desgraciadamente, de otros más que vivieron tras aquel, generando un delirio colectivo y un estado de alerta general en todos y cada uno de los pobladores del norte del reino de Maxorata. Algunos jóvenes y prometedores altahay perdieron la vida y otros, junto a mujeres y niños de tribus y clanes vecinos, en ese y otros más de los que se sucedieron. Los aldeanos estaban sumidos en un gris desánimo del que no resurgían; transferían la tristeza de hogar a hogar y de persona a persona. El trabajo seguía siendo el mismo tal como el número de animales, sin embargo en esos días se sacaba adelante sin los hombres fuertes necesarios. Se iba apreciando el desgaste físico en los que quedaron, sobre todo entre los ancianos quienes, en edad ya de descansar, se veían obligados a continuar realizando las duras labores para asegurar la estricta supervivencia de las aldeas diezmadas. Ese era un asunto preocupante para el Consejo de Ancianos y su tía lo sabía, por ello se aprovechaba sibilinamente de ello quejándose por mantener esa doble carga para la casa. Utilizaba el problema de la aldea a su favor para sacar partido a sus enrevesados planes de venganza. Los ancianos tuvieron sus súplicas en cuenta y, sin escuchar la versión de Atenery, prometieron una pronta respuesta que resolviese el problema.

Por si fuera poco también presente estaba la ancestral tradición de los mahoh, que Atenery sentía como una pesada losa, por la que fue repudiada en la aldea tras haber tenido un hijo bastardo con un cobarde guerrero altahay al dejarse capturar y no morir luchando. Desde aquello sentía un gran rencor hacia sus vecinos y se aislaba de todo y de todos. Ella respetaba la tradición enormemente y sufría sus consecuencias, sin embargo nadie pudo escucharle nunca una sola crítica. Una vida marcada, muy diferente a las de otras viudas de guerreros, gozando de todo tipo de atenciones puesto que sus esposos habían muerto valientemente defendiendo a los mahoh en combate.

Atenery, mientras molía algo aturdida ese gofio, sufría por la tormentosa noche anterior: una pesadilla en la que le arrebataban de los brazos violentamente a su hijo. Imploraba y gritaba desesperada, pero sus manos no alcanzaban a recuperarlo del todo, sintiendo el vacío de una verdadera separación, otra más, resbalando en un viscoso suelo de barro, sollozando con los brazos extendidos, implorando, queriendo abrazar a su pequeño, algo que ya le era imposible. Y así continuó hasta despertar sobresaltada y empapada en sudor, permaneciendo entre el sueño y la vigilia de esa noche en la que su cabeza había vuelto a punzarle las sienes con dureza. Maday dormía ajeno a lo sucedido, arropado con una piel de cabra mientras Atenery lo besaba en la frente; él era quien le aportaba las fuerzas necesarias para continuar sin desfallecer. Ese dolor de cabeza la fue golpeando cada vez con más intensidad, mezclándose en ese malestar inducido por la pesadilla en la que se hallaba inmerso aún su inconsciente, sumándose la agitación de otros desagradables pensamientos sacudiéndola con dureza. Así como si algo la trepanase el cráneo, se sentía morir. Atenery lo afrontó conforme supo hasta levantarse, tal que llevaba haciendo desde el comienzo de esos padecimientos: inspiró largamente, se recostó y comprimió la cabeza con fuerza entre las manos, hasta conseguir sentir un duermevela en otra noche más de dolor, antesala de otro día más de sufrimiento.

En aquella mañana se vislumbraban tonos tierra en el cielo: una espesa calima parecía matizar todo a su alrededor, tan densa como la mente de Atenery en ese momento y que impedía ver con claridad la silueta de las montañas cercanas. Mareada y confusa al hacer sus tareas, tras ordeñar e ir por agua, la noche dio paso oscuramente al día, pues Magec —su dios del Sol—, no se dejaba ver. Un día triste en total sintonía con esos sentimientos, siendo incapaz de desalojarlos de su interior en un oscuro pálpito: algo malo pasaría en ese día.

Miraba a Magec para buscar buen augurio, pero no daba con él entre la espesura del cielo enterrado. No podría con más amargura. «Dame fuerzas», le rogó allá donde se hallase.

—Atenery, ¿eres tú, Atenery? —escuchó una voz llamándola por el nombre desconcertando de pronto su ser, en un tono familiar, si bien le costó reconocer hasta no ver la procedencia. Esa voz apagada por la presión de la calima venía del muro de piedra seca cercano a la casa.

Era Akaymo, un anciano del consejo. Un hombre desconfiado de por sí del que era mejor no fiarse por seguridad, un buen manipulador como ningún otro en la aldea. Al verlo acercarse le pareció más envejecido, más demacrado quizá de lo que recordaba. Su pelo blanco y fina nariz, rozando el labio superior, acentuaba el rictus de un rostro con no muy buenas intenciones.

—Hacía tiempo que no te veía, joven, y vaya, estás hecha toda una mujer a día de hoy. ¿Es aquí donde resides con tu vástago? —expresaba en un tono falsamente agradable, apoyado sobre una vara de acebuche.

—Sí, respetable. Aquí vivo con mi hijo, repudiada por mi familia y cargando con todo el trabajo —le brotó del alma aquella respuesta, tal como llevaba en ella más que conversada con sus fantasmas, y así se lo desgranó a ese anciano del consejo.

Atenery continuó respondiendo a las preguntas de Akaymo, como oportunidad presentada para poder defenderse y, por otra parte, en la necesidad de desahogarse con alguien, pese a estar al tanto de las extrañas y perpetuas conjuras en las que estaba inmerso ese peligroso anciano. Tal vez no fuese el más indicado, pero así lo hizo en esa mañana. Sabía con certeza que Akaymo había acudido allí por las quejas de su tía sobre ella, por ese motivo se expresaba en términos ajustados al más puro resentimiento.

Akaymo escuchaba la versión de Atenery con un inquietante gesto taciturno acariciándose la barbilla, mientras ella se entrecortaba con sus propios resuellos, que comenzaron a brotarle incontroladamente, emocionándose con forzada contención; en esa extraña acción que era para ella el expresarse. El anciano disfrutaba más de lo debido viendo cómo esa apetecible mujer sufría angustia, en tanto la miraba impasible por entero, de arriba abajo y de abajo arriba, imperturbable, hasta terminar de relatar su drama sin haberle prestado la más mínima atención mientras hablaba.

—Bien, te he escuchado, mujer, es una pena tu situación, ¿cierto? —formuló sin emoción alguna en sus palabras—. A mediodía acude a la reunión del consejo en el tagoror, te esperamos.

Atenery tras aquella conversación con Akaymo quedó algo turbada, atenazada por los incuestionables remordimientos de haberse expresado con demasiada franqueza en ese encuentro: se sintió culpable. Había tenido pocas oportunidades de desahogarse, de hecho solo ante el hechicero Buypano —recordaba—, alguien apreciado por ella, con el que distanció la relación. Ni siquiera ella misma sabía si el comportamiento distante hacia Buypano se debía al orgullo, a la necesidad de llamar así su atención o a una infantil mezcla de todo el dolor interior al que era incapaz de dar forma.

Atenery no era consciente que —aunque Buypano no pasase a visitarla—, él estaba con ella siempre en sus pensamientos y oraciones. El sabio predicaba que uno no podía ayudar a los demás cuando estos no querían ser ayudados; que ayudarse a sí mismo conllevaba siempre un mayor esfuerzo que asistir a los demás; que socorrer a los demás, cuando ya se ha ayudado uno a sí mismo, consuela más que cuando se ayuda a los demás por ocupar el tiempo en ello y no en los propios pesares. Solía también decir que la queja y el culpar a otros de lo de uno era el camino fácil; que cada cual debía luchar por sí mismo y cargar con el peso correspondiente y que era así como los dioses lo querían para los hombres, sin que los hombres lo quisieran para ellos. Recodaba a Buypano recitando esos mensajes, calmado y suave. Lo echaba de menos, lo echaba en falta.

Llegado ya el mediodía, cumpliendo con las indicaciones de Akaymo, Atenery acudía al tagoror: un complejo de piedras circulares a cielo abierto, situado en la cima de una colina cercana a la aldea, donde el consejo se reunía.

El día ya se tornaba caluroso, en extraña falta de viento. La calima continuaba sofocante tiñendo el cielo de un color anaranjado, daba la impresión de estar ya atardeciendo. Atenery sudaba, sufriendo los rigores del nerviosismo y el calor por haberse cubierto con el tamarco para esa ocasión, en lugar de ir con sus pechos al aire, como de costumbre. Maday iba de la mano y, a unos pasos por delante, caminaba su tía, vistiendo tan solo una falda de junco fino. «Siempre tan irrespetuosa», se decía Atenery al observar la irreverente sencillez con la que su tía se iba a presentar ante una reunión del respetable Consejo de Ancianos.

Mientras marchaba por el camino sagrado hacia el tagoror, Atenery calmaba ligeramente la inquietud al estar al tanto de que uno de los consejeros era Buypano. Esperaba su presencia allí. Suponía un gran regalo para la aldea tenerlo tan cerca pues residía en los alrededores y gozaba de un alto reconocimiento en todo el reino de Maxorata así como en el del sur, el de Jandía.

Las reuniones en el tagoror eran acontecimientos importantes que tan solo podían ser observados a distancia, sin tener acceso a escuchar aunque el viento soplase a favor; por ese motivo ya se veía a algunos aldeanos acomodándose en las lomas cercanas buscando una buena visión sobre el lugar. Entre esas gentes Atenery pudo observar a sus primos, atentos y preocupados por su futuro. Efectivamente quien más podía perder en aquella tarde era ella, al menos eso temía la propia Atenery, inmersa en el pálpito arrastrado desde la pesadilla de la noche anterior, aún latente ese dolor de cabeza aturdiendo sus pensamientos.

Entre los asuntos a debatir esa tarde por el consejo estaba esa disputa, por lo que el guerrero de guardia situado en el acceso, al corriente de estos, avisó:

—¡Tú! —gruñó ataviado únicamente con un calzón corto tapando sus partes sensibles, armado con un largo y puntiagudo tezzese de acebuche endurecido, mientras señalaba a la tía de Atenery e iniciaba el gesto preciso, permitiendo su paso al interior— ¡Puedes entrar al tagoror! —sentenció bruscamente.

La joven madre pudo adivinar la silueta de Buypano sentado junto al líder de la aldea en el interior del círculo de piedras respirando aliviada; aunque desgraciadamente y cercano a él estaba Akaymo, dando paso a su tía.

«Qué buenas mentiras tienes que estar diciendo, mal bicho», cavilaba Atenery pasado un rato, mientras veía cómo ella gesticulaba en pie sobre la audiencia de ancianos. Entretanto, esperaba el turno junto a Maday, frente a aquel guerrero apostado en la puerta al que

- 63 -

examinó: era un conocido de la infancia, alguien con quien había jugado en infinidad de ocasiones, con el que hacía tiempo que coincidía.

Maday se puso frente a él imitando su firme postura, bajo una inocente actitud de admiración con la que en cierta manera jugaba al desafío. Ante eso, el espíritu de ese guerrero no tuvo más remedio que delinear una sonrisa: irremisible la esbozó al igual que Atenery, aventurándose a romper el tenso silencio.

—¿Cómo estás? ¿Te va bien? ¿Los dioses te guían a paso firme? —preguntó.

—Bien. Ahora no puedo hablar contigo Atenery —contestó bruscamente recordando su nombre, con cierto pesar por haberse visto obligado a expresar lo contrario de lo deseado. Entretanto, Maday, al escuchar ese violento tono para con su madre, se refugió tras ella emitiendo un pequeño gruñido hacia el guerrero.

—La *Tamusni* es la Tamusni ¿no?, la tradición es la tradición —murmuró sonriéndole en una sutil confidencia, consciente de que bajo ninguna excusa podía distraerse en la guardia de una reunión del consejo. Mas esa no era la única razón, pues no solo pesaba que, según la tradición, ella era una repudiada al ser la madre del hijo de un cobarde, sino que en las esquivas miradas de ese momento se palpaba algo arrastrado tiempo atrás: ese macho aún apreciaba su orgullo incómodo porque fuese Amuley —antiguo compañero altahay—, quien tuvo la fortuna de poseerla y no él.

Su tía —según lo esperado—, había mentido en todo lo relacionado con la vida y las tareas diarias de Atenery —acogida en su casa por mandato del consejo ciclos atrás—, con la voluntad de hacerles parecer culpables, tanto a ella como al Consejo de Ancianos, de algo inmerecido por ella, en un intento de liberar la posible culpa con aquellas falsedades. El odio hacia su sobrina y el deseo de quitársela de encima eran más fuertes que las posibles consecuencias en un injusto veredicto de destierro de la aldea para Atenery con repercusiones para la propia tía: en ese caso serían ella misma y sus hijos quienes deberían realizar todas las tareas con las que Atenery cargaba a sus espaladas, dejando de vivir tan cómodamente. Aun así, cegada por la rabia, era incapaz de valorar ese posible y nefasto resultado para ella y los suyos. Atenery representaba a ojos de su tía la ruina de su ridícula familia. Si desaparecía —pensaba esta—, se esfumarían con ella las negras sensaciones que la perturbaban.

El consejo la había atendido, pero no a Atenery. Habían escuchado cómo se lamentaba, cómo mentía, cómo declaraba que su sobrina no trabajaba, que dormía demasiado, que les insultaba con furia en desagradecidos arrebatos de cólera, cómo comían con voracidad hasta saciarse tirando incluso de las reservas. Y añadió —con ruin imaginación—, cómo se insinuaba a los varones que por allí pasaban, avergonzando a su linaje. Una vez terminada su declaración, el consejo le pidió abandonar el recinto.

Atenery vio a su tía salir del tagoror y la sintió sobre sí mirándola con altivez de victoria. Exhibía total seguridad, se la veía orgullosa de lo referido en su sarta de mentiras. Tomó asiento seguidamente en una piedra cercana, esperando el veredicto.

El consejo comenzó a debatir con ambas mujeres esperando fuera. Buypano, extrañado, preguntó si a la joven sobrina no la iban a escuchar.

—Ya se la ha escuchado razonablemente, Buypano —contestó Akaymo con demasiada premura.

—Ah, ¿sí?... ¿Cuándo, respetable? —dijo dejando adivinar cierta mofa e incredulidad en el tono, esperando así una clara respuesta del contertulio.

—Fui yo mismo a escuchar la palabra de esta noble mujer, para su mayor desgracia, madre del vástago de un cobarde.

—¡Madre de un hijo de sangre de los mahoh!, ¡respetable!, disculpe que corrija sus palabras. No sabremos si ese hombre fue un cobarde hasta escuchar de él lo que en ese día ocurrió —sentenció Buypano seguro de sí mismo, ante la beligerancia de ese miembro del tagoror y de los que lo apoyaban con discretos cabeceos. Era consciente de que Akaymo ya tenía decidido el veredicto, pretendiendo influenciar con él el de los demás, pues así es como estaba ocurriendo a tenor de las primeras proclamas emitidas por parte de sus acólitos. «¡Que sea castigada con trabajos para la comunidad!... ¡Que sea expulsada de la aldea!... ¡Son malos tiempos para alimentar holgazanes!... ¡Que la familia se quede con el niño! ¡Destierro!». El líder de la aldea escuchaba esas sentencias a modo de reproche mientras en silencio acariciaba la *añepa* de poder tallada, matizada por colgantes de conchas de lapa.

El resto de los participantes, por el contrario, no creía demasiado la versión de la tía; descrédito motivado por sus maneras exageradas al exponerla, suficientes como para pensar el estar actuando llevada por la soberbia. Buscando castigo para su sobrina por las obligadas circunstancias en las que vivía su familia.

El líder de la aldea dejó expresarse a todos, con la paciencia de un veterano mariscador que sabe cuándo entrar a una mar brava y, al apreciar cierta calma en las aguas, se pronunció:

—Respetables miembros del consejo, agradecido estoy por su voluntad. Reconozco sus saberes. Esto se está demorando más que la lluvia cuando se necesita —con esa cercana metáfora pareció desviar cierta tensión—, y no puede ser tan difícil llegar a una adecuada decisión sobre el asunto. Estamos tratando algo importante, respetables, el futuro de una madre y de su hijo. Me gustaría una decidida respuesta en consenso de este consejo o tendré que…

—Podemos expulsar a la madre y que la tía se quede con el niño, así tendrán otro varón en la familia —apuntó airado Akaymo, tratando de precipitar así la resolución, interrumpiendo al jefe de la aldea.

—¡No interrumpas al líder, respetable! —reprendió uno de los consejeros— ¡Respeta el tagoror, Akaymo!— indicó otro enmudeciéndolo al instante.

El jefe de la aldea quedó pensativo, dando vueltas a su ombligo desnudo con los dedos, como si acariciase una barriga preñada, mientras su mirada quedó difuminada entre el imperceptible humo expelido por la pequeña pira sagrada casi consumida, en la que apenas había una o dos ascuas residualmente encendidas.

Respeto. Silencio. Tan solo el viento se pronunciaba cuando este tomó una pizca de escamas de sal de un cuenco de barro e, inspirando con los ojos cerrados perfilados en negro, la derramó sobre las ascuas a mo-

- 67 -

do de ofrenda, provocando con ello un súbito chispo-rroteo. Los abrió y en respuesta indicó:

—¿Qué piensas tras el desacuerdo de este consejo, sabio hechicero?

Buypano, guiado por la experiencia, no veía un buen final para la joven ni para su hijo. Asimismo, las condiciones en las que vivían en la aldea tras el paso de los últimos ciclos tan solo podían empeorar. Así que, antes de contestar al líder, procuró retrasar por todos los medios la toma de decisión hasta hallar una solución menos dolorosa quizá y más consecuente con esa joven y su hijo, a quienes —por alguna razón no expresada en ese momento en prudencia—, se sentía unido.

—Respetable líder, este humilde consejero piensa que una sentencia de esta importancia, incluso supo-niendo que se vaya a tomar la decisión correcta, podría traer consecuencias a este consejo. Las mismas o in-cluso peores que podría implicar el tomar una mala decisión sobre el asunto.

»Tenemos por suerte, a disposición de este venera-ble, una fuente de sabiduría y erudición superior, sin menoscabo para los sabidos de este tagoror: la de nuestras guías Tibiabín y Tamonante, eminentes sabias mujeres, que sabrán comprender mucho mejor este litigio y alcanzar la decisión apropiada en esta cuestión que nos tiene aquí enfrentados. Con la consulta a nuestras sabias se evitaría que una decisión poco acer-tada pudiese llegar a sus oídos y trajese consecuencias para la aldea y la tribu. —Buypano con esa disertación final invitó a la reflexión a los miembros del consejo, obligándolos a apagar sus propios fuegos semejantes a las ascuas de esa pira sagrada ya inanimada, testigo espiritual asociada a sus dioses, presidiendo la reunión. Remitir el caso a las sacerdotisas mayores era una propuesta inteligente por su parte, aliviando responsabilidades a la aldea; al mismo tiempo, viniendo de él, se tomaría en cuenta casi sin cuestionamiento—. Debiésemos acogernos a su consejo —decretó firme—, esa es mi recomendación, gran líder.

El jefe de la tribu reafirmó lo dicho por Buypano con gesto satisfecho ante el silencio de todos y, asiendo su añepa de poder con firmeza, dio dos golpes firmes hundiendo ligeramente la añepa en la tierra de ese tagoror, proveyendo:

—¿El consejo está de acuerdo en buscar el juicio de nuestras eruditas y sabias en este asunto?

Muchos asintieron y los demás contestaron con el silencio de sus miradas caídas sobre la pira ya apagada, incluido Akaymo y sus acólitos, derrotados inteligentemente por Buypano. Tras el consenso buscado, el líder continuó:

—Sea así entonces. En dos soles, Buypano, acompañarás a esta madre y a su hijo hasta la erudita Tibiabín y su hija Tamonante. Las sacerdotisas mayores decidirán el futuro en esta cuestión.

—Asumo mi responsabilidad, venerable consejo; así se hará.

El guerrero del acceso avisó, lejos ya de la rudeza inicial hacia su amiga de la infancia, de que podía pasar al interior para recibir el veredicto; un gesto motivado tal vez por sentirse aún atraído por ella, llevado por cierta compasión o por atenuar el descrédito al que estaba sometida en la tribu. Atenery le sonrió, agradecida por el cambio de matiz en el trato. Por último, mientras entraba algo desanimada en el tagoror, escuchó de fondo nuevamente la estricta voz del guerrero con el rudo tono inicial:

—¡Tú!... ¡tú, mujer! —refiriéndose a su tía— ¡entra también!

El viento del noreste comenzó a soplar con fuerza barriendo el escaso lienzo de calima que ensuciaba todavía el cielo sobre las llanuras cercanas a la montaña sagrada de Tindaya, la montaña blanca, el centro espiritual del mundo hasta entonces conocido para los nativos de la isla de Erbania.

Los dioses traían nubes grises desde el inconmensurable mar salado, que pasaban veloces sobre ellos sin descargar nada de su interior. Buypano, Atenery y el pequeño Maday continuaban la marcha a pie y en silencio con destino al poblado de Maharat, para presentarse a las sacerdotisas sagradas. Ese poblado del que Atenery apenas había escuchado nada era, al parecer, uno de los más grandes de la isla y el hogar de Guize, rey de Maxorata, norte de Erbania, y morada también de Tibiabín y Tamonante, las dos sacerdotisas mayores. Pero hasta llegar allí tenían por delante una larga travesía por aquellas tierras de, al menos, dos soles con sus lunas.

El fino polvo levantado por el viento se introducía a través de sus rostros y por entre los poros encontrados en sus pieles. Maday moqueaba, descansando sobre sus labios viscosas secreciones. Atenery paró junto a un palmeral bajo la cara norte de la montaña de Tindaya y lo limpió con sus manos. En ese instante se dio la vuelta y quedó mirando en dirección a la aldea, ya lejana, rememorando cómo en esa misma mañana su tía reía al verla marchar. Esa imagen la llenaba de malsanas sensaciones, de ira más bien. Sentía lástima de sí misma por la situación; odiaba a esa mujer, incluso deseaba su muerte. No obstante, algo hizo que dejase atrás ese pensamiento insano: se sintió llamada y en ese instante volvió la mirada para dejarla suspensa frente a la enigmática montaña sagrada. Y, sin más, esa punzada de odio recorriéndola visceralmente el vientre desapareció.

—¡Buypano! —Este paró al escuchar su voz femenina— ¿Crees que, si hiciese una ofrenda a los dioses en la montaña, como muchos otros han hecho desde que el mundo es mundo, podría salvarme de esta maldición?

El hechicero se sonrió por dentro. La pregunta de Atenery reforzaba sus premoniciones, los vaticinios vislumbrados el día en el que sus guías lo llevaron hasta la Boca del Diablo —aquel lúgubre agujero donde al asomarse uno se perdía bajo las entrañas de la Tierra—, para descubrir allí a Atenery a punto de quitarse la vida. Concibió en sus revelaciones el comienzo de una sobrecogedora profecía, de la cual sabía que se convertiría en leyenda aún sin serle desvelado el final. «Es ella, sí». Era ella la protagonista de esas visiones teñidas de amargura y sangre. Momentos similares a ese no eran nada más que susurros del destino confirmando un camino correcto a recorrer. Dichas informaciones se percibían puras y reales como nunca. Buypano guardó toda esa información para sí en espera de poder revelarla en el momento oportuno, evitando sugestionar a los mortales al conocer el destino trazado por los dioses. Tan solo ofrecería unos finos trazos.

—Pequeña Atenery, si los dioses te están haciendo pasar por esta prueba es porque saben que estás preparada. Está en ti poner de tu parte y hacer grande tu espíritu creciendo con lo que estás viviendo. Respondiendo a tu pregunta, las ofrendas se hacen para agradecer lo traído por los dioses, no para comprar su voluntad.

»Tú aún no sabes lo que te deparan, ahora tan solo miras la vida con ojos de resentimiento. Lo que nos sucede tiene un porqué; las causalidades, el destino y otras cosas más, que ya identificarás, no son sino manifestaciones de los dioses que debemos atender desde nuestro interior. Esas causas son la manera que tienen estos para dirigirse a nosotros. Esto ya lo hemos hablado en alguna ocasión, pero no está de más repetirlo. Llegará el momento en el que cambies tu pensamiento sobre esto y no te preguntes por qué te sucede; en su lugar, te preguntarás para qué te está sucediendo. Ese será el día en el que vendrás a hacer la ofrenda a mi venerada montaña de Tindaya, porque sentirás que los dioses tienen algo más grande para ti, algo que tu dulce mirada no te deja ver ahora por estar llena de cólera.

—Tras un silencio en el que Atenery permaneció a la espera de más, Buypano dispuso con ánimo algo diferente, entendiendo que era suficiente con lo ya expresado—: Por hoy hemos caminado bastante y más con este pequeño guerrero llevado con nosotros. No tenemos prisa, ¿verdad? Si los dioses nos traen estos vientos será porque quieren que descansemos y charlemos un rato, ¿cierto? —terminó la frase sonriente, sacando a su vez una bonita sonrisa a Atenery. Los tres se dirigieron a cobijarse con la intención de pasar la noche bajo un palmeral cercano, bañado por un pequeño riachuelo en la parte norte de Tindaya, con unas vistas privilegiadas sobre la montaña sagrada de los mahoh.

A Maday se le notaba cansado al decaer la luz de Magec después de esconderse por poniente y, tras colmar el estómago con una dura tira de carne ahumada y varios higos, cayó rendido en el saco de piel vuelta sobre el lecho de arena y palmas preparado por su madre. Las tenues llamas del fuego incandescentes resplandecían en la tersa piel del pequeño, al que Atenery observaba una vez más con la ternura propia de una madre mientras lo acariciaba, acurrucado, habiendo buscado antes de dormir la protección de las piernas del hechicero. Fue en esos instantes de calma cuando recapacitó sobre esas palabras llenas de enseñanzas escuchadas esa tarde en boca del sabio. Al repasarlas mentalmente tuvo la necesidad de compartir ciertas dudas con él.

—Me son complicadas de entender tus sabias palabras, Buypano. Las entiendo, pero no logran entrar en mí.

—No entran en tu interior, pequeña, porque tu interior está cerrado a entenderlas, mucho resentimiento contra ti misma y contra los demás tienes, pesando tal que masa de arcilla seca que no se deja moldear.

»Hasta que no humedezcas ese dolor con las puras aguas del amor, no conseguirás tomar las cosas tal como los dioses las traen. Deja de luchar contra ellos y sus designios, no encontrarás la paz dentro de ti ni el aliento necesario si nadas en contra de una corriente en la que te ahogas sola. Donde hay lucha domina la cabeza y no el corazón —dijo reafirmando sus palabras al señalarse esos dos lugares del cuerpo consecutivamente con sus secas manos trabajadas por la edad.

Buypano avivó el fuego con algunas ramas provocando un centelleo ascendente y arremolinado en forma de columna hacia el cielo, desapareciendo en el firmamento semejantes a estrellas fugaces.

—Nos equivocamos muchas veces, yo el primero, pequeña Atenery. Lo adecuado no es siempre lo mejor para nosotros. Uno debe permitir que las cosas sucedan sin provocarlas, para que la vida fluya con la energía que nos rodea.

»Cuando tengas dudas sobre algo, no hagas nada. Espera, ten paciencia, no te precipites; los dioses te mostrarán el camino de alguna manera. Debes de estar predispuesta a verlo, no puedes ir por la vida corriendo y machacándote tal que roca al cereal, porque terminarás como polvo de gofio.

Buypano era consciente —por la expresión de Atenery—, del grueso muro de piedra que rodeaba su corazón impidiéndola entender estos pensamientos. Si bien ella analizaba aquellas palabras, sus cargas le impedían comprenderlas en su justa medida, pues tenía demasiado presente en ese momento el poder ser desterrada de su aldea natal e, incluso, ser separada de su hijo. No eran por tanto asuntos banales, eran motivos de peso explicando sus malsanos sentires. Buypano vislumbraba un duro futuro demasiado próximo para esa madre y debía prepararla para encararlo con sabiduría y dignidad.

—Debes saber, pequeña, que los dioses actúan con una intención y hay que tener la entereza y el coraje de verlo así. No hacerlo sería egoísta por nuestra parte, porque solo pensaríamos en nuestro bienestar.

—Pero, ¿cómo puede ser? He sufrido la muerte de mi padre, la desaparición de mi amado Amuley y de mi querida madre; y tras esta tragedia, el rechazo de mis tíos y ahora... el de la aldea también. No he parado de trabajar para los demás, de cuidar de mi hijo sola. ¿Y a mí? ¿Quién me cuida? ¡¿Quién?! ¡No es justo!

Buypano sabía que con solo tener la voluntad de dar un pequeño golpe a ese escudo caería por sí solo como un muro de piedra blanca, por esa razón continuó con sus enseñanzas.

—Los dioses, Atenery, los has tenido ahí todo el tiempo ofreciéndote su ayuda. Eres tú quien no ha querido aceptarla, tu parte atormentada ha caminado por la senda del odio hacia todo lo que te rodea, culpando a todos de lo sucedido. Tu hijo ha estado contigo todo este tiempo, ha crecido sano y salvo, quizá sin padre y sin antecesores, sí, pero te ha tenido a ti, Atenery, a su madre.

»Como te he dicho, los dioses no traen nada para lo que no estés preparada, eso es una ley ancestral. Mas escucha bien mis palabras: los dioses comienzan a hablar sin que se les escuchen, susurran en un rumor casi imperceptible para que comiences tu propia labor, pero van alzando la voz a medida que no se sienten escuchados. ¿Qué haces tú con tu hijo cuando ves que se dirige a un peligro y no te atiende?

—Pues... le grito.

—Pues lo mismo hacen ellos cuando ven que has pasado tanto tiempo ignorando sus indicaciones, ocupada en maltratarte por lo que sucedía a tu alrededor, quejándote de todas tus desgracias. ¡Ellos te gritan!

—confirmó, alzando ligeramente la voz para enfatizar así ese ilustrativo discurso—, y ese grito siempre llega en forma de enfermedad o de grave problema por todo el rencor que llevas en tus adentros como barro seco.

Atenery lo miraba con un gesto tan escéptico que podría llegar a molestar a otros, no por ello a Buypano. Algo se le estaba removiendo por dentro con ese mensaje, quiso pensar el hechicero.

—Sabio Buypano, ¿estás diciendo que mis dolencias y padecimientos son gritos de los dioses para que cambie el cómo me tomo la vida?

—Así es, tú misma te estás contestando, parece que lo vas entendiendo. Y aún te pueden llegar a gritar más fuerte, pueden llevarte hasta la extinción.

Tras escuchar esa última información resonando en el eco de un pecho vacío, Atenery se emocionó contenida, al contrario que Buypano que, compasivo, se sonrió: «El muro se debilita», recapacitó el sabio.

Chascó varias ramitas en sus manos y con ellas azuzó el fuego de nuevo. Se recostó de un lado en las pieles, perdiendo el contacto físico con Maday respirando ausente en un sueño, mientras observaba cómo miraba a su hijo, secándose una lágrima que limpiaba al paso de un rostro polvoriento.

—Ayúdame a comprender, sabio Buypano, ayúdame a salir del sufrimiento de mis adentros.

—Todos necesitamos un guía —contestó con suavidad—, un maestro mostrando camino, pero el esfuerzo de caminar nos pertenece a cada uno. Si a uno lo llevan en brazos no hay esfuerzo y, sin esfuerzo, nunca hay una verdadera recompensa. Este es el trabajo más duro que vas a tener en la vida, pequeña, mas también el que mayor felicidad va a aportar a tu existencia.

Atenery intentaba aliviar más lágrimas cosquilleando por sus mejillas sin apartar la mirada del enigmático rostro de Buypano, aclarado en ese impás por el irradiante fulgor de la lumbre. Con el rostro sereno, marcado por profundos y plisados surcos propios de la edad, bajo una mirada limpia y cautivadora, allí yacía recostado en calma, mientras mordía con sus pulidos incisivos un trozo de queso destacando tan blanco como sus dientes.

El viento había cesado, dejando tras de sí una noche apacible iluminada por la mirada de Achuguayo, dios de la Luna, cuya luz ya perfilaba las crestas de Tindaya.

—¿Ves esa nube, pequeña? —decretó señalando una tan negra que por unos instantes tapó la luna.

—Sí, la veo.

—Así ves tu vida, así es como la sientes. Insignificante, fugaz y negra como esa nube. Pero ¿qué hay detrás de esa nube, Atenery?, ¿qué hay?

Pensaba que el sabio buscaba una respuesta compleja bajo esa mística pregunta, sin ocurrírsele que tal vez buscaba la más sencilla; pese a ello, acertó dejándose llevar por su inocencia y naturalidad, permitiéndose ser ella misma:

—El cielo, Achuguayo —la Luna—, la bóveda celestial está detrás de la nube, sabio Buypano.

—¡Justo! Esa es tu realidad, mujer. Te centras en esas nubes tan insignificantes para este mundo como tus problemas, pero no te fijas en la amplitud de la bóveda celestial, en la que estas parecen diminutas dentro de ese inmenso cielo al que pertenecen.

»No mires las nubes sino el cielo, admira esa bóveda desde la que nos observan el eterno Achuguayo y el supremo Achamán junto a nuestros ancestros. Deja que las cosas sucedan mientras te preguntas quién eres ahora y dónde quedó la que eres de verdad. Los dioses te ayudarán en las respuestas si estás dispuesta a escucharlas. Valiente mujer, confía en ellos.

Atenery escuchaba con atención, consciente de que Buypano le estaba dando una lección única y privilegiada. Comenzaba a suceder algo puro aquella noche a su alrededor: el viento cesó, el cielo se aclaró desplegando con brillo todas sus estrellas y Achuguayo resplandecía despejado y fulgurante sobre ellos. Era como si las palabras de Buypano —a modo de conjuros de hechicero—, hubiesen abierto nuevos caminos en su espiritualidad, removiendo la tierra bajo sus pies para sanear sus raíces. No obstante, sentía todo aquello aún como secretos reservados para personas elevadas, pero no para ella.

—Sientes la energía de mi montaña sagrada, ¿verdad? —inquirió Buypano bajo el perfil nocturno de Tindaya.

Atenery quedó asombrada por esa pregunta que ciertamente confirmaba su pensamiento anterior. Se le erizó el vello sorprendida por la inesperada conexión ocurrida entre los dos, pues era cierto: sentía algo fuerte e inexplicable en ese lugar sin haberse preguntado qué sería. Lo ilustrado por Buypano comenzaba a tener sentido; sintió ante ella la posibilidad de lo posible, de lo inconsciente hasta ese momento a una consciente propuesta de cambio. Tomaría ese incierto camino de seguro destino: reconciliarse con su espíritu.

—¿Cómo lo puedo hacer?, ¿cómo comienzo a entrar en mí?

—Pequeña, serena tu alma, no pienses. Respira despacio y profundo. Dejar de aturdirte con miedos, Atenery, no cuesta más que una pizca de tesón.

—Sí, pero ¿cómo se hace eso que dices? —ansiaba rápidas respuestas—, pues me invaden malos pensamientos a los que no quiero escuchar más.

—Ven y siéntate —señaló un espacio vacío entre los dos—, toma contacto con la energía que fluye de la misma Madre Tierra, siéntela y mira arriba, al cielo, únete con ella dejándote ir. Siente el aire acariciando tu piel, tu rostro y cómo mece tus cabellos tenuemente. Deja de pensar por un instante, siente, solo siente, déjate ir y observa cómo entra en tu interior y sale de él. Hazlo —propuso—. Cierra los ojos y respira, las personas que hacen esto crecen de dentro hacia fuera, y no al revés, ese es el proceso natural de la vida tal como la oruga se convierte en mariposa.

»Cuando uno está en paz por dentro ilumina el camino a los demás con la luz necesaria. Si estás en paz, tu energía fluye y dejas de adolecer. Algunos te odiarán o envidiarán, pero tu paz te protegerá sin que te afecte, sin tener motivos de revancha por nada ni por nadie, y ningún rencor existirá en ti.

Atenery respiraba ansiosa con los ojos cerrados, meditando las palabras pronunciadas por Buypano.

—Respira y vacía tu cabeza de pensamientos inmerecidos. Sóplalos para que salgan de ella cuando lleguen nuevamente; sopla y sopla hasta que se vacíe del todo y tan solo quede un mar en calma. Respira y siente la pura luz del universo en tu pecho, un haz de luz que intenta encenderse y reflejar hacia los dioses la luz de tu espíritu; esa luz la tenemos todos, pero no hacemos por avivarla, la apagamos sin prudencia. Cuantas más veces intentes sentirla, más intensa se volverá y con más fuerza la sentirás en ti.

Así procuró hacerlo. Esa noche Atenery durmió como hacía tiempo, profunda y plácidamente. Fueron las primeras luces del alba —y unas cariñosas palmaditas de Maday en el rostro—, las que la sacaron de ese estado de absoluto e intenso descanso, no recordado.

Buypano no estaba pero sí su *tehuete* —el característico zurrón de piel del que nunca se separaba—. Aun así apenas le preocupó su ausencia, decidiendo comer algo para refrescarse después en el riachuelo cercano.

Al rato se fijó en la nutritiva silueta de un hombre que lentamente hacía figuras hacia dónde salía el sol: era él realizando algún ritual matutino y saludando a Magec naciendo por levante. Atenery, empujada por esa sanadora sensación de liberación con la que se había despertado, comenzó a imitar aquellos movimientos de Buypano desde donde estaba, cerrando los ojos y saludando también al nuevo día. A medida que realizaba esos naturales movimientos se iba sintiendo embriagada por una placentera sensación de paz, como en comunión con sus antepasados, con sus dioses y, lo más importante a su vez, con ella misma. Entretanto, Maday comenzó a imitar a su madre del mismo modo sin que esta se diera cuenta, conformando todos ellos una dulce estampa a ojos extraños.

Tras ese momento sublime dejándose ir en toda su extensión, la joven abrió los ojos y algo sobresaltó su ánimo dando un paso hacia atrás: Buypano sonreía frente a ella.

—Así me gusta, pequeña: un esfuerzo, una recompensa. Un trabajo que tenemos que hacer cada uno de nosotros por nosotros y para los demás.

La vergüenza experimentada por haber sido vista imitándolo le duró el efímero intervalo en el que Maday ofreció a su madre una flor de un llamativo color malva, colocándola entre sus cabellos al instante para, acto seguido, abrazar a Buypano espontáneamente, cerrando aquel momento de la manera más pura.

Continuaron su camino hacia el sur dejando atrás la montaña sagrada de Tindaya, la Quemada, la Bermeja y la del Tao, refrescándose en el manantial de aguas sanas de esta última. Durante el trayecto fueron evitando las zonas de malpaís, donde era más complicado caminar por entre sus piedras sembradas de aristas. Cada tanto Buypano paraba con cierta templanza para instruir a Maday sobre las plantas que se podían comer y el nombre de todos y cada uno de los seres vivos con los que se cruzaban. Maday quedaba deslumbrado por esas historias relatadas sobre dichos animales, sobre cómo comían o con qué sonidos se hablaban entre sí. Al mismo tiempo, Atenery aprovechaba para ponerse al corriente de todo este conocimiento sobre Erbania, su isla, trayendo a la memoria multitud de vicisitudes experimentadas cuando era pequeña. Rememoró la cruenta guerra que perduró por ciclos entre los reinos de Jandía en el sur y de Maxorata en el norte, conflicto en el que diferentes tribus y clanes se enfrentaron por tierras fértiles y ganado, muriendo muchos guerreros altahay de ambos bandos en aquel conflicto, absurdo para unos y necesario para otros. Confirmó también lo creía una leyenda: que era cierto que la sacerdotisa Tibiabín reconcilió a las dos partes recomendando, a su pesar, la construcción de un extenso muro de piedra dividiendo estos dos reinos y que, con ello, se firmó la memorable paz que perduraría hasta el momento entre los reyes Guize, del norte, y Ayose, del sur. «Entonces, ese muro tan largo como el ancho de la isla existía…», discurría sorprendida.

Al parecer, Tibiabín y Tamonante, eligieron residir en el centro de la isla tras la guerra para así estar cerca de todos los seguidores de una tradición perfectamente arraigada tras generaciones: la Tamusni, los preceptos de los mahoh. Y entre las dos caras del muro optaron por habitar en el lado norte, resultando así más accesibles a todos a la hora de ser veneradas y consultadas por los dos reyes, tribus o clanes. Así pues, Buypano informó a Atenery lo habitual que era que estas dos sacerdotisas fueran visitadas por gentes del sur y que, en ocasiones, su rey Ayose subiese a tantear asuntos de importancia con ellas sin traba alguna por parte de Guize. Las hechiceras mayores residían por encima de las trivialidades de los hombres, vivían por y para la Tamusni.

Decidieron terminar el día en la zona llamada por Buypano de los Valles, tierras recónditas desconocidas para Atenery, demasiado alejadas de su aldea.

Llegada la segunda noche apreciaban un natural cansancio a sus espaladas después de la larga marcha. Atenery, tras comer algo, intentó volver a realizar eso en lo que Buypano la había instruido bajo la falda de la montaña sagrada la noche anterior y que tanta calma prestó a sus sueños. Lo intentó varias veces, le resultaba imposible de sentir en aquella noche, tan diferente a la anterior. Desesperada exclamó:

—¡Maldita sea!, no puedo entrar dentro de mi espíritu como ayer, mis miedos lo impiden, sabio; siento un oscuro pesar arrastrándome fuera. Todo por mi temor a la decisión de las eruditas.

Frente a la luz de un fuego encendido con yesca y pedernal, la presencia de Buypano permanecía escuchándola recostado sobre un tronco de palmera caída, con el pequeño Maday arropado en su seno.

—Pase lo que pase, pequeña, ten en cuenta que Tibiabín y Tamonante son sabias, nunca tomarían una decisión que no sea la más elevada de las decisiones, no son como el resto de los mortales. Son maestras de maestros y nunca juzgan; toman las mejores decisiones a partir de las dificultades que se les proponen y emiten su juicio únicamente si se les consulta. Desde siempre sus fallos han sido elevados, sin buscar más beneficio para unos que para otros, sino buscando lo que favorezca a todos los mahoh, según el designio de los dioses a través de la ley ancestral. Interpretan la noble ley, la sagrada Tamusni, convirtiéndola en tradición imperecedera.

Mientras Buypano departía arrimó al fuego un par de lisnejas rellenas de bayas, queso y dátiles ensartadas, dejando un aroma apetitoso al permitir dorarse la piel de esos reptiles hasta resultar crujiente.

—Sea cual sea la decisión y pase lo que pase mañana en la audiencia, debes salir de allí libre de toda culpa, pues habrán sido los dioses los que te hayan llevado hasta el instante que vivirás. Confía, pequeña Atenery, confía en los dioses, confía en que todo en esta vida pasa por alguna razón, solo tienes que poner de tu parte abrazando lo venidero.

»Un hijo es un regalo que le haces a la vida, a la Madre Naturaleza, al propio niño por otorgársela y a los demás para que la compartan con él. Tu hijo no es tuyo, no es de tu propiedad —expresaba Buypano con gran dosis de cariño en sus palabras—. Tu misión es criarlo y hacer de él todo un hombre, preparándolo para volar solo cuando toque; a poder ser, un hombre de bien. Toma decisiones justas, no las que te beneficien a ti.

Buypano con estas palabras la preparaba para el peor de los resultados, mientras acariciaba a Maday con afecto, quien entreabría y cerraba unos pesados ojos por efecto del sueño, sin entender aún las sentencias comentadas a su alrededor; le bastaba tan solo con la calma sentida al escucharlos.

—Tu hijo es un niño diferente a los demás, Atenery. Tu hijo tiene algo especial, saberlo debes si todavía tu nublada sensatez no te ha permitido verlo.

Ella no otorgó el peso adecuado a esas palabras, probablemente por estar distraída en las anteriores, sin embargo, eran palabras cruciales que Buypano había dejado caer con importantes repercusiones en días posteriores para ella. Las extraordinarias manos de Buypano hicieron sucumbir a Maday cayendo en un profundo sueño, evidenciado por ambos al sentir los ligeros espasmos con los que su espíritu aflojaba esas pequeñas extremidades agotadas tras aquel día.

—Procura descansar, pequeña. Come e intenta entrar una vez más en tu interior como lo hiciste ayer y ten paciencia en ello. Enfrenta esos miedos mirándolos a los ojos y trata de abrazarlos, porque son tuyos, son tus miedos. De la misma manera que disfrutas abrazando tus alegrías, dale también cariño a tus miedos. Son los propios de cualquier ser humano.

Al día siguiente, tras pasar la mañana caminando, hicieron una parada para descansar en el barranco de Maharat. Entre sus paredes discurría un río de ancho caudal y apenas profundidad, desembocando en el mar desde el mismo poblado que le daba nombre. Atenery, despojada de sus pieles y empujada por el calor del mediodía, se sumergió por entero desnuda, agradeciendo reconfortantes sensaciones en sus feminidades. Piel y cabellos se sumergían y emergían ungidos tras ella, aportándole el mayor de los esplendores que un rostro podía expresar por sí mismo en su sobrenatural belleza nativa. En aquella poza regalada por un recodo del río no tardó en aparecer Maday hasta ella jugando, chapoteando, riendo…, olvidando Atenery en esos instantes permitidos todos los problemas que la atormentaban. A pesar del gozoso momento, los malos hábitos asociados a su dura existencia hicieron resurgir la penosa sensación de no merecer el disfrute por esa arraigada culpabilidad. Y en ese instante fue consciente de su realidad, de que posiblemente fuera la última vez que jugase con su hijo; y una gran pena la atrapó como si la hubiesen despojado de toda esperanza. La clara y fresca energía que los bañaba en esas aguas se tornó en lodos de sufrimiento y la joven mujer abrazó a su hijo apretándolo contra el pecho, sin entender Maday ese acto desde su escaso criterio, mas apreciando una desazón repentina en su propia madre.

Buypano, disfrutando a su vez de las sensaciones proporcionadas por el frescor de aquellas aguas y reposando desnudo en el lecho del río, fue testigo de la escena.

—¡Atenery! —interrumpió sabiamente—, deja que juegue solo un rato, mujer, comamos algo nosotros.

Mientras cubrían de manera natural su original desnudez, Buypano indagó:

—Dime…, contesta con sinceridad, pequeña, ¿cuántas veces has jugado con tu hijo?, ¿cuántas veces has disfrutado con él, como en estas dos jornadas, en los últimos tiempos?

Atenery entendió la pregunta a la perfección. Sabía que esa tristeza, atada a ella desde hacía tantos ciclos, no le había permitido disfrutar ni de Maday ni de otras cosas. Siempre se ponía excusas: que si las labores, que si el tiempo, que si sus dolores…, pero en realidad era esa rabia, por la que culpaba a todo y todos, la que se lo impedía. En el fondo era únicamente ella la que no se permitió disfrutarlo.

—Has llevado una vida oscura, sin luz, con resentimiento. Con ello estabas arrastrando a tu hijo. Lo llevabas a una existencia similar a la tuya. Esto que te está sucediendo es un cambio para salir del pasado en el que estás inmersa. No has sido digna de ti, no has sacado nada de provecho salvo un martirio; pero ahora, ahora es el momento. Cada uno tenemos nuestras cargas y no hay que compararlas con las de los demás.

»Mira tu tía a la que tanto odias, ¿podrías vivir como ella vive? Un esposo degenerado, unos hijos holgazanes… Ella te envidia desde el prejuicio porque cree que vives libre de sus propias penas, sin saber que tú la envidias a ella porque crees que ella es libre de las suyas. Curioso, ¿no? No lo habías visto así, ¿verdad? Si vives comparando tus males con los de los demás, te rebajas a ti misma; todo depende de ti, de la energía con la que das el primer paso que inicia tu día. Lo que ha sucedido ya no está, salvo en un recuerdo que te ata por la espalda; y lo que va a suceder tan solo está presente en unas pesadillas que te impiden avanzar. De ti depende, no de los demás, que esas que son tus pesadillas se transformen en bellas esperanzas en forma de sueños. De luz y no de oscuridad. Todo está en la voluntad con la que vivas cada instante del día, en ese primer abrir de ojos, en ese primer pensamiento; en la energía de ese primer paso al comenzarlo. Tras ese paso encontraras el empuje para dar el siguiente y el siguiente y, sin darte cuenta, estarás caminando hacia tus sueños sin mirar atrás para lamentarte: esa es la diferencia entre soportar y luchar. Tú llevas la sangre guerrera de los mahoh, la fuerza de los dioses de nuestra estirpe, bebe de ese manantial que fluye entre nosotros, hazte acompañar de esa fuerza, mi pequeña gran Atenery. —Buypano carcajeó de manera espontánea tras argumentar ese razonamiento, tan complicado de vislumbrar para los mortales, como sencillo de encajar si se exponía con tacto.

Con esa aclaración —tan simple mas contundente—, Atenery discurrió que la maestría de Buypano comenzaba en saber compartir esa sabiduría adquirida, dejando a un lado la necesidad de otros de dar lecciones, creyéndose maestros en su propia ignorancia, viniéndole a la cabeza en ese instante los rostros de algunos ancianos del consejo de su aldea, semejantes al de Akaymo. Sentía tras esas palabras y por primera vez un equilibrio de fuerzas entre la desolación y la liberación. Ella sola pensó que, se fue introduciendo en una espiral negativa de la que estaba siendo consciente de una manera clara. Por el peso de esas trágicas circunstancias sobrevenidas, abandonando sus ganas de decidir libremente, de ejercer su propia libertad espiritual o su independencia, sustituyendo esas sanas virtudes por el victimismo.

—Los dioses te otorgaron la libertad de decidir quién quieres ser, incluso en las peores circunstancias. Ellos siempre nos dan la libertad de decidir, pero eso es una tarea difícil. Lo fácil es abandonarse y culpar a los demás.

—Qué tonta he sido, sabio Buypano —se criticó a sí misma con una apenada mirada fija en el chapoteo de su pequeño en la poza, dichoso tal que nunca antes lo había visto.

—No has sido tonta, Atenery, no te hables mal nunca, pequeña. Has sido inconsciente, como todos lo hemos sido alguna vez y lo seguiremos siendo. No te culpes, sé compasiva siempre contigo.

La joven meditó en esos instantes esa inquietante revelación en forma de reflexión sin los recelos anteriores: Buypano llevaba razón, debía buscarse a sí misma, aceptar con dignidad lo que las sabias Tibiabín y Tamonante decidiesen para ella y su hijo. En ese soplo Atenery advirtió que algo nuevo había sucedido en ella, cambiando su rumbo a la hora de dar nuevos pasos hacia delante en el discurrir de una vida que, a todas luces y de seguir igual, hubiese sido nefasta para Maday. Del mismo modo, se sentía vital, como si hubiese ingerido algún brebaje energético convirtiendo esa eterna densidad en una extraña fuerza. Emprender ese viaje hasta el poblado de Maharat acompañada de

Buypano y su hijo era una dulce parábola material inseparable de la parábola espiritual. Despejando dudas a su vez fue consciente de que no había vuelto a sentir esos dolores de cabeza y pecho pese a la falta de descanso. Mirando atrás, bajo el prisma de ese novedoso equilibrio de fuerzas asumido, se descubrió como la intérprete de una vida sombría y gris que no tenía intenciones de retomar, cargada y oscura como duras tormentas provenientes del sur.

Atenery continuaba más serena su camino en silencio, asumía sus debilidades como nunca antes y comprendía mejor sus emociones, unas a las que pocas veces había mirado directamente a los ojos. Seguía a Buypano, quien caminaba unos pasos por delante portando a Maday. «Ojalá fuese Amuley el que lo llevara sobre sus hombros», imaginó en ese instante de melancolía. «Si los dioses lo han querido así, así tendrá que ser y así será por alguna razón que ya se mostrará», se dijo a sí misma con sosiego, sorprendida de ese razonamiento tan inusual en ella, incapaz de asumir como suyo días antes.

Inmersa en esos pensamientos emergió de su quietud al escuchar voces cercanas: varios chiquillos gritaban a un rebaño de cabras. Pastoreaban. Los gritos continuaron cambiando su tono y mensaje cuando se percataron de una presencia en dirección al poblado. Reconocieron al sabio. «¡Buypano!... ¡Viene Buypano!... ¡Buypano, el sabio!», gritaban varios niños, corriendo la voz para que las gentes que anduviesen por el barranco de Maharat supiesen de la llegada a su poblado del hechicero del norte.

Esos niños ya se arremolinaban en corro dándole la bienvenida. Maday, encaramado sobre sus hombros, sonreía por esa dicha ocurrida en torno a él, alegrías nunca vistas en las tierras de donde venía, mustias de dolor. Tras un recodo del barranco apareció el poblado ante los ojos de Atenery, sorprendida por su tamaño. Las casas se perdían en el horizonte serpenteando por aquella extensa vaguada, hasta el inmenso gran azul por levante. Algunas eran cuadradas con esquinas, nunca vistas por ella; las demás eran como las de su aldea, con techos de piedra plana y algunas otras de palma. El poblado continuaba alargándose por entre un extenso palmeral corrido a lo largo del río, contribuyendo a dar cobijo y sombra a todo tipo de actividades realizadas en ese momento por sus pobladores. Ver a tanta gente de repente, sin esperarlo, le hizo sentir cierta perturbación, seguida de la reacción inconsciente de ajustarse las pieles y atusarse los cabellos aún mojados, como si así se presentase más adecuada ante lo desconocido; detalles que honraban su feminidad. Avanzando hacia el poblado podía observar cómo sus gentes parecían convivir felices y se sonrió. Le vinieron recuerdos de una época segura de haberla vivido y no imaginado. Rememoraba ese instante —como si se tratase de un sueño— que en su aldea se llegó a respirar así antaño. Esos mahoh realizaban de buen ánimo sus tareas sobre esteras de junco y palma; trabajaban el barro con las manos en forma de *gánigos*, tabajostes y vasijas bien decoradas de aspecto robusto, mientras charlaban distraídos en su hacer; las mujeres preparaban pequeños montones de avena, cosco, cerrajas y alpiste, y otras molían en morteros de piedra, como ella misma hacía en la intimidad de sus tiempos de soledad. Llevaban a cabo todas esas actividades entre chanzas y cánticos de endechas conocidas y otras jamás escuchadas.

Apaciguando Buypano a los animosos vecinos de Maharat llegaron hasta un llano rodeado de un gran complejo circular, a modo de vivienda que destacaba de las demás, donde el hechicero invitó a una pausa en el ánimo de los vecinos, ya fuesen chiquillos o adultos que lo habían acompañado desde su entraba en el barranco. El lugar estaba resguardado por varios guerreros altahay de gran envergadura y aspecto fiero, armados con garrotes, varas y tezzeses. Estos saludaron con honores a Buypano, dejándolo pasar sin trabas al recinto, bien al tanto de quien se trataba. A Atenery le sorprendió lo enormemente reconocido que era Buypano fuera de su aldea, a todos les parecía una eminencia y saludaban al hechicero con la efusividad de quien reconoce a alguien importante, cosa que en su aldea no sucedía, debido posiblemente a la asiduidad de su presencia. En esos instantes experimentó la agridulce emoción de un orgullo en trazas miserables, por no haber considerado suficientemente a ese sabio dada la familiaridad existente, cuando otros anhelaban de aquella manera estar junto a él. Hacía mucho tiempo ya de esa noche en la que quiso morir frente al gran abismo negro perdiéndose en las profundidades de la misma Madre Tierra, momento en el que discernió encontrarse preñada y que, gracias a la visión del rostro de su amado Amuley, cesó en sus nefastas intenciones. Por ese motivo, en los momentos gratos se sentía aún más en deuda con ella misma y con la vida. «¿Por qué fuiste tan torpe, Atenery? ¿Por qué no fuiste a visitar más a menudo al sabio?»; teniendo a Buypano tan cerca, no acudió necesitando consejo, se lamentaba. Se había comportado como una necia al igual que otros desagradecidos de su aldea, tan acostumbrados a la presencia en ella de un sabio que ya lo tenían subestimado. Con todo, se hallaba agradecida a los dioses por haber cruzado sus caminos. El orgullo la llevó a pensar el no necesitar la ayuda de nadie. En ese día se arrepentía, en medio de aquel soplo de cordura, mientras disimulaba sus reflexiones frente a aquellos desconocidos de su misma raza, experimentando la viveza de otra lección surgida: la errónea concepción del significado de orgullo. Una enseñanza otorgada por ella misma en ese preciso instante.

Buypano salió de la gran casa, acercándose.

—A la caída de la tarde nos recibirán. Descansemos y comamos algo mientras tanto, pequeña Atenery.

Varios aldeanos se les acercaron y les ofrecieron solemnemente alimentos y leche fresca de cabra. Gentilezas que tanto Buypano como Atenery agradecían con amabilidad. Asimismo, el sabio atendía a las súplicas para asistir a un familiar con algo roto, un dolor en algún lugar del cuerpo, una cabra coja o algún padecimiento. Un sinfín interminable de dolencias a remediar. «¿Acaso el hábito en la presencia de una persona provocaba su desvalorización? ¿Tenían otros que estimar lo que uno tenía la suerte de tener presente?», volvía a discurrir una avergonzada Atenery ante aquello.

—¡Tendré tiempo para todos, tranquilos! Que alguno de vosotros os ponga por orden y os organice por gravedad. Prometo no marcharme del poblado hasta atenderos a todos —dijo a los presentes en voz alta, con esa candorosa sonrisa que esgrimía por rutina al departir con cualquier ser vivo, ya fueran mahoh, animales, plantas o los mismos dioses.

Maday jugaba con unas tortugas gigantes casi de su tamaño, unos misteriosos animales de los que Atenery tampoco conocía su existencia, caminando por allí algo torpes, paciendo hierbas e irguiendo atemporales sus cuellos. Mientras, los aldeanos se iban yendo poco a poco siguiendo al hombre encargado de organizar al grupo antes de ser atendidos por el sabio hechicero, dejándolos solos en ese descanso merecido.

—¿Qué va a pasar, Buypano? —preguntó inquieta por su futuro en esas tierras desconocidas.

Buypano señaló la gran casa de donde había salido momentos antes:

—Ahí vive nuestro rey Guize, pero también recibe en audiencia la erudita Tamonante «La que lee la ley», como bien sabes. Es la hija de la gran sacerdotisa Tibiabín «La que susurra desde dentro».

»Algunas veces el rey está presente y otras no. Tú por él no te inquietes, es hombre templado. Sabe bien de la sabiduría de ellas y las respeta como ningún otro, no se entromete en decisiones tan elevadas y tampoco debe, pues los designios de los dioses hablan a través de ellas. Así que, si estás tranquila, todo lo que ocurra lo vivirás con la misma luz irradiante de Magec. Tamonante ha sucedido en las audiencias a su madre últimamente y será ella quien decidirá sobre la petición que los ancianos de tu aldea le han trasladado. Como ya te comenté, Tamonante cuida de la tradición, observando imperturbable por la prosperidad y el porvenir de nuestra tierra, la de los mahoh. Sus visiones y las de su madre siempre nos han llevado a todos a buen fin, incluso las que no se han entendido inicialmente. Tanto las de Tibiabín, como las de ella después, han tenido buenos resultados a través del tiempo.

Atenery y Buypano pasaron la tarde departiendo confortablemente, adquiriendo ella la calma necesaria para digerir bien sus enseñanzas, —que iba profesando cada vez con más soltura, sin los empachos incomprensibles del principio—, con aquellos mensajes que le tocaban directamente un corazón herido, si bien cada vez menos. Todo era tan novedoso que necesitaba su proceso vital para asimilarlo y Buypano sabía bien medir esos tiempos.

Uno de los guerreros altahay de guardia en la gran casa se acercó hasta ellos:

—Sabio Buypano, la erudita Tamonante está preparada—. A Buypano le pareció que este guerrero había dejado todo dicho y dispuesto con ese breve pero determinante mensaje, dejándolo entrever tras la marcialidad de sus pocas palabras.

—Bien…vamos allá. —Con un suave gesto acarició el rictus compungido en el que tornaron las mejillas de Atenery en ese imprevisto instante tristemente esperado—: Tranquila… —remarcó afectuosamente mientras le sonreía—, todo saldrá bien.

Dos altahay quedaron flanqueando la entrada que daba paso al interior de esa gran casa sostenida sobre gruesos troncos de árboles, con el pasado y fuerza suficiente para mantener la enorme techumbre. Aquel era un espacio cubierto tan amplio y diáfano como nunca había visto. Ante ella, una fastuosa vivienda dentro de lo que a Atenery se le antojaba una enorme cueva. Una mirada inexperta se perdió enseguida entre la sublime impresión que los muros le transmitían. No se advertían las piedras con las que estaban construidos y le parecieron revestidos de un fino barro, algo insólito a su juicio. A su vez, los muros le resultaban exóticos desde su mirada de indígena, pues era también la primera vez que veía ese espectáculo de paredes de vivos colores, emergiendo de ellas realidades y leyendas: bosquejos animistas, pintaderas geométricas, rituales, batallas…, algo original que la maravilló, apartando de su mente durante un momento el motivo por el que se encontraba allí.

Junto a una pequeña hoguera prendida en el centro mismo de la estancia, reclinada sobre un lecho de pieles, una matriarca de los mahoh algo gruesa parecía estar en trance sin mediar palabra en un particular desvelo. Del cuello le colgaba un penacho de huesos, plumas de varios colores y caparazones de moluscos tapando unos enormes y desnudos pechos reposándole sobre los costados del vientre. Lucía en el rostro diversas pintaderas en carboncillo y hollín a su vez cubriendo la piel de sus brazos, sobre una pátina de grasa y cenizas blanquecinas salpicada por delicados puntos y líneas negras —con un significado tan solo conocido por ella—. Su neutra mirada perdida entre las fumarolas parecía cándida y pura. Ese último detalle apaciguó algo los nervios de la joven.

Buypano carraspeó y aquella mujer emergió ligeramente del trance al advertir su presencia. Sin mirarlos, un sencillo gesto de su mano pareció invitar a que se sentasen frente a ella. Todo continuaba en silencio.

—Es un regalo de los dioses tu presencia una vez más aquí, sabio Buypano. Esta es tu casa. —Con una voz seca como las surgidas al despertar, salió ese recibimiento de su interior conforme a ser las primeras palabras que pronunciaba ese día.

—Agradecido estoy, venerable sacerdotisa. Satisfacción es la mía al estar en tu presencia, sabia consejera Tamonante de elevado renombre y gracia.

Tamonante sonrió a Buypano tras ese formalismo propio de la tradición, seña que Atenery apreció semejante a cierta confidencialidad entre ambos.

—¿Cómo estás, sabio Buypano?, ¿vives bien en esa pequeña aldea del norte?

El hechicero sonrió de nuevo:

—Todo bien por aquellas tierras, vivo tranquilo como pretendo. Allí me necesitan por ahora.

—Cierto, Buypano, fueron tiempos de oscuras tempestades por nuestras tierras del norte. Ellos no atesoran como debiesen la gran fortuna de tenerte, menos mal que nos compensas con visitas de vez en cuando. —En ese impás dirigió su mirada hacia ellos, cambiando el tono arenoso de su voz—. Las gentes de Maharat esperaban con impaciencia tu llegada, incluso el rey Guize ha demandado varias veces tu presencia. Está deseando que le impongas las manos en su dolorida espalda. —Sonrió con picardía—. Sus achaques no le permiten descanso.

Buypano acompañó esa confidencia con una breve carcajada.

—Ya lo veré cuando toque, por ahora lo que me trae aquí es otra cuestión.

- 96 -

De nuevo un silencio, llegándose a sentir la repentina ingestión de emociones por parte de Atenery, sentada al lado del hechicero.

—Explica, sabio Buypano, comenta el asunto sobre el cual necesitas consejo, tan importante como para hacer esperar a un rey.

Buypano comenzó a relatar la petición que le había trasladado el Consejo de Ancianos de aquella aldea. Tamonante lo escuchaba atentamente sin gesticular, asintiendo con solemnidad durante ese rato que atendía a sus palabras. A continuación dio la oportunidad de hablar a Atenery, quien acentuó el relato de Buypano emocionada, dedicando Tamonante el tiempo necesario para escuchar su versión en ese litigio hasta que algo la inquietó, apartando la mirada hacia ello: los guerreros que guarnecían la puerta se irguieron de súbito en honor a alguien entrando en la estancia.

Era un hombre de aspecto corriente bajo una larga capa de piel de chivo sobrepuesta sobre sus hombros, con semblante encogido de preocupaciones y marcado en veteranías. Maquillando su rostro destacaba una característica chiva larga —similar a la de una cabra puipana—, subrayando con esa barba ser un viejo sigoñe altahay. Con aspecto de residir algo del hombre fuerte que debió de ser bajo esa panza, entró cojeando ligeramente al tiempo que oscilaban sobre su torso desnudo varios colgantes de hueso finamente labrados. Sin nunca haberlo visto, pero sí habiendo escuchado sus hazañas, Atenery se encontró de pronto ante esta imponente presencia: era el rey Guize de Maxorata.

—¡Por todos los dioses que han escuchado mis plegarias! ¡Buypano!, seas bienvenido a tu casa una vez más. Me tienes que sanar este dolor en los costados, por Magec, ando rabiando como perro, incluso quería enviar emisarios a esa remota aldea donde andas para traerte hasta mí. Así de desesperado estaba, ¡por todos los genios y maxios!

El rey Guize con un escaso don de gentes, aunque sin malicia en su comportamiento, demandaba atención antes siquiera de preguntar cómo se encontraban sus súbditos, especuló Buypano mientras soltaba otra sonora carcajada, sin dejar de sorprenderse ante la ruda forma de relacionarse mantenida aún por el más duro de los guerreros de su tiempo.

—Eminencia, en su gran proceder oculta numerosas cargas a sus espaldas y no por esfuerzo, por lo que ven mis ojos —dijo señalando su barriga—. Sufre en su espalda no más que del peso de responsabilidades y la falta de actividad, por lo que expresa también esa barriga.

—¿Y qué hago, Buypano?, soy el rey.

—Es el coste que debe pagar —indicó el hechicero, haciendo un generoso gesto mediante un rostro aplomado de certeza y trasladando su sabiduría sin pretender dar lecciones con ella—, un dolor de espalda a cambio de ser lo que los dioses dispusieron en su día: nuestro respetado rey. Vives los tiempos de este presente de calma con la absurda tensión de una defensa ante batallas que ya pertenecen al pasado.

Tamonante interrumpió su entrada dirigiendo al rey —dada la confianza acompañada— una mirada inquisitoria por entender interrumpida su labor ante la importancia del asunto que aquella joven madre, llamada Atenery, exponía. El rey Guize se encogió de hombros al verla posada sobre su figura.

—¡Clemencia para un rey! sabia Tamonante, ¡continúe en su tarea!, claro, ¡por todos los genios y maxios!, ¡escapo! —exclamó con humor ácido, procurando irse con prontitud de allí al sentirse aludido como incómodo testigo; no sin antes permitirse la licencia de realizar —por último y en complicidad con Buypano— un gracioso gesto frente a Tamonante palpándose la espalda dolorida, susurrando ininteligible «después, Buypano, después…».

Mientras este asentía compasivo, Tamonante bufó a modo de reproche, forzando el silencio durante el tiempo que el rey tardó en desaparecer de aquella sala.

—Continúa, noble mujer.

Atenery alargó su relato regresando a los suspiros. Y también lloró, muy posiblemente por estar desahogándose por primera vez ante una mujer, ante una energía femenina como la suya teniéndola en cuenta, empatizando, escuchándola como hembra de los mahoh.

Cuando hubo terminado, Tamonante comenzó a orar hurgando entre los rescoldos del fuego; guardaba silencio buscando una respuesta que no fuera en vano, teniendo presentes las leyes y tradiciones de los mahoh. Para Tamonante era difícil separar a una madre de su hijo. Barajó el permitir quedarse en ese poblado, pero se trataba de dos almas buscando refugio de un repudio a causa de un guerrero capturado tiempo atrás. Refugiarlos allí sería un mal augurio para la comunidad en cuanto se hiciera público el repudio. Atenery necesitaba protección. No era un problema grande, tan solo difícil por lo delicado del tema con ese niño de por medio.

Maday, bajo la mirada custodia de un guerrero altahay, permanecía fuera jugando con la tortuga gigante, subiendo y bajando de ella como si de un perro manso se tratara. Ese niño llamó la atención de una anciana que lo observaba a cierta distancia. Para esta mujer aquel niño desprendía algo especial, infundiéndole sublime energía. Se acercó hasta él arrodillándose y lo miró detenidamente. Observó sus ojos, su mirada, sus gestos.

¿Cómo es el nombre con el que tus padres te quisieron llamar? —preguntó con una voz longeva peculiarmente entrecortada, llamando la atención de Maday, quien dejó la tortuga para contestar a esa mujer. El niño lanzó una mirada penetrante mantenida al igual que haría un adulto e impuso sus pequeñas manos llenas de vida en un rostro desintegrado, casi inerte. La anciana sintió canalizar a través de ellas un torrente de energía incontrolada, pura y sin viciar, saliendo del interior de ese pequeño. Aquello la inquietó por completo, pues experimentó un flujo de fuerza recorriéndole el cuerpo como un sanador elixir aliviando momentáneamente su vejez.

Ella era la más destacada y recordada erudita, la mayor de las pitonisas, reconocida de tiempos pasados y venideros por su desbordante piedad. Tibiabín, madre de Tamonante, la sabia entre las sabias. Por ello, tras sentir esa exuberante energía confirmó sus sospechas bajo su inmemorial experiencia: ese niño tenía «el don».

Tamonante meditaba una decisión aún en el interior del recinto real y sagrado, cuando la silueta de su madre —reconocida por ella—, entró en la sala desde la claridad exterior, interrumpiéndola de nuevo.

—¡¿De quién es este niño?! —escuchó su hija viéndose dificultada en la deliberación.

—De esta honrada mujer, madre, el niño es de ella —contestó de buen grado al alegrarse de que, al menos y en esa ocasión, la interrumpiese su madre.

Tibiabín fijó la mirada en el hechicero:

—Bendito Buypano, bien hallado seas, has sido tú quien los ha acompañado hasta aquí, ¿verdad? —Tibiabín lo señalaba acusándolo de aquello con convicción. Buypano asintió— ¡Tú!... ¡tú lo sabías!, sabías lo de este niño, por eso lo has traído hasta aquí.

—Sí, sé que tiene algo especial, venerable sacerdotisa.

—¡Diablos, Buypano!, ¡déjate de ceremonias conmigo!, nos conocemos de tiempos lejanos ya, ¡sabes como yo que este niño posee «el don»!

El hechicero se sintió algo sonsacado por el seco tono de Tibiabín con él, sin embargo ya la conocía. Continuando sin más:

—Yo sabía que lo tenía, pero necesitaba tu confirmación, reina de la sabiduría —matizó haciendo uso del solemne trato que la ocasión merecía tras dicha revelación.

—¡Pues ya la tienes!, ya tienes mi confirmación. La energía de este niño es la del don.

Al presenciar esta conversación sobre su hijo, Atenery quedó confundida. Incluso llegó a preguntarse inocentemente si sería esa una maniobra de Buypano ante las dos sabias para ayudarla de alguna manera en sus propósitos, pues en el viaje de dos jornadas no le había dicho nada sobre ese don que supuestamente tenía su hijo. Aunque eso no era del todo cierto, pues de alguna manera sí lo indicó; sutilmente lo hizo, siendo ella quien no lo atendió, preocupada más por ella misma y sus pesares.

Tamonante, perturbada por la confusión generada y guardando la templanza ante la sorpresiva entrada de su madre, inquirió a Buypano:

—¿Por qué has venido a mí?, ¿por qué no te has dirigido a mi madre en primer lugar, sabiendo lo que sabías?

—Estoy aquí, erudita Tamonante, porque por encima de todo me debo al designio de los dioses y ellos me dictaron seguir el curso natural de los acontecimientos. Mantener la paciencia necesaria y firme fe en que todo se resolvería con buena ventura. Y el verdadero motivo de mi viaje ha sido cumplir la voluntad del Consejo de Ancianos de la aldea de la que vengo y así seguir ese curso natural, sin pensar en nada más.

Tibiabín se les acercó:

—Pues parece que has tenido paciencia, prudencia y mucha fe como siempre, querido Buypano —le confesó la sacerdotisa que admiraba profundamente su persona, dirigiendo a su vez la atención a su hija—: Buypano se ha adelantado y ha confiado en su intuición ante los designios divinos —permitiendo una pausa asfixiada en un exuberante silencio—. Y, ¿se puede saber qué ha pasado en esa aldea con esta madre y este niño? —examinó la anciana—. ¿Qué banal razón de los hombres que no sea el don, os ha traído hasta aquí para estar viendo a mi hija?

El hechicero resumió una vez más los motivos que los habían llevado hasta allí, mientras Tibiabín tomaba asiento junto a ellos, acomodándose torpemente al lado de su hija sobre una sencilla esterilla de junco. Y lo mismo hizo Maday con su madre, que lo apretó entre sus brazos con cierta tensión, en mitad de la inminente decisión de esta controvertida y sorprendente audiencia, llevada a cabo ante esas dos mujeres representadas tan solo en su imaginación desde niña por Atenery.

Cuando hubo terminado Buypano, Tamonante quedó callada, pese a ser ella la depositaria de la responsabilidad de emitir un fallo para el Consejo de Ancianos del norte, y miró a su madre con respeto, cediéndole a continuación el protagonismo requerido en aquel momento.

—Bien…—Tibiabín tomó el testigo y comenzó una erudición—: Este niño, como ya he dicho, tiene el don. ¿Sabes qué es eso?, ¿sabes lo que significa, mujer? —inquirió a Atenery mientras esta negaba pueril con la cabeza—. Es algo especial presente tan solo en muy pocos elegidos por los dioses: una percepción, una consciencia única diferente a la de los demás hombres.

»Una energía que permite llegar a curar, adivinar, visualizar y quién sabe qué otras virtudes podría desarrollar este niño para el bien de los mahoh. Con tan solo tocarlo, puedo predecir que este niño traerá esperanza y prosperidad a los de esta tierra. ¿Entiendes, mujer, lo orgullosa que debes de estar de él?, ¿entiendes como madre lo que eso significa? Este niño tiene la misma energía que Buypano, que mi hija y la que yo poseo o mayor quizá. Este niño es un maestro, o pudiera ser el maestro mismo de todos los maestros.

Atenery escuchaba sin procesar completamente el significado de todo aquello, afligida por no haberse dado cuenta de las sublimes aptitudes que poseía siendo su madre; pero por otro lado, abrumada e invadida de satisfacción y orgullo, en tanto miraba a Maday jugueteando con las runas de un cuenco hecho de tronco de palmera. «Tan pequeño aún, mi querido hijo "Amor Profundo", no sé si podré estar a la altura del significado de tu nombre y de lo que pueda sucedernos a partir de ahora», argumentó en silencio.

Entonces Tibiabín sentenció con una particular voz agudizada por la decrepitud:

—Este niño debe ser educado de una manera diferente. ¡Tú!, Buypano, te encargarás de ello. Le enseñaras todo lo que sabes y él te mostrará sus capacidades. Debe conocer cada rincón de esta isla y sus gentes, debe ser conocido y reconocido en ella. Tú te encargarás de esa labor —intentó proseguir achacosa, entrecortada por un carraspeo del que resurgió escupiéndolo a los rescoldos— y ¡tú!, madre de este niño, no volverás a esa aldea porque solo pensar en ella te torna gris como nube de tormenta. Hay sitio aquí para una mujer como tú.

»Tu linaje pagará en resudaciones el haberte querido arruinar la vida por sus bajos instintos y sed de venganza. Quienes por secos pastos quisieron andar, malos polvos levantarán. Tendrán que realizar ellos todo el trabajo, el desempeñado por ti hasta ahora, y les resultará bastante duro, porque no lo saben hacer, se han aprovechado de ti y eso se terminará de esta manera: quedarás sirviendo al rey Guize, como muchos otros lo hacen, a cambio de vivir respetada y protegida en esta comunidad de la que no serás repudiada.

Atenery, afligida, se tapó el rostro con sus manos en el acto reflejo de vivir esa emoción de manera más íntima. Se lamentaba. Sin embargo, entendía la justa decisión de Tibiabín de tener que separarse de Maday. Se sentía orgullosa de haber dado a luz a un niño considerado en ese día único y especial entre los de su raza y que, según la gran sacerdotisa, podría llegar a ayudar a tanta gente como estrellas hay en el cielo. Y le vinieron a la cabeza, misteriosamente en ese intervalo, muchas de las enseñanzas de Buypano, y abrazó esas emociones dolorosas restándole el aliento en ese instante —de igual manera que él le recomendó—; las surgidas de lo más profundo de la tristeza. Así las apreció: como protagonista de una leyenda más que perdurase en Erbania, quizá la más desgraciada conocida en su memoria; una narración triste semejante las relatadas por las madres a sus hijos antes de dormir, o por ancianos ante las llamas de una hoguera. Aquella herida dolía una vez más, y aunque no corpórea, la sentía abierta y sangrando a diario en sus entrañas; un mal invisible a los ojos: el del abandono, brotándole en ese instante inmensa en su agotamiento, al padecerla en la inminente separación de su hijo. Una herida de abandono anímicamente tan física, que creía morir en ese momento al sentir el cuerpo desintegrarse, cuan túmulo de sal bañado en agua. Abandonada por su amado Amuley, sus padres, su vida en general y en ese día su hijo.

«No te dejes llevar por sentires egoístas…, asume que tu misión como guía de Maday ha terminado…, has criado un hijo valiente y despierto…, la tradición…, el don…, te honra Atenery…», escuchaba abatida la joven mientras las sacerdotisas se reafirmaban pero comprendían que era duro para esa madre. Sin embargo, era un dolor que solo constituía un mal menor para todos los mahoh. Dictaminando este tipo de fallos como líderes espirituales conscientes de la necesidad y trascendencia para la comunidad, en detrimento a veces de la individualidad. Un pequeño sacrificio para un mortal, mas un importante avance para el curso del justo destino fijado por los dioses; vital para el futuro de esos dos reinos de Erbania, terminaron de explicar intuyéndose el opaco trasfondo de un motivo tan solo por ellas dos conocido.

—Sé consciente, pequeña, seguirás siendo su madre por siempre, un lugar que nadie ocupará por ti en privilegio único, nadie podrá arrebatártelo— escuchó de un Buypano susurrante mientras sentía una mano cálida posada sobre su hombro.

Todo aquello le iba a suponer un sobresfuerzo de entereza y determinación para no sucumbir ante la desesperanza; para dar paso quizá a la felicidad de su hijo o a la de su pueblo. Esa última reflexión de endurecida guerrera surgió únicamente de ella. Valerosa: era eso en lo que se había convertido, consiguiendo —en este justo momento— apartar con cariño a esa niña interior, llorando y sintiéndose abandonada por los dioses. Ella era Aquí la Bella, se nombró en su lengua a sí misma, en un impulso de coraje, imaginando el orgullo que podrían llegar a profesar por ella sus padres y su amado Amuley. Ese nombre, su nombre, el que sus progenitores —antecesores de su linaje de las tierras del norte del reino de Maxorata—, designaron para ella. Aquí la Bella era su nombre: Atenery.

Cuando recuperó el aliento, retiró sus manos del rostro mostrándose este orgullosamente erguido. Sería su mayor sacrificio, un propósito no impuesto —de acuerdo con otros— que llevaría adelante en favor de sus dioses en una misión, en un propósito para toda la vida.

—Es un gran sacrificio para una madre, pero así debe de ser, honrada mujer —apuntó Tamonante con dulzura.

Atenery asintió como si le hubiese leído el pensamiento. Se secó las lágrimas y tomó el aire necesario para serenarse, recomponiéndose con un semblante íntegro digno de admiración, aflorado en herencia de su casta guerrera en el enfático silencio de la sala. El decreto de conformidad con la misión confiada a Atenery y su hijo iba siendo comunicado a los dioses, bajo las miradas abstraídas de todos los presentes, perdidas al unísono por entre el delicado lienzo expiado en forma de fumarola ascendente, desde unas ascuas candentes reposadas a los pies de Tibiabín.

Así se hará, venerables —expresó Atenery frente a los tres maestros—. Pero antes quisiera volver al norte. —Los sabios quedaron sorprendidos, no entendían qué podría llevar a esa mujer a querer regresar después de lo decidido—. Necesito algo, una íntima ofrenda que bendiga mi nuevo destino. Quisiera prometer a los dioses que afrontaré esta nueva situación con dignidad y agradecimiento a su voluntad.

Tibiabín, Tamonante y Buypano se miraron seducidos por el honroso deseo de esa madre entre las madres. Buypano asintió con suma aprobación orgulloso de Atenery, admirando de corazón la capacidad que había tenido de interiorizar un cambio tan importante en tan poco tiempo; si bien sus reflexiones ayudaron algo, era único mérito de ella el haberlas asimilado tan vertiginosa y profundamente.

—¡No se hable más! —jaspeó Tibiabín recogiendo el testigo de su hija Tamonante—. Descansad unos días aquí en el poblado. ¡Y tú!, Atenery, disfruta de tu hijo. Pasea, juega, habla con él, explícale con cariño esta nueva y bienaventurada vida que empuja y se abre a su paso. Lo entenderá, confía. No temas.

»Tendrás tiempo, no partiréis de aquí hasta que Buypano trate a los entumecidos, a los enfermos, y limpie las almas entristecidas de los residentes en Maharat. Cuando haya terminado te acompañará a la sagrada montaña para realizar tu ofrenda, mujer. Y cuando la des por terminada, te conducirás nuevamente hasta aquí y te presentarás ante el rey, quedando bajo su protección. Esa es mi decisión.

Tal y como sentenció la sacerdotisa Tibiabín, así ocurrió. La comitiva llegaba hasta la falda de la montaña sagrada de Tindaya días después: Atenery, Maday, Buypano, dos guerreros altahay seleccionados entre la escolta del rey Guize y una *maguada* que la asistiría si así lo necesitaba.

Era una montaña diferente a las demás montañas circundantes. Una clara cumbre de pura roca que sobresalía sublime de entre el horizonte. Símbolo espiritual de una isla, un lugar de acontecimientos mágicos, de viejas alianzas, de avistamientos nocturnos, de observación de los astros, de contacto con los dioses y el epicentro espiritual de los mahoh. A esa cima solían acudir peregrinos de los dos reinos, tanto del norte como del sur, para realizar determinantes ofrendas.

Atenery llegaba encumbrada y serena. Maday, de la mano, alternaba miradas entre su madre y la sagrada montaña. No le hacía falta entender, tan solo experimentaba lo allí ocurrido; sintiendo todo como bueno desde que se apartó con su madre del hogar de su tía y, a la vez, de las personas malas de su aldea que no querían a su mamá, conforme confesó a Buypano. Maday confiaba, tal como hacía Atenery, apaciguado por la razón y la energía masculina protectora irradiadas por la presencia del hechicero.

El sol caía ocultándose con rapidez tras la cima de Tindaya, permitiendo que cálidos matices de un naranja tan intenso como el fuego se reflejasen en el rostro de Atenery.

—El dios Magec te acaricia con su luz, está feliz por lo que vas a hacer. Orgulloso te observa, mujer— rezó el hechicero.

En ese hermoso intervalo regalado por la naturaleza, la belleza de Atenery se mostró más elevada por la imperturbable expresión que demostraba tener en esos momentos. Algo sobrecogedor para los demás miembros de la comitiva quienes, en silencio, sabían que lo que observaban no era nada parecido a lo de otras ocasiones, sin saber que lo que iría aconteciendo delante de ellos se mostraría sin poder verse, transfigurado como único y místico, algo difícil de olvidar.

Aquella noche sería la primera de muchas y eternas noches en las que Atenery ya no dormiría junto a su pequeño Maday. Asumida como la mejor de las decisiones, comprendiendo su necesidad de permitir que su hijo fuese lo que debía ser, para lo que estaba destinado y no lo que ella quería que fuese. Lo quería, lo amaba; no obstante, en el amor no debía de haber sufrimiento si no compasión. Ese amor debía pasar por encima de ella. Se amaba, amando; no resintiendo. Soltar no sería negar la propia dignidad, sería aceptar el destino. Sentía miedo, culpa, ira y pena. Pese a ello, en el amor ninguna de esas sensaciones tenía cabida. Maduraba ¿Hasta dónde dar por amor? ¿Quién ponía montañas escarpadas de por medio para no sentirlo verdadero? La culpa era una emoción que, embustera junto a la pena —no más que otra mentirosa frustración—, la había paralizado en el papel de madre, susurrando sensaciones a un dolido corazón por no haber hecho nada en todo. Sin embargo, en ese día, se confería como íntimo merecimiento el rostro de una serena mujer en propia liberación, consciente de su coraje. Pagada por ella en conciencia, quedando esa pena y culpa junto a su ira en las lejanas tierras de la nada. En ese momento no existían, sencillamente porque no cargaba con ellas. Ella misma las había hecho presentes manteniéndolas en su vida, permitiendo que secuestraran su carácter. Cierto era que nadie la acompañó en ese duelo, que nadie la auxilió en sus pesares, a pesar de ello tampoco lo había hecho ella por sí misma, no se había dado el valor necesario, hundiéndose en un insufrible tormento sin tener a nadie cercano que se lo pudiese consentir. Aquello la llevó a hundirse más y más en una desesperanza antinatural, pero en ese momento ya no existían. Atenery ya no era una víctima atormentada, Atenery esa tarde era una guerrera; simplemente porque así lo decidió en su presente.

Abrigada con pieles hasta el cuello, majestuosa y radiante como nunca, se arrodilló y abrazó a su hijo con la impasividad de un instante que le hubiese gustado que fuera eterno:

—Pronto nos veremos, mi pequeño. Buypano te traerá para verme y jugaremos juntos—. Atenery mimaba las tersas mejillas de su hijo, procurando beber de su alma con toda la fuerza de su mirada—: Recuerda siempre quién es tu madre. Lo soy y siempre lo seré. Todas las noches te dedicaré un beso y una caricia con todo el amor de mi corazón, estés donde estés. Acuérdate de devolvérmelo, mi pequeño Maday.

Atenery se incorporó y ofreció su hijo a Buypano; el chico colaboró con naturalidad, quedando abrazado al costado del hechicero. Entretanto, Buypano sacó del tehuete algo envuelto en una fina piel que ofreció a Atenery de forma ceremoniosa, besándola en la frente como un padre mientras le transmitía en silencio su inmenso orgullo, perpetuando aquel momento con el imponente silencio reinante.

Atenery quedó observando cómo Buypano y Maday se alejaban rumbo al norte, perdiéndose en la anochecida hacia el nuevo hogar de su hijo: la cueva de los Ídolos, morada de Buypano cercana a su aldea natal. Allí quedó en pie con los puños cerrados debido al dolor producido por la separación, desahogando con esa tensión las lágrimas de su alma que se dividía en dos por primera vez desde que había nacido su hijo. Sin embargo Atenery era ya una mujer diferente. Enseguida emprendería en soledad la ascensión hasta la cima de la montaña y allí habría de elegir un lugar donde realizar la ofrenda, lo que ella llamó su acto de purificación.

Mientras ascendía lentamente hablaba con ella, con la montaña, buscando el favor de sus genios y maxios custodios. La joven pretendía demostrar con esa ofrenda que hacía frente a sus demonios, los que le enviaba el diablo Guayota, dios del Mal, ancestral enemigo del supremo Achamán —según la tradición oral—; demonios que se le mostraron de diferentes maneras durante su existencia. Se prometía a sí misma hacer frente a esa tristeza abrazada ciegamente durante tanto tiempo, así como al rencor al que la habían arrastrado sus acciones auspiciadas por el maligno Guayota. Le haría frente de manera perpetua, tal que muchos otros hicieron ya con el paso de los tiempos, generación tras generación; marcando perpetuas las huellas de sus pies horadadas en la roca mirando hacia poniente, hacia Echeide, la isla de la gran montaña sobre el inmenso mar salado, guarida del Maligno. Lo haría con la certeza de que esa ofrenda sería el principio de su nueva vida, en un formidable esfuerzo recompensado por la misericordia de los dioses justos. Estaba al tanto de que parte de ese íntimo trabajo consistiría en no amilanar su ánimo ante las diferentes formas en las que estos podían mostrarle el camino correcto, a veces extraño o contrario a ojos de simples mortales semejantes a ella, tal y como le susurró Buypano al oído antes de marchar con su hijo tomado de su mano.

Eligió un lugar en la cara sur de la cima. La presencia de Magec hacía rato que había desaparecido. Los intensos matices anaranjados tornaban en sutiles rosados, anunciando buenos augurios para la mañana siguiente. Dispuso sus pies desnudos en paralelo sobre el lugar escogido con ayuda de los dioses. Un ardor de vida tomaba su ser desde dentro, en forma de bruta energía espiritual indígena como fuente sanadora, emanada de la montaña sagrada, tomada a través sus pies y de la minúscula silueta de la monumental pero muy lejana montaña de Echeide sobre el mar, con las últimas huellas del astro solar acomodándose en el infinito y coronándola fulgurante; impresionando ese sobrecogedor momento en unas pupilas dilatadas, tan abiertas a ello como si ese mismo fuego ardiese en el interior de ellas. Comenzó a orar lento en su lengua ancestral, mientras abría el presente que Buypano le ofreció al despedirse. En el interior había un pequeño trozo de carboncillo con el que —conociendo su uso—, delineó en cuclillas el contorno de sus pies sobre aquella roca, primero el pie izquierdo y luego el derecho. En ese mismo envoltorio de fina piel encontró a su vez un gran utensilio de sílex recién tallado terminado en punta. Se arrodilló a continuación, buscando la comodidad, y comenzó a repasar las líneas de sus pies dibujadas en el suelo. Sintiendo el frío de la piedra bajo sus piernas horadó y horadó, roca arañando roca, persiguiendo con ese utensilio los trazos de sus pies previamente marcados.

Los vientos cesaron bien entrada la oscuridad y Atenery seguía incansable con su labor bajo la atenta mirada de Achuguayo, el astro de la noche. Comenzaron a dolerle las manos al poco de empezar pese a estar acostumbradas al trabajo, pero no a aquella tortuosa tarea en la que saltaban chispas por la enérgica fricción entre rocas —pareciendo estas cobrar vida—, centelleando ante un rostro empapado en sudor y lágrimas. Atenery apretaba los dientes vaciándose de toda la ira aún mantenida en su interior, con la esperanza de lograr curar sus heridas; abandonándolas allí en la memoria de esa montaña sagrada en forma de mutua cicatriz, ayudadas la una a la otra. Así seguiría hasta terminar esa ofrenda, hasta limpiarse de todo rencor y llenar de serenidad su existencia; una nueva vida siguiendo los consejos del sabio Buypano, una vida en la que lo más importante debía ser ella misma.

Días después, la comitiva procedente de la montaña sagrada de Tindaya retornó al poblado de Maharat, tal como dejó indicado la hechicera suprema. Atenery fue atendida nada más llegar por las jóvenes vírgenes de la congregación de las maguadas, debido a las malas condiciones en las que llegaba. Mientras tanto sus tres acompañantes, los dos guerreros y la mujer a su servicio, fueron a relatar a las sacerdotisas lo ocurrido mientras aguardaban bajo la falda de aquella montaña, a la espera de que Atenery terminase su ofrenda. Y así expresaron la increíble experiencia por la que fueron designados con honor:

Tras cuatro soles treparon en su busca preocupados y encontraron, en un lugar de la cima, una admirable ofrenda recientemente realizada a base de trazos limpios y firmes como las que dictaba la tradición —en forma de pies—. La ofrenda permanecía teñida en un viscoso pigmento que tras probar uno de ellos determinó ser sangre humana, pura sangre cuajada de pequeños fragmentos de piedra —sílex, a su parecer— ensangrentados y desgastados a su alrededor.

No muy lejos de esa ofrenda encontraron a Atenery desfallecida, en condiciones penosas: tendida sobre un cerco de sangre ya seca e inflamada por completo por efecto del sol. Trozos de piel parecían levantados en vejigas acuosas y toda ella estaba cubierta de un fino polvo blanco característico, como el de un pedrero en su tarea. Un altahay en voz marcial relataba con sumo respeto cómo les costó separar los brazos de esa mujer cruzados sobre el pecho, semejantes a los de una momia, agarrotados posiblemente por un intenso esfuerzo. La maguada —no habiendo ascendido a la cima por expreso deseo de Atenery—, contaba realmente afectada cuánto debía de haber sufrido esa mujer al estar sus labios tan secos, cuarteados, casi sellados, cuando la bajaron los guerreros. Que sus ojos hinchados apenas se abrían, costándoles descubrir la forma de unos dedos adheridos unos a otros por la hinchazón en unas manos laceradas como si la mágica fuerza de la montaña sagrada las hubiese transformado en muñones cual castigo. La adecentaron con cariño, humedecieron sus labios —procurando el evitar que bebiera a tragos o darle bocado por su debilidad— y cubrieron sus heridas, viniendo con ella lo antes posible hasta Maharat, con la incertidumbre de si aguantaría con vida durante la larga y esforzada vuelta.

Los guerreros de la comitiva tenían aún más datos sorprendentes por aportar a las sacerdotisas, atendiendo estremecidas ante el coraje de esa aguerrida mujer. Al parecer los guerreros altahay quedaron impresionados porque, pese a las condiciones en las que encontraron a la noble Atenery, esta sonreía permanentemente en una mirada disoluta, como estando fuera de ella misma, sin cesar de emitir —casi inaudible—, una inquietante melodía que bien parecía mantenerla en trance o en compañía misma de los dioses.

—Quedó en paz consigo misma —ilustró interrumpiendo el relato la gran sacerdotisa Tibiabín, ante los miembros de esa comitiva retornada de la montaña sagrada de Tindaya, expresando sin querer ese pensamiento en voz alta mientras se le enjugaban los ojos de orgullo por el coraje de las mujeres de su tribu, como era el caso de Atenery.

Representación de grabados podomorfos descubiertos en la montaña de Tindaya (isla de Fuerteventura), por Pedro Carreño Fuentes (1978).

X
Preparativos

Seis años después. Año de nuestro Señor de 1402. Grainville-la-Teinturière, región de Normandía.

El bosque permanecía mudo. «Es un macho», admitía seguro de que lo era, podía escucharlo, evaluarlo casi por entero, con aquellas majestuosas astas extendidas en esa época del año. Había tenido suerte, era la pieza buscada esa mañana.

El genovés Guglielmo di Giute amaba el bosque y los nobles animales que vivían en él en plena libertad. Libertad, la preciada libertad, una sencilla palabra cuyo significado abría en él indescriptibles sensaciones, negadas durante su cautiverio en aquella prisión sarracena doce años atrás, de la que fue liberado por el padre Le Verrier, dejando parte de su cuerpo sobre aquellas tierras de África como una ofrenda en compensación.

Respetaba la libertad de esos animales —que tan solo mataba para comer—, con el beneplácito del barón de Betancourt. Y el bosque cercano a la villa, del que este era el dueño y señor, era una fuente inagotable de gran variedad de especies: conejos, ciervos, faisanes y jabalíes, entre muchos otros.

Sus cautelosos pasos se amortiguaban sobre la hojarasca mezclándose así con los propios suspiros que emitía aquel bosque. Giute, con los cinco sentidos más bien despiertos cuan animal depredador, se agazapaba con cautela reduciendo la silueta, sorteando brozas susceptibles de crujir al paso y revelar su presencia, midiendo cada uno de sus movimientos, acompasándolos con la respiración. Como diestro perro de caza acechaba esa presa, a la que llevaba largo rato siguiendo en silencio, a contraviento para no ser detectado por su olor a humano pese a haberse frotado excrementos de esa especie por el cuerpo. Las polainas de fieltro con las que le gustaba cazar eran lo más parecido a ir descalzo: gozaba de sentir sus pisadas. Evitaba así tropiezos y el partir involuntariamente ramas secas de la espesura, sonidos estos que podían ahuyentar a ese animal en concreto, su objetivo en ese momento.

Lentamente comenzó a tensar la ballesta. Al faltarle parte del brazo, utilizaba una provista de poleas de madera de tejo itálico, parecida a muchas con las que ya había prestado servicio de mercenario en lejanos lugares de la cristiandad, mucho tiempo atrás cuando no se encontraba tullido. La sabía manejar como el mejor. Sus dardos eran capaces de perforar armaduras, algo que muchos de los arcos utilizados a menudo no eran capaces de lograr. El oficio de ballestero no estaba bien considerado, pese a ser un arma trascendental en la batalla, no requería de coraje para su uso: «de cobardes», se decía de ellos. En su lento cargar, Giute era increíblemente ágil tan solo con una mano útil. Conseguía cuatro sueltas por minuto siendo capaz de acertar a cincuenta varas en tiro tenso.

Respiraba tranquilo sin dejar de mirar el objetivo. La polea, ahora sin tensión, al menos no emitía ruidos metálicos como hacían otras, había procurado engrasarla bien con sebo esa mañana antes de salir.

Introdujo el dardo en el canal lentamente, ayudándose con el pie puesto en el estribo que sobresalía de la parte anterior de la misma. Por su experiencia en combate podía hacer todo aquello mecánicamente, sin perder de vista un arbusto situado frente a él moviéndose de forma extraña en ausencia de viento. Adivinaba la silueta del venado alimentándose tras él reposadamente, sin percatarse el animal de su presencia. Giute templaba el ansia y la ilusión por la pieza que tenía frente a él concentrado en su método. El animal disponía de unas imponentes astas con varias puntas incapaz de ser contadas desde donde él estaba. Había topado con un macho solitario de unos diez años más o menos. Afortunadamente no se trataba de una hembra, pues en esa estación podría estar preñada. Permaneció agazapado, cargado y observante a sus movimientos. Apoyó el glúteo sobre el talón derecho y, muy despacio, la ballesta sobre el muñón que reposaba en la rodilla contraria. En esa firme postura, rodilla en tierra, la puntería de Giute era letal. Obligó a su respiración a seguir una pauta lenta y profunda en ese intervalo, comenzando a sentir el compás de su corazón invadiendo todo el cuerpo, consciente de que la tensión por el ímpetu podría provocar un cambio en la trayectoria de su tiro. No más de cuatro santiamenes se permitía sistemático a la hora de apuntar: «*Unamén, dosamén*, tres…», notando el pequeño temblor y una leve sequedad en sus ojos. Deshizo la postura ligeramente y volvió a tomar aire para soltar el dardo. «*Unamén, dosamén, tresamén,* cu…», de repente, algo sobresaltó al animal inmovilizándolo tras un seco y abrupto respingo: inesperadas e inusuales cornetas sonaban en la lejanía. Parecía que anunciasen algún acontecimiento o la llegada de alguien importante al castillo tal vez, pensó Giute, desabrido en ese instante por aquella interrupción inesperada. El venado, atento, alzó la cabeza con nervio para poder escuchar mejor de dónde venía aquella posible amenaza, momento aprovechado por Giute para presionar suavemente la llave del disparador, dejándose sorprender por un sonido seco cual chasquido de latigazo, motivando la descarga de un tiro tan limpio que segó la vida del animal de manera fulminante.

Giute se acercó hasta ese cuerpo reflejando estertores de su inminente muerte, había perdido el dardo disparado con tal potencia que, tras atravesar el cuello del venado se disipó entre la espesura. Acarició su cerviz caliente cariñosamente mientras cruzaba la mirada con uno de los ojos sin fondo del animal. «Del bosque hay que coger lo que te vayas a comer», repasó aquella rima infantil que le decía a su hijo mayor cuando lo acompañaba a cazar, antes de morir por las calenturas, habiendo tomado por costumbre decírsela a sí mismo cuando daba caza a alguna presa. Murió, como ese animal.

Se cargó destemplado el venado sobre sus hombros, tan pesado que apenas podía dar un paso tras otro, y siguió en dirección hacia el retumbo con trompetas que seguía sonando. «Caballería», concluyó.

Pronto llegó al camino de la villa, sintiendo durante el trayecto cómo vibraba el suelo bajo sus polainas. Cada poco decidía parar, ver y descansar, dejando reposada la pieza sobre el mullido pasto verde de la orilla del camino. De pronto, al menos dos decenas de jinetes armados y al trote sobre pesados caballos bien guarnecidos, comenzaron a discurrir veloces delante de él. Sus escuderos los perseguían a la carrera, seguidos por varios carromatos más torpes en su avance. En una de ellas se acomodó Giute con el venado hasta la villa.

Algo ocurría en el castillo. En los accesos se habían amontonado paisanos de la villa, que aprovechaban para intentar vender su género a los recién llegados; otros simplemente fisgoneaban, pretendiendo saber quiénes eran aquellos nobles caballeros recién llegados. Las banderolas y gallardetes que habitualmente engalanaban las torres se veían entremezclados ese día con los ondeantes estandartes normandos, galos y gascones de los recién llegados. En el interior del patio de armas se podían observar numerosas tiendas de campaña montadas, y muchas otras a medio ensamblar, gracias al esfuerzo de numerosos mozos, escuderos y soldados. A su vez, los insignes y distinguidos caballeros, que habían entrado a triunfal galope momentos antes, estaban siendo ayudados a desmotar de sus caballos.

Con un ágil salto, Giute se apeó del carro en el que lo traían al ver a su amigo, el padre Le Verrier, a las puertas del castillo. Con inercia y un hábil movimiento del brazo diestro, tomó también el venado volviéndoselo a echar sobre los hombros.

—¡Padre!, ¿qué sucede?, ¿tenemos visita?

—¡Eso parece, Guglielmo! Unos caballeros han acudido a la invitación del señor honrándonos con su presencia —contestaba animoso con un alegre semblante—. ¡Algo se cuece en la villa! El señor me quiere presente. ¡Ya os contaré cuando sepa algo, amigo mío! —decía mientras se alejaba atravesando los muros mediante el arco de la puerta principal fuertemente custodiada y abierta de par en par. Le Verrier no había visto el castillo tan animado desde la llegada del señor de Betancourt y esposa, tras su boda en París.

Su ánimo se reconfortaba por la cordial relación que mantenía con su señor, sustancialmente mejorada desde el asesinato de aquel ladrón de conejos hacía ya más de un lustro. El duro desplante hacia él en dicha noche, todavía presente, implicó un incremento del respeto para con el sacerdote. Era un hecho constatado que su valiente actitud había hecho mella en la conducta de su señor durante los últimos seis años, consiguiendo quizá más eco ante sus discretos consejos o llegando, incluso, la oportunidad de consagrarlo en matrimonio personalmente. Una oferta que consumó Le Verrier con orgullo en loable reconocimiento hacia su persona y el cargo como *Pater* del señorío. Y un respeto en aumento, si aún cabía más, con la llegada del manco genovés, Guglielmo di Giute. Pues este, al ser presentado en audiencia ante el barón, relató pormenorizadamente la hazaña realizada por aquel fraile franciscano cuando, siendo joven religioso, lo salvó de la prisión sarracena de El Mehadieh, las tierras que no por lejanas habían sido olvidadas. Tal que fiel testimonio, se presentaba vivo y mostrando su herida de guerra —un muñón—, amargamente agradecido por ello al religioso. En dicha reunión Le Verrier se atrevió a recomendar al genovés para ocupar un puesto de soldado en el castillo. Sobre ese particular no hubo mayor problema: cuando Betancourt conoció de primera mano el coraje de su párroco —al que nunca dio crédito real— y las virtudes de aquel manco, veterano soldado de fortuna en diferentes campañas de la cristiandad, no tuvo reparo en dejarlo bajo su mando, como ballestero de su guardia personal.

Uno de los grandes perros del señor se puso a dos patas sobre el pecho de Le Verrier, haciéndole perder el equilibrio. Si estaban sus perros, el señor andaría cerca, reflexionó. Esos perros le cogieron cariño, siempre tenía una caricia para ellos, algo que nadie más les hacía.

—¡Chsss! ¡Padre!, ¡acérquese! —dijo el barón asomando la cabeza, exaltado y de buen humor, tras la cortina de entrada a una de las grandes carpas levantadas en el patio de armas.

Le Verrier accedió al interior de la estancia siguiendo la orden de su señor, algo aturdido por instantes debido al exceso de humedad allí concentrada y a la cantidad de gente ruda levantando la voz, soltando sonoras risotadas muy aplaudidas y enérgicos palmoteos entre ellos. Eran, en su mayoría, caballeros departiendo en corrillos esperando las palabras que el barón de Betancourt tenía para ellos, quien abriéndose paso hasta una posición distinguida al fin se dispuso para hablar:

—¡Caballeros! —señaló alzando la voz para hacerse escuchar, repitiéndolo así varias veces hasta provocar un silencio—. ¡Os envié misivas, agradecido y honrado con vuestra ilustre presencia en este mi castillo! ¡Bien…! Si os place, ¡comed y disfrutad! ¡Ya tendremos tiempo más adelante de abordar la empresa que os ha traído hasta aquí!

Tras dos fuertes palmadas seguidas de un berrido general de júbilo por parte de los invitados ante semejante propuesta, numeroso personal de servicio comenzó a servir apetitosos manjares, sidras, vinos y cervezas sobre las mesas que se habían dispuesto para la ocasión. A la vez, un grupo de troveros y juglares normandos comenzó a entonar animosas cantigas con estructura de sirventés y tensón, usando indistintamente las lenguas oíl y el occitano provenzal, amenizando sus cantos con los alegres ritmos, salidos de tejoletas, panderos, chirimías, rabeles y laúdes.

El señor abordó a Le Verrier entre aquella aglomeración:

Padre —dijo acercándose hasta un compacto y serio grupo de hombres de armas, caballeros teutónicos por su fisionomía, especuló Le Verrier sin conocerlos—.

—¡Capitán! —requirió Betancourt.

—¡Mi señor...! —contestó atendiendo a esa referencia una figura volteándose hacia ellos distinguiéndose de entre los demás.

De cabellos plateados, ese hombre destacaba por poseer una nariz bulbosa que le restaba formalidad a un rostro gallardo, labrado de antiguas cicatrices y arrugas propias, aparentando unos cincuenta años mal cumplidos. Entretanto, algunos de esos hombres se apartaron de la conversación por deferencia, permaneciendo en su posición un pequeño y rechoncho fraile que los miraba con cierta simpleza, de oficio reconocible por el hábito parduzco que vestía, similar al de Le Verrier. Su cabeza sobresalía tan redonda como una sandía en agosto, con tersos y enrojecidos cachetes —no por encontrarse ebrio si no posiblemente por el sofoco existente en el interior de aquella tienda—; semejantes matices contribuían a proveerlo de un aspecto simpático y bonachón.

Betancourt hizo las presentaciones adecuadas y ese caballero alargó a Le Verrier el brazo, protegido por la extensión de una ligera cota de malla bajo un bruñido peto metálico, estrujándole el antebrazo —que no la mano—, como saludo propio entre soldados. Robusta, esa presencia imponía respeto, su semblante denotaba tratarse de un militar con gran veteranía.

—Padre, estáis frente al capitán Gadifer de La Salle; el joven caballero Haníbal y su capellán, el padre Pierre Boutier, fraile del convento de Saint-Jouin-de-Marnes. A partir de ahora, el padre Boutier y vos pasaréis tiempo juntos, así que lo mejor que podéis hacer es ir conociéndoos —terminó de exponer Betancourt, sin tener Le Verrier aún muy claro qué estaba ocurriendo.

Aquellos dos religiosos se examinaron en prudente silencio tras sus señores que parecían departir algo importante. Le Verrier intentaba coger el hilo de esa conversación ajena, mientras con una sonrisa forzada continuó a la mira del otro fraile.

—¡Mi señor! —Logró Le Verrier interceptar con decoro a Betancourt cuando este se había despedido y se marchaba—. Me ha ordenado vos con su condescendiente gentileza que estuviese presente en esa reunión, mas debo de ser el único que no sabe el porqué de la misma —compartió comedido.

Betancourt quedó aparentemente sorprendido:

—Cierto, Padre, cierta vuestra afirmación y justo su ruego. Se han ido sucediendo los tiempos y yo he estado distraído con estos preparativos para comenzar la empresa hasta el punto de no haberlo podido tratar con vos, cierto. Mis disculpas.

Le Verrier lo sonreía, pero ya por desesperación.

—Mi señor, ¿a qué empresa os referís?

—Padre, ¡las islas Afortunadas! —contestó como si fuera el único que no lo supiera; cosa cierta.

—Sí, claro, mi señor. Las Afortunadas, aquellas islas de Canaria queréis decir, ¿cierto?

Le Verrier recordaba habérselo escuchando al señor desde hacía al menos seis años, cierto a su vez que —como el que oía campanas—, sin darle importancia ni la concreción necesaria; además, ni siquiera recordaba la última vez que compartió con él esas divagaciones.

Al parecer —según la intuición le dictaba—, esa semilla había germinado en la cabeza de su señor como una opción, de la misma propuesta confiada que en su día le hizo Le Verrier, posiblemente más por huir un tiempo de sus dominios que por la empresa en sí, permitiéndole escapar de la persecución judicial sometida con sentencias pendientes y, a su vez, de la crisis económica arrastrada, de la que le estaba costando salir.

—Acompañadme, charlaremos. —Y dejando atrás el bullicio de la carpa, pasearon poniendo al Padre al tanto de los preparativos del inminente comienzo de la expedición.

El señor, para sorpresa de Le Verrier, lo tenía todo pensado: su primo Robín de Braquemont —jefe de la guardia pontifical del santo padre de Aviñón—, compró feudos a Betancourt para que este pudiera financiarse su propia expedición. En el montante también se incluyó el capital de la esposa de Betancourt, a quien hundió económicamente con esa venta sin importarle lo más mínimo su bienestar. Confirmó el religioso —al ser ya sabedor—, las razones del reciente fracaso conyugal de su señor, del todo justificado pues había estafado a su esposa, doña Jeanne de Fayel, para financiar sus inciertos y particulares fines. Este hombre no dudaba en llevar a la quiebra incluso a su propia esposa con tal de salirse con su voluntad, así eran las ambiciones de su señor, reflexionaba Le Verrier mientras lo atendía.

Por otro lado, el señor de Betancourt compartía insolentemente que, a sus cuarenta años, ambicionaba con esa expedición una hazaña que le equiparase a él y a su casa a los apellidos más ilustres de los grandes conquistadores de la historia conocida.

Afortunadamente disponía de la justa inteligencia para saber que sus pocas capacidades militares le podrían traer problemas, pues era un estratega más bien de cortes palaciegas que de campos de batalla. Por ello se propuso juiciosamente —según exponía—, que en esa empresa tan solo se ocuparía de la gestión económica y diplomática, depositando la responsabilidad del trabajo de campo en manos experimentadas. Y eran esas las razones las que le hacían acercarse en ese día a aquellos virtuosos hombres de armas. Y quién mejor que el capitán Gadifer de La Salle como segundo oficial de la expedición bajo su mando —lo ilustraba—, que además venía acompañado de su hijo bastardo, el caballero Haníbal, joven y apuesto caballero, fiel reflejo de la sangre de su padre.

Más tarde, Le Verrier supo que Gadifer era un militar recientemente recompensado por sus destacados servicios al duque de Orleans, con la preciada cadena de oro de la Orden de los Caballeros de Camail. Y que, además de sus dotes militares y gran experiencia, le daría pocos problemas al ser conocido como hombre fiel por principio castrense.

En esa charla sin rumbo fijo, Betancourt y Le Verrier llegaron hasta lo alto de la muralla. Desde el adarve se divisaba prácticamente todo el valle y los frondosos bosques de la villa teñidos de un verde profundo, casi negro.

—Aún no me habéis contestado, Padre, ¿vendréis junto conmigo? El santo padre, protector de esta cristiana empresa, ha puesto como condición que debo ser acompañado de un miembro de la santa madre Iglesia, de un clérigo… y quién mejor que vos.

Le Verrier tragó saliva, no esperaba una oferta tan directa ni un criterio formado para poder objetarla con pericia. En esa determinante bula papal conseguida por el primo de su señor para la expedición, el santo padre otorgaba licencia para esa cruzada con el objetivo principal de convertir a esos infieles canarios a la verdadera fe. Un torrente de contestaciones posibles pasó por su cabeza, pero con todas ellas sentía pillarse los dedos, pues no eran ecuánimes a la confianza depositada por su señor en tal ofrecimiento. Todo era demasiado inesperado para él y no pudo sino distraer inconscientemente la mirada en el horizonte, aprovechando el placentero y reflexivo silencio saboreado desde ese lugar.

—Padre, estoy contento con vuestra labor en mi feudo —matizó.

Le Verrier atendió esas últimas palabras con desconfianza frunciendo las cejas sin querer, sin identificar si se trataba de adulación o realmente de una valoración positiva hacia su persona. Optó por depositar sus esperanzas en lo segundo.

—No prometo su regreso sano y salvo. Ni rico, ni pobre. Ni siquiera que volváis con vida. Pero os doy mi palabra de caballero, Padre, de que en los asuntos de Dios vos seréis el responsable y tendréis voz en aquellas ínsulas. El papa así lo dispone en su bula: concede al sacerdote que me acompañe la anuencia de evangelizar, levantar cristianos templos y de administrar sacramentos, y así será.

»Las intenciones comerciales que os mencioné en un principio siguen siendo mis principales intereses. Además, para vuestra tranquilidad, me han dado muy buenas referencias del padre Pierre Boutier, seguro os llevaréis bien en la ardua tarea de convertir a esos infieles en cristianos de buena fe. Al mismo tiempo, tened en cuenta que este fray Boutier viene como capellán de Gadifer de La Salle, el que será mi segundo. Por lo tanto, sabed que estará bajo vos en todo caso, será vuestro subalterno en dicha misión cristiana.

Le Verrier quedó en silencio una vez más con la mirada perdida en la distancia ante aquellas vistas. De repente, una inspiración iluminó dicho proyecto, la posibilidad de una verdadera gesta para un religioso como él, sabiéndose en momentos de cambios. Ese plan del santo padre podría llegar a ser el más importante que llegase a realizar en toda su vida, algo inconmensurable para la honra de Dios y extensión de la santa fe.

Le Verrier continuaba siendo un idealista. Con su treintena de años se imaginó en esas islas habitadas por salvajes sujetos a diferentes leyes y hablando lenguas extrañas, con la misión de hacerles comprender y no imponer, la importancia de abrazar la auténtica y verdadera fe de Cristo.

—Contad vos conmigo, mi señor —contestó con voz firme tras instantes ensimismado, si bien respetados interesadamente por su señor.

Dejó a un lado los legítimos miedos de que todo aquello que escuchaba no resultase del todo verdad; de que tal expedición no fuese únicamente comercial; de que no fuera cierta la intención de no aplicar la fuerza para dominar al nativo, si no el trabajo. Le Verrier, consideró que, si esa oportunidad se había mostrado ante él de diferentes maneras, debía confiar en la voluntad de Dios y aceptar las cosas tal y como viniesen. Si de algo tenía certeza era que aquello no sería similar a la carnicería vivida en África doce años atrás. Le Verrier llegaría hasta las últimas consecuencias para que eso no ocurriese, al menos, mientras él mismo ostentase la responsabilidad de la misión.

Ya de regreso al bullicio de la gran tienda, después de que el señor hubiera terminado de tragar una formidable dentellada de venado a boca llena —el abatido por Di Giute esa mañana—, se hubiera limpiado con el antebrazo la grasa y se hubiese puesto en pie ceremonioso levantando su jarra, los músicos, atentos a este, frenaron a destiempo lo que entonaban tras su gesto, para dejar la estancia en forzado silencio.

—¡Señores!, ¡brindo por vuestra presencia! —Todos los asistentes se levantaron en tropel y estruendo alzando sus copas a la vez. El señor de Betancourt hizo ademán de brindar derramando parte del contenido, dando un buen trago seguidamente—: Os he traído aquí, caballeros, pues bien sabéis, con la intención de… —comenzó a relatar como introducción a su discurso la expedición en trazos generales—. Confiando en los caballeros presentes para que me acompañéis, formando parte de esta quimera por la mayor gloria de nuestras casas y de Dios. Por ello deciros algo quería, que no era menester describirlo en epístola ninguna: como cabecilla de la expedición, ofreceré mis conquistas a su majestad el rey Enrique III de Castilla, en lugar de a nuestro rey Carlos, delfín de Francia.

Esas últimas palabras enmudecieron a la mayoría, tornando por completo el gesto en los semblantes de varios de los presentes, comenzando a intercambiar miradas suspicaces entre ellos. De pronto, el silencio se rompió con una seca algarabía de voces disconformes de parte de los nobles, afirmándose ofendidos.

—¡Señores!, ¡esto es una empresa de negocios!, ¡no tiene nada que ver con la fidelidad a la Corona! —se justificaba.

—¡Estáis vos traicionando a nuestro rey! —indicaba uno de ellos con los brazos apoyados sobre la empuñadura de su espada.

—¡Vuestro rey no da pie con bola y de esa cuestión sois sabedores! ¡Caballeros! ¡No está en sus cabales!, nuestro rey Carlos ya hace tiempo que ha perdido el juicio. ¡¿Cómo poner el futuro de nuestro patrimonio en sus manos?! —continuó instando Betancourt.

«¡Inconcebible…traición!», escuchaba de varios nobles que, ofendidos por las intenciones de Betancourt, salían injuriados de esa tienda en un desconcierto interrumpido por nuevas palabras del barón con las que intentaba apaciguar sus ánimos.

—¡Señores caballeros!, sincero he sido con sus señorías, séanlo conmigo. Esta será una empresa única en la cristiandad, una conquista arriesgada en tierras lejanas y desconocidas, pionera en la mar Océano en nuestra historia. El que me acompañe, ¡tendrá el honor de haber participado en una gesta histórica!

Otro nutrido grupo de caballeros continuó saliendo de aquella tienda claramente desabridos, aunque sin armar tanto escándalo como los anteriores, quedando en la reunión en torno a la gran mesa que presidía la estancia tan solo un puñado de ellos, entre los que Le Verrier únicamente reconoció al bellaco de Le Courtois con sus dos esbirros, los dos hermanos Colín y Robín Brument y al grupo del capitán Gadifer de La Salle. Y vio también a algunos conocidos de vista, a saber: los nobles normandos de la Casa de Umpiérrez y Bertín de Berneval, de quien sabía que guardaba estrecha amistad con Betancourt.

Según fue conociendo Le Verrier, aquellos que quedaron sabían de los planes de la expedición con antelación. Ya tenían claras sus intenciones en ella, por ello permanecieron allí. Al parecer, los de Benerval llevaban tiempo organizando el reclutamiento de gentes y la contratación de servicios y bastimentos. Gadifer y sus hombres, por su parte, rondaron un tiempo por los puertos cercanos, tanteando naves para adquirir y tripulación para la potencial empresa. Obtuvieron mayor fortuna en el puerto de La Rochelle, donde incluso compraron una esclava de raza canaria bautizada como Isabel, que conocía la lengua francesa al haber nacido en cautividad y su lengua salvaje solo a medias, pues tan solo llegó a practicarla con su madre durante un breve tiempo.

—¡Señores!, no hay marcha atrás, si alguno incluso albergáis dudas al respecto, podéis salir del mismo modo que lo han hecho los demás —invitó Betancourt con esas palabras, pese a saberse ya entre señores de su confianza.

—¡Vayamos al grano, mi señor!, ¡Ya estamos los que tenemos que estar! —sentenció Gadifer—. Por mi parte aquí están mis cinco caballeros y mis veintidós fieles hombres de armas, así como una nave completa de pertrechos, contando con soldadas para más tripulación, tal y como vos ofrecéis en la vuestra —dijo para refrescar la memoria a Betancourt en su apuesta, de quien ya sabía que por su parte iba a sufragar la compra de otro barco en las mismas condiciones—.

»De esa manera, con lo mío dispondréis de una segunda nave con su piloto y tendréis para pagar una soldada a unos doscientos o más hombres de armas y marineros en total. Zarparemos del puerto de La Rochelle, Dios mediante.

—De acuerdo. ¡Sea! —dispuso Betancourt, que ya sancionaba todo lo que escuchaba con leves movimientos—. Disponed de todo para zarpar en un par de semanas. ¡Señores!, ¡está todo dicho!, ¡que Dios nos asista!

Escudo de armas de Jean IV de Béthencourt

El día se presentaba tan extraño en auspicios marineros como insondablemente gris el mar al que debían de zarpar en breve. Tan inquietantemente calmado y sólido, como si todo él estuviese congelado. Le Verrier llevaba días nervioso sin poder pegar ojo. Sufría por haber abandonado su hogar y a sus parroquianos, que eran prácticamente su familia; seres a los que durante años protegió y aconsejó cuan representante de la Iglesia. El sentimiento era recíproco y la despedida fue emotiva, sin comparación con la que le dedicaron a su antecesor, el padre Remy. Ya habían pasado los años suficientes desde la desventura sarracena y, de nuevo, se aventuraba a unas islas salvajes frente a ese infinito continente. Nuevamente se encontraba ante una expedición, como aquel entonces, pero desde su otra costa, la occidental del mar Océano —llamado *Tenebrosum* en algunos textos o *de las Tinieblas*— abrumado por todos los aterradores peligros conllevados en navegaciones así de inciertas; con la posibilidad de caer desde ese fin del mundo temiéndose plano, o la repentina aparición de alguno de esos monstruos marinos escuchados o recordados haber visto, a su pesar, en las mismas ilustraciones de esos antiguos manuscritos consultados en sus días de estudio. Sumaba aquellos miedos al desconocimiento de lo que encontraría en dichas islas, que intuía pobladas de gentes primitivas de bárbaros instintos. Todas ellas legítimas reflexiones que lo aturdían sin llegar a paralizarlo de igual manera que en otras ocasiones del pasado, afirmado en la íntima convicción de poder llegar a realizar una buena labor evangélica allí con la protección de la Virgen.

Le Verrier, desde la toldilla de popa de la carabela llamada la *Sans Nom* —sin nombre—, como preludio del Paraíso aún sin bautizar al que se dirigían, observaba expectante numerosas figuras portando vituallas, arranchando bultos y poniendo a punto las dos naves, en el gran puerto de La Rochelle. Casi tres centenares de gascones, galos, bretones, potevinos y de otras tierras, acompañados algunos de sus esposas —que participaban en ese día y en esa expedición—, reclutados en su mayoría de entre gentes de dudosa procedencia para ocuparlos como escuderos, arqueros, ballesteros y marineros. Entre ellos estaba su amigo Guglielmo Di Giute, que embarcaba con un arcón al hombro en ese instante, regalándose entre ellos dos un respetuoso gesto, sorteando a otros que, sentados en el muelle, disponían bultos y armamentos.

Las dos naves soltaban amarras del muelle, siendo arrastradas hacia alta mar por pausadas chalanas de remos. Casi toda la tripulación observaba atenta el paso entre las monumentales torres de defensa presidiendo la bocana de aquel puerto, tal que gigantescos centinelas guardando el paso impávidamente: la de La Chaîne y la de San Nicolás. Un escenario extraño, de un día extraño en el que un cielo plomizo diluido en el horizonte del océano, se mostraba todo él ante ellos como un inabarcable algodón cargado de pólvora en el que cualquier inerme de las chispas podría llegar a encender en un instante, llevando a esa empresa al más terrible de los infiernos. Una vez salvadas aquellas formidables torres gemelas, los marineros dispusieron a son de mar la nave, aprovechando un ligero viento de tierra que propició la maniobra, soplando con generosidad para hinchar el velamen y arrancar de una vez por todas la navegación de esas dos naves, con viento de popa, por sí solas en demanda de puertos castellanos. Le Verrier oraba con la mirada perdida en el infinito mar: «Porque vos, Señor, sois mi roca y fortaleza y, por amor a vuestro nombre, me guiaréis y protegeréis. *Gloria Patri, et Fili, et Spiritu Sancto. Sicut erat in principio, et nunc et semper, et in saeccula saeculorum. Amen»*.

Entre crujidos de maderos en cubierta y tensas órdenes para acomodar a medio trapo esa arrancada de la nave, emprendía esa fuerza expedicionaria desde el puerto normando de La Rochelle su rumbo a tierras hispánicas, como primera escala, en esas dos naves cargadas de bastimentos, armas y doscientas ochenta almas, con destino final a unas islas salvajes y desconocidas en lejanas partes del Mediodía.

XI
Juan

Bahía de Cádiz. Reino de Castilla.
Mismas fechas del año de nuestro Señor de 1402.

La madrugada transcurría, si cabía, más fría y grisácea que de costumbre. La niebla baja se fundía espesa entre la bruma proveniente de las aguas que anegaban las decenas de esteros pantanosos en esa particular marisma repleta de caños a medio llenar por una cercana bahía en calma. Era incapaz de ver nada claro a más de una vara de distancia, casi a tientas avanzaba apreciando la extraña sensación de amasar su fondo con los dedos de sus pies, atravesando esa inquietante luz grisácea persistente cual extraño sueño envolviendo el albor de aquel día. Los característicos efluvios de esos sedimentos que, como el más denso alquitrán, cubrían esos angostos canales de agua salada, dejaban su impronta en forma de un intenso olor a bajamar. Un hedor tan viscoso, así como los lodos que lo provocaban, que impregnaba su ser del todo.

Aquellas frías aguas osaban cubrir partes intestinas de su cuerpo, en ese entonces y no antes, votando al diablo con soltura en voz alta lo anteriormente callado por rudeza. Juan tenía el hábito de no verbalizar infamias, al contrario que otros, al mentar santos, a Dios y a su querida Virgen del Mar; retribuido con que algunos de sus ruegos hubiesen sido escuchados por su Virgen del Carmen, que le salvaron la vida en no pocas ocasiones, en ese desolador e inabarcable infierno en agua y sal, en el que podía llegar a convertirse algo tan sublime como los mares.

Demasiado atrás había dejado ya la hoguera prendida para calentarse antes de entrar en ese estero y echar las redes para el despesque de ese día. Con un vistazo a su alrededor supo ubicarse entre los caños confluyentes con el principal: el de Sancti-Petri.

Más que gélidas esas aguas, a Juan bien le parecían estar hirviendo por la vaporosa neblina emanada calando todo tras su paso, en tal espesura que ni el cercano viaducto de entrada a la Isla de León se atisbaba. A su vez, del Carenero Real cercano se escuchaba tañendo ahogada la campana de alguna de las naves que allí se reparaban: «Con niebla sus campanas se escuchan huecas», evocaba como hombre bregado en la mar.

Juan cargaba sobre sus hombros pasiones veladas, emociones encontradas al pensar en la mar y en esas formidables naves varadas ocultas tras la niebla en ese Carenero; tal que comadres que lo custodiaron en otros tiempos, esperaba que guardasen el aroma de una huella de cariño depositada en su día entre el corazón de mamparos y pañoles. Rememoraba así tiempos pasados con el resquicio de un orgullo que mantenía del mismo modo velado por sus circunstancias.

Juan fue buen piloto, decían que uno de los mejores de Cádiz, quizá de Castilla, tal vez el mejor de entre todos los que nunca hubo. Navegar era sin duda una pasión apagada por sus vivencias, y conservaba, a su pesar en él, una sangre tan salada como la mar, la misma que fue hogar y vida en su pasado.

Aún sin saber si amarla u odiarla por aquel sentir que lo comprimía, a esas alturas de su vida, prefería vivir de esa forma: sin señores capitanes ni hidalgos empresarios «jodiendo». Y lo más importante para él: sin más problemas de conciencia, pues ya cargaba con demasiados. Ninguna de las singladuras en las que participó habían sido vulgares navegaciones y casi ninguna para enorgullecerse, salvaguardando las de su época a bordo de las naves del rey, en las que «se hacía lo que se tenía que hacer y punto», comentaba en las tabernas cuando se le preguntaba por ello tiempo atrás —indagaciones sobre su pasado que asimismo dejó de contestar a quien no se lo hacía merecer—. En esos días prefería esa vida pescando en las salinas antes que volver a desagradables travesías vividas tiempo atrás que tanto lo marcaron, como la de la remota isla de Lanzarote, al mando del capitán Almonaster, la cual dejó una huella profunda en él, como gota desbordante de las muchas y malas experiencias acarreadas en la mochila de su moral, subsistiendo desde entonces profundamente desalentado para con su profesión de marino.

Él era Juan de Dios Navarro, los pescadores le llamaban Juan «el Isleño», también conocido como Juan «el Cañaílla» en los mercados y tabernas del barrio de Santa María de Cádiz, del arrabal de Santiago, del puerto Chico y en la plaza del Mercado. Hombre callado, discreto, recio; el salitre curtió sus cueros y desecó también su corazón. En su despeluchada cabellera ya no le quedaba ni un pelo de tonto, ni siquiera cuando bebía, pues, aunque la vida lo había llevado de la mano a ser un bebedor sin fondo, nunca perdía las formas tal que otros. En tono oscuro destacaban en ese rostro malhumorado sus mejillas, abarcadas por un tupido rastro de barba negra cubriéndolas por completo como si fueran otra piel que lo forrase, incluso rasurada —forma en que solía mostrarla—: un detalle mantenido evocando resquicios de su olvidada dignidad. De sus orejas sobresalían —como par de erizos de mar enrocados—, dos matas de cerdas del mismo tono que, junto a unas pobladas cejas, le proporcionaban un aspecto realmente embrutecido, con el que se ayudaba para enmascarar su timidez. Estuvo distinguido y muchas veces consultado por ser capaz de predecir el tiempo tan solo con echar una mirada al cielo, acertando en todas las ocasiones tempestades, vientos y mareas, por su pericia, hasta dejar de compartir esa gracia casi divina por apatía con la vida. Un hombre de alma tan gris como esa mañana, que semejante a un fantasma vagaba arrastrando sus cargas de la misma forma que sus pies en ese fango: sin pasión en el rostro, vacío de ambiciones y sin nada que diese sentido a su vida.

—¡*Juan, hala una mihilla*! —le gritaron en un agudo andalusí.

La espesa niebla no dejaba ver de dónde procedía esa voz escuchada desde el otro lado del angosto estero. Alguien dijo su nombre: Juan. Y así tiró de la red hacia él, como le indicaban, para tensarla según avanzaba arrastrándola por entre aquel lodazal.

El despesque era así y así era, en ese legado de generaciones. La temporada de lluvias había finalizado y ese era el momento para llevarlo a cabo. Varias cuadrillas deambulaban torpes, caladas hasta los tuétanos, por ese laberinto de pequeños canales colmados de mar y lodo en la Real Isla de León, empujando los peces con las redes hacia una zona sin salida de la maraña de esteros que solo ellos conocían. Lugar donde confluirían todos para sacar a mano el pescado que se dejase coger en ese despesque.

El sol comenzaba a disipar con su presencia aquel celaje, permitiendo vislumbrar en la lejanía siluetas de hembras que, en las orillas, esperaban pacientes para cargar el trabajo de esos hombres.

Se atendían gritos y latigazos de las varas al impactar en el agua marina para asustar a los peces. Las órdenes se escuchaban claras: «¡Tira!... ¡Darle!... ¡*Na mihilla cohone*!... ¡*Tateahí*!», entre votos a Dios y a la Virgen en sus diferentes imágenes, cuando alguno se volvía a espabilar con otro vespertino remojón.

Juan, concentrado en su tarea, ya no sentía ese frío inicial pese a estar completamente empapado. Su sangre fluía caliente en ese momento y a esa altura de la marea, sus pies descalzos no ayudaban en el esfuerzo al hundírsele hasta las rodillas en el pastoso fango que ya había teñido de negro irremediablemente a todos ellos. Para motivarse en la labor, se veía junto a la candela de una taberna saciando la sed con cuartillos de vino a cuenta de lo que obtendría vendiendo el pescado. «Mañanita de niebla, tarde de sol», musitaba con anhelo mirando alrededor, escuchando con satisfacción el sonido de los miles de peces saltando atrapados como en un enorme perol al fuego intentando librarse del agua que escaldaba. Saltaban con tanta fuerza que muchos caían en las orillas o en el estero contiguo, perdiéndose allí la pieza al lograr la libertad ella misma como pez que no quiso ser pescado. Uno de ellos golpeó a Juan en la cara.

—¡*Me cago en tu pare*! —le dedicó.

—¡*Juan, tateiyá*!—le indicaron para que fiara por su lado.

La fuerza de esos cientos de peces era capaz de arrastrar a los pescadores por el estero. Por ello, algunos mozos se vieron obligados a bajar una vez más para ayudar, aguantando la red junto a Juan que, tragando saliva y con el agua al pecho apenas podía con ella.

Simultáneamente, una cadena de mujeres acabada de formar iba aporreando y recogiendo en cestos de mimbre y pequeñas redes de mano los cientos de róbalos, lisas, lenguados, zapatillas, doradas, lubinas y otros peces que espasmódicos aleteaban agallas luchando por su vida. Una docena de bestias, entre burros, asnos y algún buey, esperaban sin perturbación marcharse de allí mientras les llenaban los cerones de mimbre hasta los topes, con casi dos quintales en cada uno de ellos. Tanto hombres como mujeres, además, cargaban con varias arrobas a sus espaldas. El despesque solía ser equivalente a lo faenado en un mes, merecía la pena.

«¡*Amo, amo*…! ¡*Darle, arrea con ello*! ¡*Amo que ya güele a menúo con garbanso píssa*!», se alentaban entre ellos en andalusí con gracia, para mitigar el esfuerzo que estaba suponiendo cargar el despesque para ser transportado hasta el poblado del castillo de San Romualdo en la Real Isla de León.

A esas alturas de la mañana el sol despuntaba ya tenues rayos entre la niebla, atemperando levemente unos rostros grises de lodo desecado.

El despesque llegó a su fin. Quedaba salarlo para su conserva para después venderlo, pues allí en la Isla de León no había gran cosa para comerciar, pero sal y pescado sobraban. Un buen sorbo de vino dulce junto al mendrugo de pan bañado en la olla de menudo, cocinado por mujeres en una hoguera, regaló un talante renovado a Juan. Se sonrió, estaba satisfecho: había sido un buen día de despesque. Cargó con un cerón él solo, incorporándose a la larga fila de los que iban y venían por el camino, siendo uno más de la procesión de seres humanos y bestias encaminados torpemente hacia el castillo de San Romualdo. El sol calentaba, cuando menos falta hacía, sus ropas empapadas, cuarteando ese lodo del que estaban cubiertos todos ellos por completo, aportándoles un aspecto tan mortecino que bien parecían un desfile de ánimas de la Santa Compaña.

Aquello cargado sobre la bestia era su parte del despesque —ese mismo de días atrás— rememorado al detalle en solitario en ese tercio recorrido de camino a la capital—. La ciudad de Cádiz distaba no más de cuatro leguas castellanas del poblado de la Real Isla de León atravesando esteros, salinas, caños y un interminable arenal por la costa. Juan procuraba salir al toque de la campana para la oración de laudes del convento cercano para así, al paso del burro cargado y parando de vez en cuando, llegar a la ciudad antes del mediodía. Si vendía todo en esa mañana, se haría con los medios para poder holgazanear por un tiempo.

La primera parada la realizó en el molino de mareas, justo antes de comenzar la lengua de tierra que llevaba sin pérdida hasta las murallas de Cádiz. Allí, tras una sencilla charla con el molinero —hijo, nieto y bisnieto del anterior molinero—, quedaron en que Juan le fiaba, como siempre, pescado en salazón a cambio de recoger a la vuelta un saco de harina de trigo molida. Juan partió un trozo de queso de vaca de un olor penetrante chascándolo con una piedra, además de unas tajadas de suculenta mojama de atún con la faca, para compartir con ese hombre, tan seco o más que ese queso. El molinero gustoso aceptó, cerrando el trato con un vino por su parte.

El grano lo molía aprovechando la fuerza de las aguas del mar al entrar y salir por un canal entre la bahía y el océano. Por ese natural fenómeno de las mareas, el agua hacía girar las palas, moviendo a su vez las pesadas piedras de moler, donde se colocaba el grano para su molienda. No le faltaba trabajo, ni tampoco monedas en la faltriquera. Aquel era buen negocio.

Juan continuó el viaje para que el burro no sufriera demasiado con la carga, porque pese a su rudeza le tenía cariño. Se cruzó con un par de carretas de camino y algún que otro crío portando hatillos de tagarninas, cardos, espárragos y palmitos, recolectados en el campo, para vender también en el mercado de la plaza, y poco más. Caminaba tranquilo en esa mañana soleada auspiciando una suave tarde de invierno. Observaba a los campesinos trabajar sus viñas, navazos de alcauciles o calabazas que se sucedían a los costados del único camino: una lengua de estrecha tierra salobre de aguas tranquilas por el lado de la bahía, y duras por el de poniente en toda esa larga extensión de arenales.

A Juan se le cerraba el estómago al ver las naves fondeadas a lo lejos en la ciudad al ir llegando. Se lamentaba por estar en ese momento tirando de un burro y no en alguna de sus cubiertas, pilotando viento en popa y a todo trapo, sabiéndose confiado en su destreza marinera, adquirida con el paso de los años y diversos avatares que prefería no rememorar. Juan se santiguó lento mirando al cielo, agradeciendo haberle escuchado sus plegarias en días de espanto ya guardados en el recuerdo. No tenía ninguna duda de que, gracias a *Él* y a su Virgen del Carmen, continuaba vivo, a diferencia de otros camaradas y amigos que la mar se tragó, faltándole dedos en el cuerpo para contarlos. «¿Por qué? ¿Por qué ellos y no yo?».

No recordaba el día que comenzó a navegar, los dientes se le habían caído y salido de nuevo sobre el bote de pesca de su padre. Siendo un mozo ya conocía todos los rincones de la bahía. Tantas jornadas embarcado con él en diferentes botes: ya fueran chalanas, bateles o chalupas, hizo que absorbiera sus conocimientos con rapidez, llegando a ser pronto más diestro que su progenitor en la navegación, que no en la pesca. De él y, por su innata pericia, también asimiló los auspicios y cabañuelas. A Juan le vino a la cabeza en ese instante de reflexión el claro recuerdo del fatídico día en que lo perdió para siempre. «Que Dios lo tenga en su gloria», deseó santiguándose una vez más. No contaba ni con catorce años cuando lo perdió. Faenaban a bordo de las barcazas de la almadraba para dar caza al gran atún frente a las costas de Vejer y allí se quedó. Cobraban aparejos para juntarse alrededor de una extensa red rodeada de chalupas abarrotadas, recordaba con amargura. La tensión empujaba a esas bestias del mar hacia la superficie con nervio. Los hombres más fuertes y hábiles subían con garfios a peso atunes del tamaño de terneros o incluso más grandes. Era una pesca a vida o muerte, un desliz podría suponer sufrir un accidente o quedarse tullido de por vida, o en el mejor de los casos morir, en esos «tiempos de mierda». Tal como presagiaba su padre, así le sucedió. Por su juventud, no tenía cuerpo ni altura más que para permanecer en cubierta limpiando desechos de los atunes que despedazaban con destreza otros, al instante de ser alzados a peso muerto. «*Tú no estorbe, mushasho*»: esas fueron las últimas palabras escuchadas de aquel hombre delgado de pómulos prominentes destilando energía por carácter en todos sus quehaceres. Lo sacaron blanco como la leche del fondo de la red momentos después. Era el primer muerto que veía en su vida y ya todos los que volvería a ver —que no fueron pocos— le recordarían a su padre. No sangraba, murió ahogado, dijeron. Recordaba a fuego sus ojos abiertos en una mirada ida, en una piel escurridiza y blanquecina de aspecto enfermizo, como si Neptuno lo hubiese querido convertir en anfibio sin poderlo lograr, como rellena de gelatina de pescado: así fueron ya todos los ahogados para Juan. Cayó de la cubierta en un fatídico desliz, y las fuertes embestidas de los atunes pudieron con él. Se ahogó, «lo ahogó». Acusaba de esa manera a la mar Océano, que vilmente se lo llevó estando en calma, cercano a costa en un día soleado y sin viento, deshonrosa muerte para cualquier marino, mientras sacaba el gran atún en las costas del sur de Cádiz. Así era la fortuita vida de la mar. Así de traicionera era. «El destino está en sus manos Señor, decide quién muere y vive, ¿no son ciertas mis palabras? Me cago en el diablo», repasó sin respuesta, santiguándose nuevamente. En sus oraciones siempre le preguntaba por qué debió morir ese día; él era tan solo un niño y necesitaba a su padre, siempre lo necesitó.

—¡*Zeñó Juan*! —De un joven marchando en su misma dirección, refiriéndose a él.

Juan continuaba observando las siluetas de aquellos barcos fondeados, absorto en sus recuerdos, cuando le sobresaltó nuevamente ese muchacho sin escucharlo llegar tras él.

—¡*Zeñó*!, cambio uvas por *argún salasón*.

Juan sonrió algo suspicaz prestándose al trueque propuesto por aquel muchacho, rebuscando un par de buenas lisas secas a cambio varios racimos de uvas que parecían a punto de reventar de vida. Cayendo en la cuenta:

—¿Tú como sabes mi nombre, *quillo*?

—Porque es vos el Juan el Isleño, *mi pare me lo ha disho* de vos, ¡digo! —Expuso el chico nervioso por no errar al contestar, acentuando el *vos* varias veces sin motivo, para que Juan notase aún más respeto por su parte.

—¿Ah sí?, ¿Y qué más *tan disho, mushasho*?

—*Ma disho* que vos fue buen navegante y que ahora vende *pescao* en la *plasa* —contestaba mientras señalaba la figura de un hombre que, pudiendo ser su padre, labraba vides en la lejanía.

Juan recogió las uvas de mala gana y continuó malhumorado. Le había molestado esa observación, no le gustaba que hablasen de él a sus espaldas ni tampoco a la cara. El orgullo aún le tocaba en la espalda, susurrándole quién podría ser y lo que era en ese momento. «Perra vida», masculló, «me cago en el diablo». Pues sería con la edad de ese muchacho que, por el motivo de la muerte de su padre, pudo socorrer a su familia enrolándose en las escuadras reales. Entró directamente como grumete participando de esa manera en las maniobras navales —donde disfrutaba de verdad—, sin pasar por el resignado oficio de paje, librándole por suerte de servir en tareas domésticas propias de la rutina de esas naves. En la maniobra adquirió grandes conocimientos en navegación oceánica, ya que él apenas costeaba en travesías de cabotaje. Conoció numerosos puertos europeos aliados de Castilla donde, acompañando a variopintas tripulaciones, se hizo un hombre a pasos agigantados entre meretrices de diferentes colores y orígenes, apuestas de poco honor y tabernas de todo tipo. Esa etapa le duró hasta que un accidente lo dejó lisiado por una larga temporada, obligándole a dejar el oficio sin pensionar y dedicándose, cuando se recuperó, a navegar en carabelas y barcazas mercantes. En esas naves piloto para el transporte de mercancías, la rapiña del corso y captura de hombres. Incluso se vio involucrado, de una u otra manera, en algún caso de piratería contra sus compatriotas, hechos que nunca tuvieron consecuencias legales, pero sí para su conciencia. Y terminó en la nave del tal «malnacido hijo de perra» señor de Almonaster, por circunstancias de la vida, cuando se alistó en esa tripulación esperando una corta expedición a las islas Afortunadas de Canaria, sin salir esta tal como esperaba. Juan resoplaba, pues la sensación brotada al recordar aquello le cerraba todavía más el estómago. Se sentía de algún modo prisionero del pasado y repasó, de manera inconsciente para serenarse, uno de los romances memorizados como buen marino. Versos habituales entre juglares que se entonaban en esos tiempos: el de El Prisionero. A fin de cuentas, así se sentía.

«Que por mayo era, por mayo,
cuando hace la calor,
cuando los trigos encañan
y están los campos en flor,
cuando canta la calandria
y responde el ruiseñor,
cuando los enamorados
van a servir al amor,
si no yo, triste, cuidado,
que vivo en esta prisión;
que ni sé cuándo es de día
ni cuando las noches son...»

Atravesó las puertas de la lengua de tierra bajo las gualdas y recias murallas de Cádiz. Estas estaban siendo reforzadas por numerosos pedreros trabajadas en roca ostionera —la común en esas tierras—, la misma con la que levantaron el castillo y la iglesia Mayor. Cádiz había cambiado mucho. Es más, Juan escuchaba desde niño, que —en una época muy lejana—, fue tan solo una villa pobre nada próspera repoblada con familias traídas de apartadas montañas cántabras del norte, empujando de allí por la fuerza —hacía el reino de Granada— a la mayoría de los sarracenos. Cádiz, convertido en un baluarte estratégico y defensivo, puerto refugio para la marina del rey y otras naves, era ciudad de gran vida y ajetreo en la que se podía encontrar lo que se quisiera. Vivían gentes de todo tipo, razas y partes, mezclados con los numerosos moriscos sin emigrar que continuaron en la ciudad. Razones por las cuales, en la zona se extendió un acento y unas palabras características y diferentes a otros lugares del reino. Al atravesar aquellas murallas y entrar en su interior, todo cambiaba para el viajero: la luz, los sonidos, la temperatura. Juan siempre agradecía incluso en invierno ese frescor procedente de esas callejuelas sombrías y húmedas cercanas al mar.

Observaba como mero espectador en ese instante todo a su alrededor: portones de las casas abiertas con mujeres cantando canciones a viva voz mientras se dedicaban a sus labores, chiquillos correteando en sus juegos de sortear gente o haciendo mandados...

Súbitamente, una enorme rata del tamaño de un gato le salió al paso y dos sucios perros la intentaron dar caza, no antes sin tirar a una señora que baldeaba una puerta del susto; un hombre con un bastón golpeó a esos perros que habían dado caza al fin a la rata; ese hombre fue empujado a su vez por otros dos chiquillos que corriendo tropezaron con él. A poca distancia, un soldado —al ver el empujón—, acertó a arrear un soplamocos a uno de ellos, mientras el otro soldado que lo acompañaba chiflaba apretando los labios a una joven que subía por la calle enfundada en un ceñido vestido. La muchacha se giró y lo llamó descarado. El soldado se arrodilló ante ella burlesco y con gracia, sacando así una bella sonrisa a la muchacha, la cual apartó la mirada del camino para toparse a su vez de morros con un tendero tirando de un puesto ambulante. Todo aquel acto casi teatral era Cádiz en su más pura esencia, transcurrido en un pequeño tramo de camino a la plaza del Mercado: así eran las calles de esa ciudad, llenas de vida.

Ese tendero reconoció a Juan frenando el carro donde transportaba todo un puesto:

—Juan, ¿qué *paza*, titi?, *alapadedió*, ¿cómo estamos?, *amoavé zi* vendemos *argo*, ¿no? Te veo luego en la taberna del Manteca —dijo ese conocido empleando un mero formalismo, pues todos sabían que a Juan no le gustaba relacionarse con otras personas cuando bebía, siendo un momento íntimo que prefería compartir consigo mismo. No gustaba de juntarse con otros y escuchar miserias, «yo ya tengo bastante con las mías», justificaba así sus ansias de soledad para con otros que necesitaban compañeros de penas. Él no era de esos, las suyas se las digería él con vino.

Regularmente, Juan iba a Cádiz desde la Real Isla de León una vez por semana para vender ese pescado y otras viandas. Vivía sin prisa ni familia que dependiese de él. Tantos años embarcado lo alejaron de las habilidades para conquistar damas que no fueran las de una mancebía. Como de costumbre, se acomodó en su sitio, bajo un arco de la Casa Consistorial de esa plaza del Mercado. También como de costumbre, un mozo se hizo cargo del burro a cambio de algo de salazón y allí se sentó a ver pasar el tiempo, para vender su parte del reparto del anterior despesque. Tomó su pequeña flauta de hueso de algún animal desconocido y comenzó a tocar las suaves melodías que también, como de costumbre, solía tocar allí sentado. Juan llevaba años tocando esa flauta y era conocido por ello también. Una flauta arrebatada a un esclavo negro capturado en una de sus navegaciones, del que recordaba con amargura su tiznado rostro —de un renegrido casi violáceo— al posar los labios en ella en cada una de las ocasiones. La mayoría de las melodías entonadas las inventaron sus oídos, nadie lo había enseñado; salían de su melancólico estado de ánimo o del de otras almas que como la de él andaban dolidas. Tan solo dejaba de tocar cuando algún cliente se interesaba por su pescado.

Pasadas las horas, tras varios compradores que le marearon precios de la mercancía, Juan escuchó una voz familiar expresando su nombre.

—¡Piloto Juan Navarro!, llevaba un rato *parao*, escuchando la cancioncita y no he podido resistirme a escucharla del *tó*. Los buenos tiempo, amigo mío…

Juan se levantó exclamando: —¡*Cagoneldiablo*! ¡Sánchez!, ¿qué *ase* por aquí, amigo mío? —con gran alegría contestó, al volver a ver a ese viejo camarada con el que había navegado en infinidad de travesías.

Sánchez era un marino de los viejos, bien curtido en la profesión, con experiencia y pericia suficiente para haber subido de rango, sin ser así por haber hecho comulgar al que se ganó recibir la eucaristía de igual manera que hacían los curas: a base de hostias. Un tipo pequeño y barrigudo pero fuerte cuan toro en dehesa, que lucía una calva de lejos religiosa, en contraste a una barba negra canosa y prominente que se le ensanchaba hasta la nuca.

—Se te están suavizando las manos, Navarro —decía riendo.

Ese comentario, viniendo de otra persona, lo hubiese tomado como un insulto, pero Juan carcajeó con ganas por la insolencia que se permitió de su camarada. Entre los de esa vida, se evaluaban el brío luciendo manos rudas y ásperas; con su aspecto medían el esfuerzo o la holgazanería de cada uno de ellos. Sánchez bromeaba con ello.

—¿Cómo te va la *vía?* —indagó por él en ese encuentro con su amigo el histórico piloto Juan Navarro.

—Vivo tranquilo, ya me conocéis, ni quiero problema ni compromiso a estas harturas, ni alturas del camino.

Su camarada sabía que, desde la travesía de las Afortunadas con Almonaster, Juan no había vuelto a ser el mismo. No lo entendía, pero lo respetaba.

—Sigues *iguá, pisha* —señaló Juan bajo un original guiño de amistad, seguido de otro enérgico pechugón; un excepcional segundo abrazo ajustado con dos sonoras palmadas en los lomos. Realmente se alegraba de verlo.

—Que no *pazan* los años por ti, Juan de Dios Navarro, tendré que dejar de embarcarme. Será *ezo* lo que me está envejeciendo —diciéndose a sí mismo su amigo Sánchez en voz alta, haciéndolo sonreír—. Me alegro de haber *concidío* contigo, pregunté en las tabernas y me dijeron que hoy vendrías por la ciudad.

—¿Y a qué *ce* debe esta empresa de encontrarme?

—Un amigo es un amigo, Navarro…, el capitán con el que navego ahora está preparando una travesía y tengo la faltriquera *empetá* de moneda aquí *pa* gastar en géneros como los tuyos. Y me dije… ¿*ónde* voy a comprar yo salazones de categoría por aquí, *cinó* a mi gran amigo Navarro «el Cañaílla»?

A Juan lo emocionaban encuentros con antiguos iguales —parejos a Sánchez—, que pese a saber disimular por rutina los atracones de ponzoña en una vida de infortunios a sus espaldas, la sabiduría adquirida les hacía atesorar de cara el valor del justo afecto en una honrada camaradería. Hombres que coincidían en contadas ocasiones, reconociéndose de malas venturas pasadas juntos sabiendo que —viniesen de la madre que viniesen—, en el peor de los temporales no hacía falta girar la cabeza para saber que *ese* estaría ahí, y Sánchez era uno de *esos*. Nunca falló.

—Pues a *mehó citio* no *podía* venir, salazones como estos no vas *encontrá*, frescos de la bahía, amigo mío.

Juan de Dios Navarro y su camarada cargaban la nave de su patrón. Sánchez había comprado todo el pescado a Juan en ese instante, ventilando sus pulmones nervioso por estar de nuevo en el interior de un barco. Pese a ello, los penetrantes aromas a madera y estopa fresca lo trasportaban a otros tiempos que también fueron buenos para él. Barriles, bastimentos y diversos sustentos arranchados, llenaban la bodega hasta las tachas. Sánchez se sonreía observando cómo Juan oteaba todo a su alrededor como grumete novato.

—Navarro, vamos a celebrar que has vendido *to* a mediodía. Anda, *pisha*, invita a tu viejo amigo a un cuartillo vino *ar meno* y nos ponemos al día. Tenemos mucho que hablar.

Juan frecuentaba una taberna-posada en los arrabales cercanos a las viñas de la ciudad. Allí se encontraba a gusto bebiendo; un lugar tranquilo lejos del alborotador ambiente marinero que solía haber en las cercanas al puerto.

—¡Mujer!, pon algo de pan, *fritá* y chicharrones; y para empezar, dos cuartillos de vino —ordenó Sánchez a una posadera prieta en carnes—. Vamos a ver si no se ha comido ella todos ya. ¡Cómo me gustan con tanto donde agarrar, rediós! —apostilló levantando una ceja, sacándole con ese último comentario una sonrisa socarrona a su amigo.

—Escúchame, Juan, pongámonos serios: hay sitio en la tripulación de mi nave. Puedo hablar con el oficial. Ya tenemos piloto, pero puedes ser de gran ayuda. Sé que te van a contratar con los ojos cerrados, camarada.

—No, Sánchez, gracias, sé que me tienes aprecio y te lo agradezco, pero yo estoy muy bien así, amigo mío —confesaba mirando a la mesa, en un discreto tono tan bajo como para que solo él lo escuchase.

—Por el amor de Dios, Navarro, has sido uno de los mejores pilotos, ¡qué digo!, el mejor que he conocido. Tienes una reputación en la profesión, ¿qué haces vendiendo pescado, *pisha*?

—Te lo estoy diciendo, amigo Sánchez: vivir tranquilo. Vender pescado no es un trabajo indigno, no necesito nada más, ni a nadie dándome por culo.

Lo que nadie sabía era que —desde aquel viaje a Lanzarote—, Juan sufría embates de sí mismo haciéndolo perder la cordura. No lo quería confesar, le daba vergüenza que la gente supiese de su debilidad, aunque tuviesen algo de confianza. Tampoco era un tema placentero de tratar para él, era más algo de sus adentros. Después de semejante navegación, el pecho se le llenó de miedos, no se reconocía, había dejado de ser el de siempre costándole mucho adaptarse al día a día. No entendía por qué a veces no dominaba sus pensamientos, sometiendo estos su voluntad por completo; dolencia tan solo apaciguada con el vino cuan medicina. Ese era un mundo cruel lleno de gente desalmada. Por haber participado de ello en otros tiempos, el Señor le estaba haciendo pagar sus actos, así lo creía firmemente. Se castigaba pensando de ese modo, como única respuesta a todo aquello que vivía en esa época de su vida. En demasiadas noches no dormía, se le aceleraba el corazón tal que animal huyendo y sudaba sin motivo. Se odiaba obligándose a convivir con él a la vez, como necesaria penitencia.

—He acabado por aborrecer la profesión —confesó al fin a su camarada Sánchez.

—Sabes que eso no es cierto —replicó su amigo.

Juan, en silencio, negaba mientras alzaba la jarra de barro cocido con las dos manos —como si se la fuesen a arrebatar—, descubriendo su fondo de un trago, ordenando a continuación dos cuartillos más en un discreto chiflido. Se ponía nervioso cuando le preguntaban por su vida, le incomodaban las explicaciones.

—Tranquilo, bebe tranquilo, Navarro, no hay prisa —recomendó el camarada al ver que empezaba a beber en demasía sin razón aparente. Ese último comentario sacó ese demonio que guardaba dentro.

—Escúchame, ¿me vas a decir tú a mí lo que tengo que beber? —advirtió irreverente, dejándose llevar por la maldita confianza aparejada a la embriaguez en método sanador. Enmendando al instante—. Perdona camarada, si no me entiendo ni yo, *cohone*, ¿cómo me vas a poder entender?

Sánchez soltó una de las manos de la jarra y apretó el hombro de su amigo con fuerza, dejándosela apoyada.

—¿Qué pasó allí, Navarro?, ¿Qué pasó que te dejó tan tocado?, amigo mío...

—A veces es mejor dejar las cosas atrás y no volver a revivirlas. Lo pasado, pasado está.

Se terminó el cuartillo de un trago al saldar aquel aforismo de buen soportador, derramándose el vino por las comisuras de la boca, secándolo con el puño y tras aquello —en un aspaviento echado al aire agarrado por la posadera a la primera—, esta le sirvió otra más tan solo a él, tapando Sánchez la suya con la palma de la mano con la mirada puesta en su amigo. Ese momento embarazoso provocó un incómodo silencio entre los dos, mutismo agrietado cuando Juan volvió a tener la jarra llena entre sus manos, aportándole la seguridad necesaria para levantar la mirada y, al fin, soltar una lengua demasiado tiempo prisionera; con quién mejor que con un amigo.

—No es lo que pasó. Allí pasaron muchas cosas. Aquello fue el remate de otras, como tú también has vivido durante años embarcado en jodidas travesías rodeado de sinvergüenzas. Y ya se sabe que cuando uno está rodeado de mierda, al final acaba oliendo. Desde que tengo recuerdo, amigo mío, siento amor y odio por la mar, no puedo vivir ni con ella, ni sin ella. Sentimiento y resentimiento, no sé qué hostias.

»A la postre, profeso..., en el fondo, Sánchez, que yo amaba la mar y la mar a mí, por muy perra que fuese con ella y ella conmigo. Me arrebató a padre, me arrebató compañeros y casi me quita la vida. En muchas ocasiones sorteé la muerte que me traía a traición y, aun así, no dejé de amarla. Nunca tuve litigios con ella como con las personas. La mar siempre me hacía saber cuándo me trataría bien y cuándo me trataría

- 157 -

mal, con tan solo mirarnos. Al principio pudo engañarme algo, mas nos fuimos conociendo; felona a veces, pero con usanza la veía venir cuando me quería echar un órdago. —Juan eructó el ajo de los chicharrones en ese intervalo, soplándolo hacia un lado por respeto a su camarada. —Padre me enseñó sus secretos, a no perderla de vista y a no ir nunca en contra de sus indicios; a no luchar sino lidiar con ella; a sortear con maña sus caprichos, a prever sus zarpazos; así como bien se debe tratar a una hembra de alta condición. Sabes como yo cómo es la vida embarcado bajo el mando de cualquier mamarracho. Sabes de sobra la piara de insensatos que piensan que lo saben todo, y te obligan a navegar en jodidas condiciones forzando el aparejo. ¡Me cago en el diablo! Y estando avisados siguen hasta llevar a su tripulación al Infierno mismo si hace falta por puta arrogancia; y ves cómo se pierden vidas, y los hijos de mala perra ni siquiera pestañean, ¡yo me cago en todos sus muertos!

—Cierto, amigo, hijos de perra…—afirmando con ese comentario que no podía estar más de acuerdo con lo vomitado por su amigo.

—Demasías de heridas sangrando, innúmera gente flotando, y no se me quitan de la cabeza las caras de los que, flotando sin remedio, pedían auxilio y se perdían en la lejanía. Muchas de esas caras eran de camaradas, ¡amigos! Tú lo has vivido, pero yo era el piloto, Sánchez, el que iba al mando del dichoso timón que podía haberlos salvado; uno que otros ordenaban.

—Cumplías órdenes, Navarro —largó su compañero, para aliviar parte de su culpa; comentario que Juan ni siquiera tuvo en cuenta, por las veces que se lo había dicho a sí mismo sin ningún beneficio.

—¿Y las putas empresas de pillaje?, ¿y las caras de aquellos que iban para esclavos en las costas africanas? Todas esas cosas me enmudecieron; me cambiaron ¡diablos!, con el paso del tiempo. Dejé de amar la mar, comencé a odiarla, a odiar esa vida y a odiarme a mí igualmente. Mi corazón latía por pereza y los días pasaban sin más. Ya no podía empezar el día sin vino, no podía terminarlo sin vino y no podía, ni puedo, dormir sin vino, Sánchez, tú me entiendes ¿verdad? —disertaba ya cabizbajo y entrecortado por cierta emoción.

Apenas habían probado la fritada servida hacía rato; era la primera vez que hablaba con tal franqueza de su problema con alguien y agradecía que fuese él. Mientras seguía relatando en voz baja, retribuía la intensa mirada y el respetuoso silencio de su amigo al escucharlo, señal de que al menos estaba comprendiendo en el fondo sus problemas.

Juan no sentía el momento de callar, profesaba que seguir confesando aquello lo hacía comprenderse mejor en eso que lo atormentaba. Algo que había evitado siempre ahogándolo —como en ese instante— con ese vino, pero no en ese día en el que por primera vez nadaba con él sin ahogarse de su mano.

—Cuando el puto señorito de Almonaster quiso gente para esa tripulación, yo estaba tan cargado de vino que no me acuerdo siquiera de cómo me embarqué. Solo recuerdo que estaba una vez más de piloto, rumbo a las Afortunadas, aprovechando los vientos alisios que me empujaban en una navegación que fue corta y de buen tino.

»Los nativos de Lancerotte, Lanzarote o como cojones se llame la puta isla aquella de la madre que la parió, al principio estaban desconfiados, temerosos... Muchos de ellos que ya tuvieron contacto con cristianos eran capaces de hacerse entender con gestos y palabras sueltas y quedaban las cosas medio claras. Todo bien parecido los primeros días, recogiendo orchilla para los mercados de tintes, pero después de trincar toda la que se pudo, le entraron las prisas al cabrón y había que llenar la bodega hasta los topes. —Juan sorbió de la jarra y, no conforme con eso, para darse ánimos y seguir con el relato, pegó esta vez un buen trago terminándola nuevamente—. El día que zarpábamos para la península, ese hijo de puta... Recuerdo cómo decenas de salvajes vinieron a despedirnos, entonando sus cánticos y haciendo votos de los suyos por nuestra suerte en el regreso, ¡carajo!, ¡por nosotros estaban rezando!, ¡me cago en el diablo!, ¡me cago en sus muertos! El capitán Almonaster de los cojones, ¡puto sinvergüenza con esa gente! Se contuvo al principio y yo ya le estaba viendo venir. Tenía otros planes ese cabrón. No sé ni cómo fue que de repente todo eran espadazos y mamporros con ellos, llenando la bodega hasta los topes de aquellos infelices: hombres, mujeres y niños, muchos niños, amigo. Aquello fue una sangría innecesaria. Aún veo los cuerpos flotando en esas orillas teñidas de tinto; madres gritando porque se llevaban a sus hijos..., ¡mierda!, mucha mierda, Sánchez ¡y más mierda! Por unas putas monedas más para ese cagalindes —Juan respiró profundo bajando la intensidad en sus palabras—. Huyeron los que pudieron hasta zarpar, los heridos los iban tirando por la borda para que no diesen por culo. Los gritos, los golpes en cubierta...una locura, y no fui consciente de esa barbaridad hasta que estábamos a mitad de camino, cuando se acabó el licor. Recuerdo la expresión de una preciosa niña a la que permitieron meter bajo el castillo de popa. En él fueron entrando, uno tras otro. Malnacidos hijos de la gran puta. Murió a los pocos días. Los oficiales permitieron aquello, así distraían a parte de la tripulación. ¡Me cago en el diablo!, salvajes, malditos hijos de puta. —Juan salivaba mientras lo relataba, terminando en un potente gargajo precipitado al suelo a bocajarro para alguno de los que recordaba.

—Cuando llegamos a Cádiz no me volvieron a ver el pelo, ni reclamé la paga. Me fui hasta mi choza, caí al suelo desplomado. A por mí vinieron los estertores de la muerte, sentía que me moría, creía que iba morir, Sánchez, me faltaba el aire. Las caras de esas gentes, todos ellos me arrastraban al Infierno. Desde ese momento no he vuelto a ser ni parecido al que era, aquella empresa me partió en dos. ¿En qué me he convertido? —se enjuagó unos ojos emocionados—. Veía ya demasiadas cosas como normales, mas no lo eran y no lo son. El hombre, Sánchez, el hombre se deja llevar por la libertad que le aporta lo que le permiten y da igual que sean barbaries. Pero uno es honesto y creo en Dios todopoderoso, ya pienso por mí mismo, Sánchez... Estaba ciego, dejé de ver. Traicionándome por años, dejando que otros pensasen por mí. Es por tanto que tomé esa decisión, no quiero saber nada de capitanes, ni tripulaciones, ni quiero vivir esa vida por más. Ahora intento vivir tranquilo, Sánchez, cansado de esta perra vida y de toda la escoria que hay en ella.

Juan se acabó de un trago otra jarra más, servida por la posadera al terminar de hablar, concediéndose una gran bocanada final de aire. Suspiró. Se sintió aliviado. Mientras, un Sánchez enmudecido movía en pequeños círculos su jarrillo meditando esas palabras de su amigo, aclarándole algo que hasta ese momento no entendía. Juan había hurgado en el endurecido interior de Sánchez y rompió a sincerarse mascullando de mala gana, sorprendido de ir a decir lo que iba a decir que nunca había dicho en voz alta, pues él mismo con esas palabras derrumbaba una vida que eligió —a las buenas o malas— llevar:

—Juan, amigo mío, tienes los cojones bien puestos. Te entiendo, coño. Podría haber sido yo el que estuviese en tu lugar contando mis miserias. Yo no he tenido nunca la valentía de hacerlo. He vivido menos cosas que tú, eso sí. Dios le da a cada uno el peso de una cruz que sabe que podrá cargar. Yo también estoy hasta los cojones de todo esto, pero… ¡Leche, Navarro!, joder que te envidio… Haber tomado una decisión así… A mí también me cuesta dormir, joder, ¡qué diablos!— Tras esto último se levantó abarcando a su amigo en un lento y contenido abrazo que Juan —sin soltar su jarra— se dejó compartir, viéndose obligado a reprimir un brote de emoción surgido en ese momento íntimo.

XII
Cádiz-Sevilla

Puerto de Santa María. Reino de Castilla.
Mismas fechas del año de nuestro Señor de 1402.

Desde que zarparon de La Rochelle esas dos naves al mando del barón de Betancourt y capitaneadas por el caballero Gadifer de La Salle, no les faltaron grandes tormentos hasta alcanzar aquel lejano puerto en el extremo sudoeste de la península ibérica, tal y como quedaron bien registrados en las crónicas de aquella expedición. Improvisando con pericia un timón roto en una tempestad, se vieron obligados a hacer puerto en la villa castellana de Vivero. Debido a esas duras condiciones, surgieron los primeros conflictos entre la propia tripulación, frustrando un conato de motín en ese puerto gallego. En La Coruña —como siguiente escala en una asegurada navegación de cabotaje—, aprovecharon para finalizar las reparaciones causadas por los duros mares del norte, aprovisionarse y de esa manera poder proseguir rumbo al sur del sur. De lance en lance, continuaron su desventurada singladura, sufriendo intentos de abordaje en encuentros con rudos navegantes gallegos y una fullería en tentativa por parte de una escuadra inglesa que quiso darles caza. Finalizaron esa maldecida travesía en las costas de Cádiz, con la tripulación peligrosamente soliviantada y sin el talante inicial para continuar, por el veneno de un supersticioso sentir general contagiado como la peste, pudiendo estar aquellas dos naves bajo el halo de un mal agüero en su suerte. La gota que colmó el vaso cayó cuando quedaron retenidos en ese Puerto de Santa María donde habían arribado, bajo graves acusaciones de pillaje en alta mar, sin pruebas que lo demostrasen. Eran mares peligrosos en tiempos peligrosos. Pese a ello, lo sucedido hasta ese momento en esa travesía no era lo peor que el destino tenía preparado al barón de Betancourt y a sus hombres. Lo peor aún estaba por llegar.

Le Verrier inspiraba con frescura el viento de poniente, un aire salífero que decían que sanaba. El sol resplandecía en su mediodía y el cielo se veía despejado, aportando una luz única allá por donde fijase la vista. Indiscutiblemente, aquellos remotos lugares del sur parecían saludables para vivir, meditó. Sus gentes coexistían dichosas de alegría riendo sin tener nada y por nada, podría ser eso causa de ese clima, «tanta lluvia en Normandía apena el espíritu», sopesaba. Alejado de las naves, en una playa cercana a la bocana del río Guadalete, observaba cómo varios chicos en la orilla recogían con trozos de tela unas pequeñas gambas del tamaño de una uña que apenas se veían. Según le explicaron esos mismos chicos, en lengua castellana ayudándose de gestos con ese forastero para hacerse entender, se cocían en agua de mar para comer enteras o en pequeñas tortillas de harina de garbanzo.

—*Camgunes*— repetía Le Verrier, mientras los chiquillos reían por esa extraña pronunciación extranjera.

- 164 -

—¡Camarones!, Padre, ¡camarones!

De pronto y sin esperarlo, una voz sonó en la lejanía en su misma lengua francesa: —¡Hermano!, ¡hermano Le Verrier! —Era fray Boutier que, agarrándose el faldón del hábito corría lo más rápido que su particular morfología le permitía— ¡A prisa, hermano!, ¡la tripulación!

En cuanto llegaron a las cercanías del muelle, Le Verrier quedó sorprendido de lo que estaba siendo testigo: decenas de hombres se encontraban zambullidos de lleno en una pelea en la puerta de una taberna. Volaban taburetes, jarras de barro, algún barril e incluso hombres; entre gritos, rudas expresiones e insultos en sus diferentes lenguas.

—¿Son los nuestros, Boutier? —gritó alarmado Le Verrier, contestando cariacontecido afirmativamente, certificándolo con sus manos al cielo, como esperando clemencia con ese gesto.

Era cierto que durante la navegación surgieron tensiones en general, sobre todo entre normandos y gascones, pero no había pasado de malos encuentros.

—¡Llama al capitán Gadifer!, ¡a prisa!, ¡¿Esto es rebelión?! —vociferó Le Verrier arrastrado por una adrenalina incontrolada surgida en ese momento.

Entretanto, más normandos alertados llegaban de las dos naves en ayuda. Aquel tumulto adquiría tintes de brutal pelea, dejando a muchos hombres tirados en el suelo, mientras otros cogían el testigo de los mismos, que volvían a la consciencia y salían huyendo tambaleándose a duras penas. Sin embargo, la trifulca todavía no había llegado a su peor término, ante la preocupada mirada del religioso sin saber qué hacer, poco acostumbrado a esos asuntos. Cuando parecía ir finalizando por falta de agilidad, entre esa masa extenuada y tullida advirtió una algarabía de castellanos que, de improviso, se acercaba terriblemente amenazadora por el extremo de la calle. Portaban palos, enormes facas abiertas de las suyas, hachas y cuchillos, amenazando con terminar del todo mal semejante bulla. Era un nutrido grupo de gaditanos del Puerto de Santa María, volviendo con intenciones asesinas en refuerzo de la anterior tripulación castellana batida en retirada momentos antes. Aquellos castellanos eran poco amantes de que ninguneaban a su gente. A la tripulación normanda no le dio tiempo más que de ir protegiéndose —recogiendo a los que pudieron—, hasta llegar a sus naves para refugiarse. Participando en esa retirada bajo presión, Le Verrier quedó inconsciente de un guantazo de la mano de un pequeño hombre con una única ceja —como tupido mostacho— descansando bajo su frente, recordando a su vez el «¡A tomar por culo, gabacho!», para despedirlo de su conocimiento.

Como más tarde supo Le Verrier, el motivo de esa algarada había sido que, estando en esa taberna del muelle, la tripulación de una nave castellana acusó a la tripulación normanda de intentar robarle material, «a saber», interpretó. Que, entre acusaciones e insultos, comenzaron a llover puñetazos y que la superioridad numérica de los normandos dejó en retirada y sin conocimiento a varios de los castellanos. Cuando la cosa se hubo calmado con los castellanos —le comentaban—, un normando acusó a sus compañeros gascones de cobardes, de no haber entrado en la pelea en condiciones, y comenzaron a llover puñetazos y patadas de nuevo, pero entre la propia tripulación de Betancourt y después… «después sucedió lo que sucedió», según le relataron.

Cuando todo se hubo calmado, el señor de Betancourt, el capitán Gadifer y Bertín de Benerval, castigaron a la tripulación con empeño, sin la soldada prometida y penados sin tocar tierra, ni opción a ningún franco de ninguna clase, fuese el que fuese.

En esos momentos, Betancourt aguantaba estoico el rapapolvo del alguacil del Puerto de Santa María, pese a intuírsele las ganas de abofetearlo. No obstante, el barón, apreciándose realmente tenso, tragaba saliva contenido.

—¿Qué diablos dice, señor? —preguntaba Gadifer a Betancourt, que algo de castellano sabía.

—Dice que esto no va a quedar impune y que tendremos que acompañarlo a Cádiz para juzgar responsables, y hoy mismo, además. —Betancourt se pasó la mano por el cogote algo desbordado—. Dele vos dichas novedades a Bertín de Benerval y dígale que el alguacil nos ha ordenado que las naves no se muevan de aquí, que va a confiscar timones y anclas, hasta ver el resultado del pleito —comunicó por último Betancourt a su capitán Gadifer.

A la mañana siguiente el barón y Le Courtois, su acólito, salían de la Casa Consistorial de Cádiz: el delito era grave y lo iban a pagar con creces. Un Betancourt palpablemente malhumorado, tuvo que tomar resuello en solitario bajo uno de los arcos del edificio que daba a la plaza. Los puestos del mercado lucían vivos colores, y algo de calor, pese a estar suavizado en húmeda brisa, se dejaba notar mucho más que en Normandía en esas fechas. «Por si fuera poco, estos malnacidos van por ahí felices, los muy verriondos», masculló. Con la ristra de malas experiencias desde su partida de Francia con esos españoles terminó por repudiarlos del todo: sin maneras, holgazanes, indisciplinados, a su aire, incapaces de adquirir compromisos serios —se permitió juzgar con animadversión—. «No puedo permitirme pagar esa sanción, ¡maldita sea!», rumiaba. Era casi la renta de un año.

La justicia los había penado con multa, a sufragar los graves destrozos causados en dicha pelea multitudinaria, además de por el robo a una nave mercante de bandera castellana que bien pudieron realizar. Si no pagaban, quedarían presos y embargadas sus naves, terminando con esa expedición.

Betancourt, irritado, intentaba pensar en cómo librarse de aquello, pero una chirriante melodía sonando cercana se lo impedía. Un tipo tocaba una molesta flauta en un puesto de salazones cerca de él. El señor, mandando con soberbia desde su uso de razón, de pronto osó gritar al que tocaba esa flauta sin saber con quién se la estaba jugando.

—¡*Arrête-vous de faire du bruit*! ¡*Pague* eso ya! ¡*Merde*!

Juan el Isleño se encendió, más que asustarse, por el grito de ese francés.

—¿Que pare yo? ¡Yo me cago en la leche que mamaste!, ¡gabacho de mierda! —contestó herido su orgullo en rostro desafiante, colocándose la flauta una vez más en la boca con arte y comenzando a tocar la misma melodía, pero desafinada a propósito. Betancourt cerró los puños y se alejó con Le Courtois. «Cómo odio a esta gentuza», volvió a mascullar.

—Mi señor, una solución pudiera ser el intentar que el rey de Castilla, que está en estos días y por larga temporada en la ciudad de Sevilla, le reciba en esa audiencia en la que planteaba poner nuestra empresa canaria a su servicio, para así explicar lo ocurrido buscando un perdón. Pudiese que con buenaventura condone la pena bajo indulto por algún propio interés que pudiese tener— aconsejó Le Courtois en esa peculiar mezcla de bajos y oscuros.

«¡Maldita sea!», se dijo escupiendo al suelo con firmeza, lamentándose: esa carta se la guardaba con el fin de pedir financiación a ese rey para la expedición, a cambio de conquistar las islas para su reino de Castilla y León. Se le torcían los planes.

Le Verrier corría por calles aledañas a la plaza del mismo mercado de Cádiz, seguido a duras penas por el padre Boutier, más torpe en la carrera por su naturaleza. Habían cruzado en una chalupa de dos palos en su trayecto regular desde el Puerto de Santa María a dicha ciudad, para anunciarle la terrible noticia que le tenían que dar a su señor.

—*Excusez-moi*, ¿plaza? —preguntaba a la gente que deambulaba por la calle con un marcado acento francés, intentando componer alguna frase coherente en castellano. Pero, entre la falta de aliento y el poco manejo de la lengua, no lo entendían. Y al fin, tras momentos de nerviosismo dio con la figura del barón.

—¡Mi señor! —vociferó Le Verrier cuando distinguió a Betancourt al fondo de la plaza.

Este atendió sorprendido a esa llamada en la distancia, abriendo los brazos con las palmas hacia arriba en incómoda invocación. Tras Le Verrier, aparecía el hermano Boutier sudoroso y jadeante, agradecido en su expresión con ese parón, pues ya no podía seguirlo más en esa frenética búsqueda. Algo sucedía. Le Courtois se echó una mano a la cabeza con la misma certeza de que algo grave sucedía a parte de lo ya sucedido, y no tenía buena pinta.

—¡Por los clavos de Cristo bendito y todos los santos del calendario juliano!, no lo puedo creer, ¿y ahora ...?, ¡Virgen santísima! —gritó al cielo Betancourt en su lengua, dejando a varios gaditanos riendo a su alrededor.

—La..., la... —Le Verrier jadeante aún por la carrera, buscaba junto a su aliento las palabras acertadas para semejante información— ¡La tripulación ha desertado!, mi señor, ¡ha desertado! —anunció al fin.

—¡No puede ser! ¡No, no, no! —Arrojando Betancourt con furia el sombrero al suelo—. Pero..., ¿qué diantres ha pasado?

—Mi señor, un motín —comenzó a relatar en las mismas formas que un niño lo haría a su maestro sobre alguna pillería—: a Bertín de Beneval y al capitán Gadifer los retuvieron en la *Sans Nom*, y de todos los hombres tan solo se han quedado no más de ochenta en primer recuento —comentaba mientras desempolvaba el sombrero que previamente había tirado su señor—. Los otros, al menos doscientos, han huido en la otra nave; y el piloto de la *Sans Nom* también. Los gascones, mi señor, entre ellos se arengaron tras la pelea que hubo: que si la perdida de la soldada…, que si era peligroso el incierto destino…, un desastre, mi señor, un desastre.

Después de la escabrosa navegación hasta Castilla desde La Rochelle, muchos tripulantes temblaban ante ese mal augurio que se cernió sobre ellos, advirtiendo oscuras señales en todas aquellas vicisitudes sucedidas en tan poco tiempo en tierra y mar. Empujados al mismo tiempo por el castigo que vendría por parte de las autoridades de ese lugar, por la reciente pelea en reino extranjero y de la acusación de piratería a una nave castellana, a parte de la confirmación de no cobrar la soldada prometida, tuvieron motivos suficientes para abandonar.

—Muchas cosas, mi señor, muchos los motivos que decían ser —terminó Le Verrier de exponer entrecortándose.

A Betancourt le iba a costar recobrarse de toda aquella mala suerte. Recuperar toda esa tripulación sería prácticamente imposible. Continuar con la expedición resultaría descabellado en esas circunstancias. Pese a ello, todos esos pensamientos sensatamente argumentados y justos en ese momento, inesperado para cualquier mortal, pasaron por el razonamiento extraño del que podría llegar a señalarse como un hombre sin sentido. Y así, el barón de Betancourt sentenció para sorpresa de los que le rodeaban:

—Continuaremos con una nave.

—Pero… ¡mi señor! —Obstaculizó Le Verrier, sorprendido por lo que le parecía más bien un comentario surgido de la sombría obsesión en un ligero enloquecimiento transitorio de su señor.

Betancourt, sin atender a esa pequeña licencia de su religioso, indagó: —¿Y Gadifer?, el capitán de esa piara de malnacidos; quedó en ese Puerto de Santa María, ¿no es así?, ¿no impuso orden allí?

—Mi señor, el capitán Gadifer ha sido apresado por un alguacil acusado de intentar huir —contestó en ese caso fray Boutier, legado de ese capitán en asuntos de fe cristiana.

—¿Cómo? —cuestionó Betancourt, incrédulo de lo que estaba escuchando, pues no podían brotar más contrariedades de boca de esos frailes.

Le Verrier continuó su relato: —Mi señor, ese alguacil ha debido cavilar, en mi parecer, que todo eso del motín era estratagema de vos, mi señor, para incumplir sus órdenes sacando las naves a mar abierto, y por ese motivo ha apresado a Gadifer como colaborador y responsable de todo el asunto. Lo buscan a vos también, mi señor, lo están buscando las autoridades.

Betancourt comenzó a andorrear incontroladamente. Pensaba en una sabia solución, algo difícil para él.

Boutier tomó el testigo y continúo de manera inoportuna: —Mi capitán, ya conocéis vos a mi capitán, mi señor de Betancourt, en su honor no cuestiona órdenes, se dejó aprehender por la guardia sin resistencia. Está aquí en esta ciudad, en las mazmorras de la prisión de Cádiz.

Tras un lapso interminable para Betancourt, Le Courtois recomendó algo a su oreja en su bisbiseo habitual.

—¡Desde luego! —molesto por lo obvio de lo susurrado—. Marcharé a Sevilla a intentar que me reciba el rey Enrique como última baza para solucionar este disparate. Mañana mismo partiremos.

En resumidas cuentas, Le Verrier, abrumado, no dejaba de pensar en que todo aquello era empresa imposible de llevar a cabo en esas circunstancias. La nave estaba decomisada, el alguacil no se creía esa deserción, denunciándolos nuevamente por un delito de desobediencia en los tribunales. Por otro lado, el conseguir una audiencia con el rey de los castellanos no era tarea fácil, pero más formidable que recibirlos sería que los indultase de semejantes delitos. Y aún con todo ello a su favor —en conjunción astral para una buenaventura o ya fuese depositando toda la fe en el Altísimo—, no disponían apenas de capital para sufragar la tripulación que quedaba, en número insuficiente además para tal propósito.

Gadifer, indignado en ese oscuro y lúgubre lugar entre rejas, se recordaba a sí mismo —buscando serenarse— situaciones mucho peores por las que había pasado en su veterana carrera. Reflexionaba llevado por la experiencia sobre cómo la empresa canaria se volvía arriesgada, casi imposible. Se le desvanecía en el aire, pues era una temeridad táctica emprender una conquista a tierras tan lejanas en esas condiciones: sin caudales, con tan pocos hombres, con tan solo una nave y sin conocer aún cuál sería el castigo por el delito del que les acusaron. Por otro lado, respiraba aliviado ya que, por azar, los revelados hubiesen huido en esa nave arrendada por el barón con el propósito de la expedición. De esa manera, el preciado collar de la Orden de los Caballeros de Camail, quedaba a buen recaudo en el compartimento secreto de la carabela de su propiedad, la *Sans Nom*.

Esa noche pernoctarían en Cádiz el señor de Betancourt acompañado por fray Le Verrier, fray Boutier y Le Courtois. Los clientes de la taberna de ese arrabal de la ciudad quedaron extrañados con ese variopinto grupo que había entrado con dos religiosos entre ellos, algo poco común de ver en ese tipo de negocios por aquellas tierras andaluzas. Por otro lado, los dos clérigos tampoco se sentían cómodos en lugares así, pese a haber declinado cobijo en alguna casa religiosa para poder acompañar a su señor en esa posada, en un día tan complicado para él y el futuro de la expedición.

Al señor parecían habérsele calmado a esas alturas del día los ánimos, tras comer un guiso y dos buenos tragos de un vino dulce de esa tierra que subía rápido a la cabeza. En el caso de fray Boutier, demasiado, manifestando en esos momentos una pronta embriaguez por el rubor de sus orejas, mofletes, afable mirada y lentitud en sus respuestas. Betancourt, exteriorizando una enajenación considerable ante todo lo que se desmoronaba bajo sus pies, seguía organizando aquella expedición maldita como si aún estuviese en marcha, mandando a Le Courtois a preguntar por algún piloto o capitán marino diestro en la mar Océano, con la finalidad de contratar un nuevo piloto en la nave que quedaba, algo primordial para una esperanzadora navegación que aún pudiera suceder, alegó.

—Fray Boutier, mañana búsqueme un esclavo nativo canario por la ciudad que sepa de su lengua, del francés o del castellano, a poder ser. Si hay suerte quiero llevar más esclavos de lenguas además de esa Isabel —refiriéndose a la joven esclava adquirida en La Rochelle, escondida durante el motín en la nave que no se llevaron. «Un gasto menos», pensó sobre ella—. Esa esclava solo sabe nuestra lengua y no sé si dominara bien la salvaje, ya se verá, esa nació en Francia. Busque, que nos hará falta.

Boutier, sin pretender saber el porqué de esa petición en ese momento tan inapropiado y en cómo llevarla a cabo sin apenas caudales, hipó y asintió. Al poco, Le Courtois apareció por la puerta de la taberna, acompañado de un desconocido algo desarrapado, pero de mirada larga.

—Mi señor, parece que en algo nos sonríe la suerte. Este hombre dice conocer al mejor piloto español, que está en la ciudad y libre de compromisos —informó con discreción al acercarse a la mesa, en ese característico tono bajo, casi inaudible a los cercanos. Un tono modulado con el paso del tiempo por mera supervivencia, con el fin de no delatar intenciones a los que daban oídos.

—Pues no perdáis el tiempo, ¿dónde se encuentra ese piloto? —preguntó en francés Betancourt, quedando el castellano sin responder, mirándolo con expresión de no entender lo escuchado.

—¿Piloto?, ¿*qu'est-ce-que c'est?*, ¡*merde!* —inquirió Betancourt en una mezcla particular de lenguas.

El hombre hizo gesto de no acordarse dándose pequeños golpes con el dedo índice en una de sus sienes, esgrimiendo fingida sonrisa con ello, como si hubiera perdido la memoria momentáneamente y necesitase refresco.

—Este estúpido cree que puede tomar el pelo al barón Jean de Betancourt —compartió sarcástico el señor con el resto de los presentes.

—*Decig deese pilot*, o no moneda. ¡*La vache...!* *Il va me coûter la peau des fesses* —volvió a utilizar ese castellano

- 175 -

de supervivencia, seguido de una expresión en lengua materna, sospechando costosa esa información o que llegase a ser falsa tras cobrarla.

Ese castellano andalusí comenzó su relato forzando el habla, sobre todo las *eses*, para una mejor comprensión por parte de los franceses, indicando algunos detalles para la valoración de ese piloto del que hablaba:

—Es navegante de gran experiencia, lo fue de las naves del rey, con capacidad de prodigio para predecir el tiempo y las condiciones de la mar. Como ejemplo a vuestra merced le puedo informar, de que destacó por su pericia marinera bajo el mando del almirante Bocanegra siendo mozo grumete, el día que la escuadra castellana obtuvo la victoria contra los ingleses en La Rochelle, de donde ustedes han zarpado, rompiendo las defensas marítimas de dicha ciudad costera. Conoce esa historia, ¿verdad? Vuesa merced es normando. Les dimos bien allí. —Ese hombre no pudo detener la carcajada de orgullo español surgida delante de los franceses, al relatar aquella hazaña histórica, ahondando en sus detalles—. Estaba esa ciudad en manos inglesas por esas fechas, ¿lo recordáis? Ese chiquillo del que les hablo informó con gran fe de un posible cambio en el viento y la marea, y aquello llegó hasta el almirante valorando esa predicción como en extremo viable con su Estado Mayor.

»Bocanegra, de profundos haceres cristianos, viéndose en esa desventaja numérica, se tomó ese barrunto cuan designio divino en sus invocaciones, tanto que cambió su estrategia y disposición en el orden de aquella batalla naval. Eso lo llevó a la victoria. Una victoria absoluta. ¿Os contaron eso a vos allí en vuestra Normandía? —Betancourt tomó otro trago de ese licor como distracción a ese incómodo silencio. Pese a que ese hombre le estaba hiriendo adrede en su orgullo patrio con tan sonada hazaña castellana en tierra normanda, unas intenciones particulares lo llevaban a contenerse ante su ofensa—. ¿Lo recuerda, su merced? Toda la flota inglesa, ochocientos muertos y ocho mil apresados. Reposan con regocijo dichos números en mi memoria cómodamente porque varían solo por un cero. Castilla ni una sola de sus naves perdió por la gloria de Dios. Aquel chiquillo fue merecido a oficial de tercera por méritos de guerra, haciéndose hombre con no más horizontes que la mar. Su mirada es de lobo tras pródigas travesías más que peligrosas, me consta que también a las islas Afortunadas, a donde quiere dirigirse su merced, por lo que puedo suponer.

—Dale algunas monedas. Si miente este bellaco le partes las piernas. —Dijo discretamente a Le Courtois en francés primero sin enterarse ese marino, y en pos lo retó en castellano para sacar más de él—. Interesante, sí. Entrañable cuento, sí, ¿y?...

El español, tras refrescarse la memoria con las monedas del normando, les ofreció llevarlos hasta él.

Tras aquello se marcharon hasta otra taberna cercana que regentaba una gruesa posadera. Esta saludó al español como si los acompañantes normandos no existieran. Llegaron, no sin antes enderezar a un fray Boutier tan mareado en tierra por el vino como en la mar por los vientos, ofreciendo un entretenido momento a sus rudos clientes con una súbita entrada en aquella taberna en un traspiés. Pasado ese instante inicial de bochornosa bufonada para los normandos, todo pareció volver a la normalidad. Sorteaban en ese ambiente cargado de vapores las mesas de algunos desafinando al cantar, brindando, jugando y a otros que manoseaban meretrices, persiguiendo a ese castellano hasta donde los candiles casi no iluminaban. Allí residía un hombre arropado en la penumbra de espaldas a ellos, sentado en la mesa más escondida de toda la posada, oscura y alejada lo más del bullicio. El español que los había llevado hasta allí se acercó a ese hombre con la misma cautela que a un caballo por detrás.

—Juan —casi susurró entonces; y al escuchar su nombre, la sombra se giró bajo aquella voz familiar poniendo sobre ellos la mirada de Juan el Isleño.

—Me cago en el diablo, Sánchez, me alegro de verte de nuevo, amigo mío. —En ojos de vino, su mirada se embriagó de nervio al instante con los que lo acompañaban—. ¿Y estos?, ¿a pedir el aguinaldo tal vez? —reprendió punzante en los efluvios de un alcohol, más al gusto de su paladar que tragar personas.

—He venido a presentártelos, Juan. Te quieren proponer un negocio, les he hablado muy bien de ti, amigo mío, como bien mereces, y no han perdido el tiempo en estar ante ti, espero no molestar a un viejo amigo.

—Que se sienten y pidan más vino.

Sánchez hizo un ademán a Betancourt y el heterogéneo grupo tomó asiento alrededor de aquella mesa que de repente quedó pequeña.

—¿Quieren vuestras mercedes comprar pescado? —inquirió Juan.

—Son gabachos, no te entienden, quieren… —quiso explicar Sánchez, siendo interrumpido por Juan con muy pocas ganas de cortesías a desconocidos.

—¿*A-che-té pua-són?* —matizó en su francés particular, en el suave movimiento —con la mano— de un pez nadando, con posterior frotamiento de dedos en señal de esperar algún capital. No tenía ganas de hablar ni de que le tocasen mucho la moral esos forasteros.

Betancourt observaba a ese hombre resultándole familiar, dentro del parecido a muchos de su raza castellana. Arisco, menudo de talla y con abundante bello naciéndole de mejillas sin rasurar, cejas y orejas, semejante a un ogro de cuento infantil. Al mirarlo repasaba en su juicio lo poco que le gustaban esas gentes ibéricas de los reinos españoles, castellanos o como se llamasen en esa península, ya fuesen del norte o en ese caso del sur; de los que no entendía sus arcaicas formas de vida. Betancourt en esas conclusiones, tragaba saliva, tenso al tratar con ellos desde que partió de Francia. El barón, frente a ese hombre hosco, sin formas y en aquella sucia taberna llena de gentuza, cavilaba en lo mucho que comenzaba a detestar a esos asilvestrados marrulleros españoles que —siendo franco como era y se pensaba—, poco se diferenciaban de la tripulación contratada en Normandía. Sin embargo, sus ansias de fama o el bochornoso ridículo que podría llegar a tener a su vuelta —sin ni siquiera haber puesto un pie en esas islas tan remotas—, lo empujaban a continuar en pos de ese trago amargo. Repasó breve el atolladero para alguien de su casta donde andaba metido, en la vergüenza de que se llegasen sus andanzas a oídos de aquellos caballeros que lo refutaron en su propio castillo el día que anunció proponer la conquista al castellano, en lugar de a su rey francés. Más le valía salir bien parado.

—Juan, ¿me equivoco? —manso y forzadamente cercano, Betancourt comenzó así la conversación con ese extraño borracho que decían que era buen marino.

Juan —sin fijarse en el rostro del interlocutor—, levantó de repente una mirada de furia al reconocerlo:

—¿Ahora no le molesta al señor que yo toque mi flauta? Mal empezamos, pues, gabacho de los cojones. Conque me traes señoritos franchutes, ¿Sánchez? Me cago en el diablo, ¿cómo me haces estas cosas, Navarro?

Betancourt no se enteró del giro de ese tal Juan —del que su rostro seguía resultándole familiar—, pero al fin comprendió ese tono en su fría mirada: era el flautista con el que compartió una reciente cagada mutua en sus respectivas madres. Era ese mismo tipo, lo tenía frente a él en ese momento, confirmó para su desgracia.

La intención de Sánchez en presentar a los franceses, era que su camarada saliese de ese bache en el que lo veía inmerso, ni siquiera las monedas francesas. Se aprovecharía de ellos en ese sentido, pero no era su fin principal. No sabía cómo comenzar, tragó saliva e hizo un ademán a Betancourt —este aguardó— y así tuvo tiempo de encontrar las palabras acertadas para Juan, viendo que el ambiente se caldeaba. Fray Boutier —por su parte—, no apartaba los ojos de las jarras llenas de ese exquisito vino de la tierra, y tentado a tomar de alguna de ellas desistió en un atisbo de decoro, apoyándose de brazos a toda la extensión de la mesa descansando la cabeza entre ellos, sorprendiendo a todos con esa bochornosa actitud —incluso a Juan—.

—Navarro, esta gente está buscando un piloto y ofrecen un buen tajo, quieren ir a las Afortunadas—.

Se defendió de su mirada inquisitiva con ese argumento.

Juan apretó con las manos el cuartillo de vino acabado de servir convidado por esos franceses. La referencia a las islas de Canaria le punzó el estómago.

—Te comenté en la última que ya no navego, Sánchez, y menos por semejantes partes del Mediodía. Si no quieren pescado, que se larguen.

—Yo ya he dicho que eres el mejor y es cierto ¡me cago en todo, Juan!, ¡camarada!, ¡valéis mucho para estar navegando en vino y no en la mar! —refutaba Sánchez con cierta resignación, respetando muy mucho y con verdadero afecto de veterano, al que era su amigo.

Juan no quiso dar más vueltas a lo de aquellas islas, ayudado por el empuje de numerosos sentimientos embriagados que emergían duros en forma de rostros desvanecidos entre tinieblas del recuerdo.

—¡Qué quieren ir! ¿a las Afortunadas? ¡¿Para qué carajos quieren ir allí?! —dijo acercándose peligrosamente a la cara de Betancourt— ¿A la caza hombres?, ¿a violentar niños y mujeres? No es vos más que un gabacho hijo de mala madre —terminó afinando su acento para hacerse entender mejor por ese francés, que habiéndolo increpado por tocar la flauta, esa noche terminaba donde él estaba —en su refugio—, hurgándolo por sitios sin saber el peligro donde se metía. Abriendo partes íntimas. Echando sal en sus heridas.

Le Courtois, retuvo ese acercamiento tenso hacia su señor, interponiendo el brazo entre los dos. Betancourt negaba con la cabeza pensando estar ante un desquiciado, valorando que alguien así no sería bueno como piloto a la hora de acatar sus órdenes.

—Vámonos, este hombre está borracho y no sabe lo que dice —dijo en francés.

Sánchez entorpeció sutilmente a Betancourt, volviendo desairado por donde había venido.

—¡Un momento!, ¡mi señor!... —forzó lento, en un fino castellano para que lo entendiesen a la primera: —Espere vuestra merced, ese hombre fue piloto de una expedición a las de Canaria y conoce muy bien cómo llegar a ellas. Es el mejor marino que vais a conocer, le doy mi palabra de honor. Por el contrario, también pasó malos tragos con señores como vos, ¿entendéis, vuesa merced? Muy mal pasado, malo —explicaba con el pulgar hacia abajo para su comprensión—. Ese hombre aceptará con gusto vuestra empresa, déjeme que yo lo intente convencer. Estoy seguro de que desea navegar, pero navegar tranquilo y sin presiones. Lo conozco bien.

Todos, salvo Boutier —reposando en la misma postura junto a Juan—, se sentaron nuevamente alrededor de la mesa tras el paso de unos inquietantes instantes. Juan aguantaba su presencia con los ojos cerrados, guardando su rabia para escuchar acalorado el verdadero motivo de la expedición. A medida que escuchaba, discernía que esa empresa aparentaba estar algo alejada de lo vivido por él en el pasado; sin embargo, ni con sanas intenciones iban a ser capaces de convencerlo. Betancourt subía exasperado el precio y Juan negaba sin levantar la mirada de su cuartillo de vino, llenado y rellenado sin cesar cuando este lo señalaba vacío. Juan, cansado ya de escuchar las historias de siempre, que se presentan bonitas y terminan en desgracias, siendo hombre desconfiado de por sí y más de gentes de más allá del norte del desfiladero de Despeñaperros, sentenció: —Por esa cifra no le vendo a vos ni los mapas.

De pronto, el silencio dibujó un hilo de conversación en las miradas de Le Courtois y Betancourt.

—¿Mapas?, ¿cómo mapas? ¡¿Qué mapas?! —resaltó Betancourt.

—Sí, tengo a buen recaudo las cartas náuticas que confeccioné y los mapas de la isla de Lancerotte y parte de la de Forteventura que me guardé, y con detalle, sí, señor.

—¿Vienen fuentes de agua, fondeaderos y aldeas de sus salvajes?

—Viene todo lo que hay que saber de allí y punto.

Aquellos mapas eran un puntal que abría puertas en la continuidad de una empresa abocada al fracaso en ese día, casi lo más importante para planificar una estrategia de conquista. Resultaba vital conocer dónde había zonas seguras en el mar para fondear las naves, zonas seguras en tierra para fortificarse, posiciones de posibles hostiles y puntos de obtención de agua dulce, tan importantes en una isla tan alejada de la civilización conocida. Betancourt, teniendo en su poder los mapas de la isla, contaría de primera mano con cierta información privilegiada y se ahorraría un trabajo previo de reconocimiento que podría ocupar en parlamentar con los salvajes y comenzar a recoger la orchilla sin perder tiempo. Mientras Betancourt se rascaba la barbilla cavilando cómo sacarle los mapas al terco español, Le Verrier quitaba la jarra de vino a Boutier de las manos con sutileza, comenzando a beber de la suya y de la de los demás, teniendo que ir retirándoselas una tras otra.

Betancourt apostó entonces por esos mapas con una cifra de la que no disponía, ante la incrédula mirada callada de Le Verrier, Le Courtois, Sánchez y el de Boutier, sin enterarse de nada a su alrededor.

—¡Cojones, Juan!, por eso vendería a mi madre.

—Sánchez, que no quiero nada, demonios. Ni con estos gabachos, ni con nadie. No me creo nada de lo que dicen. No les voy a ayudar a ir a un lugar en el que no los necesitan. Eso es un paraíso, ¿sabes lo que es un paraíso?, tú no me entiendes. No necesitan que los ayude nadie. Ya son felices con lo que tienen y nosotros no. En vista de ello vamos allí, a quedarnos con sus tierras y a cambiar aquello. Y cuando se acabe la orchilla, terminarán vendiéndolos como el ganado, ya veréis. Ya participé de una empresa de ese tipo, no pienso volver a hacerlo. Así que, al carajo. *Mersí monamí*. Aquí está todo el pescado vendido.

—Los mapas, solo los mapas, ¡*la vache*! ¡Unos mapas! —aclaró por último Betancourt.

Juan volvió a cambiar el acento para contestar al francés: —Ni yo, ni los mapas, señorito francés, nos vamos a ningún sitio y por ninguna cifra. Sus señorías iréis a hacer allí lo mismo que fueron otros a hacer, a mí no me engañan. A mí no me la dan, así que, al carajo, venga, ¡a lo alto del carajo ya! —Terminó brusco con un aspaviento para que se fueran de allí.

Betancourt hubiese matado a ese hombre por su insolente comportamiento si hubiese estado en Normandía, pero no le merecía la pena tener más pleitos en esa ciudad castellana si quería continuar con la idea de la expedición. Por ello decidió terminar la conversación antes de ir a mayores.

—Vayámonos.

Dos jornadas después del encuentro en aquella taberna, partió cabalgando en monturas de posta rumbo a Sevilla, acompañado de Le Verrier y Le Courtois. Arrastraba la preocupación de no haber podido contratar a ese piloto en concreto, pudiendo haber sido una pieza fundamental por sus conocimientos y mapas; claro estaba: si semejante historia fuera real, albergando la duda de haber sido un intento de timo de taberna —no se fiaba de los castellanos—. Con aquellas cuestiones —todas a valorar y necesarias para el triunfo de una expedición que se iba a pique irremediablemente sin haber zarpado—, cabalgaba frustrado en su montura por no disponer ni de recursos ni del mínimo poder de convicción para un tozudo gaditano borracho vendedor de pescado. Con ese mal encuentro le quedaba manifiesto que, para ciertos estúpidos, el dinero no lo era todo en la vida. Al menos, para su tranquilidad, el asunto del esclavo de lenguas estaba solucionado con aquella Isabel que se libró de las manos de los traidores amotinados huidos con la otra nave. Tener traductores de la tierra no dejaba de ser otro instrumento a su favor, pero solo la tenía a ella.

Fray Boutier, habiendo pasado ya sus dolores de cabeza y vueltas a la normalidad las madres del estómago por lo bebido, siguió las órdenes de Betancourt al pie de la letra angustiado y solo, pues su señor Gadifer continuaba en la prisión de Cádiz. Al fin, tras varias vueltas a esa ciudad, dio con un tapicero que tenía en su poder a un esclavo de raza canaria natural de la isla de Lanzarote, llegando a un ajustado acuerdo económico para mayor gozo.

Ese esclavo, bautizado bajo el nombre cristiano de Alfonso, tenía algo especial en comparación con otros —según presentía el fraile—. Detalle por el que se sintió atraído aún más por él. El esclavo Alfonso ponía nervioso a Boutier, inclinándose a pensar en un principio el andar trasojado en la vista y sin saber a qué ojo mirar cuando hablaba con él. Era joven fibroso, aparentando la veintena; de melena morena, tintado con el símbolo de la casa a la que pertenecía en la piel del cuello. Hacía algunos años que le habían hecho pisar Castilla, llegando a manos de una tacada de esclavos de alguna razia en aquellas tierras salvajes, llegando a conversar —por suerte— en un claro español con algunas pocas expresiones en francés.

Antes de partir a Sevilla, su señor de Betancourt inscribió la cédula oficial de compra del esclavo en la Casa Consistorial, dejando allí una copia en el archivo como era menester, para declararlo como un bien allí adquirido, pagando la tasa correspondiente de derechos reales para los trámites. Aquella expedición quedó financiada con las monedas que cabían en una faltriquera: en la ruina.

Boutier alojó a ese esclavo en la *Sans Nom*, bloqueada aún en el Puerto de Santa María por las autoridades, y dio las novedades pertinentes al caballero Bertín de Benerval, que quedó en mando accidental hasta recibir nuevas órdenes de Betancourt en Sevilla o las de Gadifer en la prisión de Cádiz.

La sala de audiencias del Palacio Real del Alcázar de Sevilla se mostraba en serena penumbra como apacible fantasía ilusoria a ojos de cualquier súbdito. Inaudibles eran las pisadas de fieltro de los sirvientes en sus movimientos apagados, combinados con el enérgico cantar de aves exóticas que venía de los jardines. A pesar de estar bien entrado el día, una procesión de cirios dispersos centelleaban sobre las paredes oscuras por entre aquel salón repleto de tapices, algunos dispuestos para ocultar ligeramente la entrada de luz por la gran vidriera colorida, salpicando tonos de ilusión óptica agradables, a modo de caleidoscopio, por entre la media luz disipada en su interior —la justa para ese rey—, presidida por una intensa y definida columna lumínica natural abriéndose paso a través de la misma. La sutil mezcla de inciensos encendidos aportaba volumen a aquel rayo de luz cuando el sahumerio del ambiente se mecía a través de él, facilitando una envoltura mística a la sala. Bajo esos formidables tapices de escenas de caza, paraísos o alguna rendición sarracena, alabarderos de los Guardas Reales en admirable quietud hacían su puesto en posición de descanso. Alfombras confeccionadas para palacios sarracenos —presentes de embajadas mahometanas—, cubrían el frío suelo arropándolo hasta los dos escalones que llevaban al trono real, donde permanecía él: Su Majestad el rey Enrique III de Castilla y León, que conversaba en confianza con su interlocutor, corona en mano, envuelto en una cómoda túnica añil bajo un grueso manto carmesí acabado en piel de lobo.

—Don Lorenzo, parece pues interesante la siguiente audiencia, ¿no creéis? —atestiguó el rey introduciéndose una gruesa uva en la boca, tomándola de una bandeja de plata dejada a mano instantes antes.

Palabras a las que don Lorenzo Suárez de Figueroa, recostado cómodamente sobre una silla de tijera en su particular capa blanca propia de la Orden de Santiago, confirmó: —Cierto, Majestad, es la oportunidad que estábamos esperando para no tener muchas responsabilidades en una gesta de tal calibre. De ella bien pudiesen dimanar pingües beneficios, —sonrieron los dos tras esa lógica afirmación—. Por lo visto, el papa de Aviñón ha proporcionado una bula de manera extraordinaria a ese tal Jean de Betancourt, y se trae con él al clérigo designado como acompañante. Si me permitís la opinión, parece empresa imposible y temeraria, disponed de mucho ojo.

»Os aconsejo pues que seáis cauto en vuestras decisiones delante de ese normando, ya que me han informado de graves problemas, incluso de algún delito ya en su puesta en marcha. Han sufrido una extraña deserción investigada por las autoridades de Cádiz y su capitán se encuentra encerrado por orden del alguacil del Puerto de Santa María, según recuerdo. Por lo visto, de los doscientos y pico hombres, tan solo se han quedado ochenta y han perdido una de las dos naves en el motín.

—Sí, estoy bien enterado del pleito que han tenido en Cádiz —interrumpió el rey Enrique, en un alarde de voluntad bajo un constante aspecto cansado, contorneada su mirada en un sombrío tono gris que palidecía el joven y regio rostro, apagado bajo una piel afectada de salud apreciándose azufrada a la luz del día.

Don Lorenzo Suárez de Figueroa prosiguió: —Es un reducido destacamento para contener sin violencia a los nativos de una isla, y no digamos el avanzar hasta una segunda; por no hablar del caso de tener que someterlos en caso de entrar en batalla. —Un pensamiento frugal motivó un obligado silencio momentáneo; atusándose los cabellos en esa apesadumbrada reflexión—. Pues parecen tener arrojo esos canarios. ¿Recuerda, Majestad, el que acompañaba a doña Caterina?

Tras resurgir y mencionar en pos el nombre de dicha dama, inconscientemente don Lorenzo quedó en silencio una vez más, cabizbajo. Sus propias palabras le habían llegado al corazón. Aquella mujer continuaba siendo muy especial para él, pronunciar su nombre emergido del olvido reavivó un profundo sentimiento hasta ese día ardiente en recuerdo de la que fue su amante.

El rey Enrique, como buen conocedor de la vida privada de su hombre de confianza, respetó la pausa de ese íntimo momento de introspección que don Lorenzo interrumpió como si nada: —En fin, Majestad… seáis cauto, Dios mediante. El buen nombre de Castilla quedaría en entredicho en los reinos de Europa si el normando fracasa.

—La decisión al respecto ya está tomada, don Lorenzo, confíe su merced en que sus consejos van implícitos en ella —respondió calmado y sonriente ante la madurez de su asesor—. Flota grande, cifra grande; en este caso tan solo hay una nave implicada; empresa pequeña, suma pequeña. Con lo que prometeré, que más bien es nada para la Corona, ese normando quedará más que satisfecho y vuestra merced serena.

El maestre de la Orden de Santiago cerró los ojos, ratificando en ese gesto las palabras de su rey.

—Vayamos a ello —zanjó Enrique III incorporándose del trono para ajustarse ropajes, colocándose la corona sobre la cabeza— ¡Hacedlos pasar!

Un lacayo abrió las puertas solemnemente, gritando a viva voz: —¡Ilustrísimo barón mosén Jean IV de Betancourt!

Betancourt pasó bajo el pendón real rojiblanco de Castilla y León mostrado con esplendor sobre las puertas de la sala, accediendo junto a sus acompañantes al interior de aquel contemplativo lugar, opuesto al activo ambiente respirado en ese palacio. Se retiró el sombrero con gran derroche de pompa, justo antes de arrodillarse frente a ese rey con el ademán más elegante capaz de lograr en sus ensayos. Imitando a su señor, Le Verrier y Le Courtois quedaron tras él en la misma postura.

Tras inquietantes momentos, observados por el joven rey —en ese áspero silencio que cientos de diferentes cantos de aves exóticas de los jardines acompañaron—, este habló.

—Barón de Betancourt, seáis bienvenido a Sevilla. Para ahorrar obviedades a vuesa merced, decíos que estoy perfectamente enterado de vuestra empresa, ahorremos eso y vayamos a los detalles de importancia para ambas partes.

Betancourt, tras ponerse en pie por indicación del rey, asentía sumiso al discurso.

—Sepa, barón, que me han informado de que la expedición que pretendéis realizar es empresa complicada con los medios descritos tras el ultraje sufrido ante la deserción de más de la mitad de vuestros hombres. Allí os vais a encontrar a duros infieles y no debiese ser ese asunto baladí— reflexionó. —¡Bien!... continuando con la heroicidad que pretende vuesa merced llevar a cabo, es menester indicaros a vos, asimismo, que la Corona de Castilla no puede ir regalando emolumentos por doquier, pues no estamos en tiempos de bonanza.

Enrique III hablaba en un francés perfecto para Betancourt, cosa que sorprendió gratamente a toda la comitiva tomándolo como buena deferencia. Sin embargo, escuchar la última frase acabada de pronunciar por ese joven monarca, lo llevó a pensar que la conversación no iba por buen camino: «¿Será la entradilla a una elegante y real patada en el trasero?», reflexionaba en un rostro ligeramente angustiado —algo que Le Verrier percibió—. Por el contrario, Betancourt mantenía cierta esperanza, pues el rey de las castillas utilizaba para referirse a él un apelativo castellano no esperado en su persona: «merced». Un privilegio que solo ese rey otorgaba —entre otros asuntos—, como reconocimiento por algún encargo para la Corona. El suyo aún no era el caso, pese a que con todo podría llegar a serlo, si así *su merced* lo estaba nombrando. Reflexionaba todo aquello mientras Enrique III prolongaba un discurso pretendiendo ser conciso.

—Pese a que todo bien parece estar en contra de su suerte, y creedme que creo en la suerte, pero más en Dios nuestro Señor, querido barón, Castilla se ofrece a financiaros inicialmente dicha expedición con un capital de cinco mil maravedíes del tesoro y otros veinte mil más cuando comencéis a hacer de esas salvajes tierras una extensión de mi reino cristiano. Asimismo, os otorgo indulto ante las acusaciones en la ciudad de Cádiz sobre vuesa merced, vuestro capitán y tripulación a su servicio, absolviendo así cualquier pena y sanción que le hubiesen impuesto por ello. Salvo los huidos, que serán perseguidos.

»Por todo lo propuesto en esta audiencia, mis escribientes os proporcionarán un legajo lacrado para que se lleve como testigo de esta mi decisión. Al mismo tiempo, os recomiendo a vuesa merced que ponga la mar Océano de por medio a ese turbio asunto a no más tardar, zarpando lo antes posible hacia esas ínsulas salvajes. El paso del tiempo trae falta de memoria, sobre todo si ese tiempo se utiliza con provecho. Espero, por el bien de vuesa merced, que así sea, y limpie vos en esa expedición el deplorable rastro que ha ido dejando a su paso por este mi reino. —El rey se incorporó acercándose a Betancourt—. Escuchadme vos con atención, barón, quiero esas islas para la Corona de Castilla. Convenza a esos salvajes de la verdadera fe y bautícelos. Quiero súbditos en esas islas, no esclavos. Creedme que habéis seducido a este rey, empero inquietado a su vez con su empresa. Me interesa ver cómo la lleváis a cabo ¡y pronto!, lo quiero ver con prontitud. Por todo ello dispongo que podéis contar con mi protección—. Hizo una pausa, subió los dos escalones alfombrados y se sentó en el trono con torpeza, agarrando las dos cabezas de león que sobresalían de los apoyabrazos que, imperturbables, miraban fijamente a esos invitados normandos. Procedió a señalar —por último—, algo totalmente inesperado tanto para los normandos, como incluso para su propio consejero don Lorenzo, que atendía a su amigo y rey a la distancia que el respeto requería para una audiencia.

—Por último, barón de Betancourt, si conseguís cumplir satisfactoriamente con la misión implícita encargada por el mismísimo santo padre de Aviñón y por este rey —puntualizaba la residencia de ese papa, pues la postura del reino de Castilla en la disputa de los dos papas Roma-Aviñón aún no estaba declarada en firme—, lo nombraré con el título de señor de las islas de Canaria, con la promesa de enviaros el sustento necesario para sus hombres, tropas de refuerzo y promover el envío de gentes para que desarrollen allí sus oficios, y hacer de dichas ínsulas un lugar civilizado, del mismo modo que hemos hecho en las tierras reconquistadas a los sarracenos en el sur de Castilla por mayor gloria de Dios. —Enrique III iba aumentando el tono y la contundencia de su voz haciéndose escuchar en el eco de aquellos muros, tan firmes como sus promesas, cuan indiscutible paladín de su reino—. Mientras tanto, contareis vuesa merced con propios medios. ¡Os deseo la suerte que os ha fallado hasta este día en vuestra singladura, barón!, pues, gesta como la que vais a realizar, son de las que se escriben con tinta imperecedera en nuestra historia. ¡Que la voluntad de nuestro Señor sea con nosotros!

Betancourt salió del Palacio Real del Alcázar de la ciudad de Sevilla por la puerta de la Montería, bajo la figura del enorme león castellano sobre carmesí; exultante, como nunca se le había visto. Le Verrier se alegraba tanto como su señor, pensando que todo lo sucedido era por alguna razón señalada por Dios como un camino a recorrer; algo que en momentos de contratiempos —para mortales semejantes a él—, no se era capaz de encontrar. Todo era cuestión de fe, solo Dios tenía esas respuestas en su eterna sabiduría, pero las iba mostrando, dependiendo de la voluntad del hombre. Y era el hombre el que debía de hacer el esfuerzo de transitar para encontrar ese camino. Continuando en su reflexión versó —en voz alta y animosa—, un salmo de Mateo: «¡Porque todo aquel que pide, recibe; y el que busca, halla; y al que llama se le abrirá!».

Eran pruebas de fe —sin duda—; así se lo hacía ver al barón. Demostrándole que el Señor estaba con ellos si se dejaban llevar por Él. Para el clérigo Le Verrier —de igual forma sin duda—, esa sería una empresa a la mayor gloria de Dios, después de semejante audiencia real y cristiana. Evangelizar tantas almas sería una gran labor para él, la mayor a realizar en su vida desde que decidió abrazar con convicción la llamada de la fe. Con toda aquella información espiritual que le brotaba en esos instantes de dicha, recomendaba entre líneas a su señor de Betancourt el no desviarse del camino recto de Dios, pues no solo les consiguió la proeza de ser indultados, también salía con miles de maravedíes de la Corona de Castilla en el bolsillo y la promesa de un virreinato en las islas de Canaria, si conseguía el propósito completo. ¿Qué más podía pedir? A través de ese sermón adrenalínico pretendía poner límites claros a las acciones de su señor con aquellos nativos salvajes, por si eso no lo había sopesado aún para el buen fin de la misión.

Betancourt, para no seguir escuchando discursos de capilla en ese momento de euforia, lo cortó con una palmada en el hombro: —¿Sabéis, Padre?, no he podido traer conmigo a mejor religioso que vos; me enorgullecen y calman sus palabras. ¿Sabéis?, me gusta este rey Enrique, me gusta... será cómoda mi relación con él cuando sea señor de las islas, ¿no os parece?— Concluyó hinchado de vanidad mientras rompía en una sonora carcajada. Entretanto, Le Courtois, que no había abierto la boca, expresaba una mueca de sabor a victoria.

—¡Vamos!, ¡qué diablos!, ¡celebrémoslo! —arengó fuerte y claro Betancourt.

Escudo de armas de Enrique de Trastámara, primer príncipe de Asturias.
Enrique III reinó Castilla y León, desde 1390 hasta 1406.

XIII
Descarnada Sevilla

Días después. Arrabales de Triana, Sevilla.

El recuerdo de esa imagen, que se le incrustaría para los restos resumiendo el infame día de su captura, volvía a aparecerse en sus sueños como incisivo registro en forma de aquel anciano impávido y desconsolado, observante cómo a su alrededor se iba sucediendo una sangría de rapto y muerte en la ya distante playa de arenas blancas de su tierra natal, su bella isla, su paraíso: su Erbania. Un alma en pena deambulando sin consuelo por el mundo de los vivos, en desapercibida presencia para aquellos hombres extraños, que en ese día acudieron con desconocidas y contundentes armas provocando tanto dolor a los mahoh. Cómo a aquel viejo guerrero altahay se le indultaba la vida en ese día —sin él saberlo—, gracias al escaso valor por su edad en los mercados de hombres. Amuley se prometió no volver a permitir algo así mientras siguiese vivo y con fuerzas para enfrentarse a ello; sin embargo, él se sentía muerto en vida. Sin disponer ya de esas fuerzas, escuálido, tal que su vida, había sido producto igualmente de alucinaciones parecidas a esa en concreto del anciano tras la docena años pasados allí en tierras cristianas. Los mismos transcurridos desde que vio el ros-

- 197 -

tro de su bella Atenery por última vez en aquella playa donde lo capturaron, tan borrada ora de sus recuerdos salvo imágenes difusas y seis de la separación de la que fue su ama y señora, doña Caterina. Existía ya sin esperanza, sin vigor, apenas para no caer desplomado por dignidad ante otros amos sin honor.

No se alimentaba bien en ese crudo destino esclavizado estibando mercancías en el puerto del Arenal de Sevilla. El rancho —única comida diaria proporcionada—, era un escaso mejunje insano por la gran cantidad de ingredientes en descomposición introducidos, para darle consistencia y apariencia de comida. Para completar la dieta, procuraba atrapar por la ciudad lo que saliese: ratas, gatos, perros, palomas; o capturar algún pescado para freír junto a otros en la barraca, a la orilla del rio Guadalquivir. Pescaba de ese mismo río del que recordaba haber pensado —el día que desembarcó por primera vez en ese nuevo mundo—, que nunca comería algo salido de esas aguas de un tono intimidante incluso para nadar. El mar, su mar lapislázuli del mismo color de las gemas preciosas con las que ocasionalmente se engalanaba doña Caterina a juego con los ropajes —rememoraba sueños vividos—. Un mar de pureza, cristalino en diferentes azules sanadores; el mar saldado de Erbania, que permitía identificar desde la superficie los peces que vivían en el fondo. Saludables aguas de cristal, las describía al ser preguntado.

Al unísono y con repique acompasado de sonidos guturales, decenas de hombres semidesnudos y tostados por el sol como él tiraban de largas maromas con el fin de atracar naves al muelle; para luego cargarlas y descargarlas o viceversa. El trabajo era intenso en ese muelle del Arenal. Tan duro que ya había sido testigo de cómo cayeron desplomados algunos esclavos —sencillamente exhaustos—, para no levantarse más. Casi todas las naves que atracaban venían río arriba desde el inmenso mar salado, el mismo camino que él hizo cuando le trajeron a la fuerza a esa tierra.

Ajetreo, insultos, gritos, órdenes y mucho polvo en esos muelles. Un polvo de albero contagiando nariz y garganta, acrecentando la fatiga provocada por la falta de vitalidad en el extenuante saldo de esclavo bajo la dura mirada de su dios del Sol —Magec—, sobre sus lomos en cristianas tierras andalusíes.

Los esclavos residían al corriente de algo que iban escuchando: que las Cortes de Castilla —por orden de ese rey que un día conoció cara a cara—, decretaron evitar castigos físicos y sus muertes sin motivo; que los dueños estaban obligados a proporcionar un sueldo, con el fin de que el esclavo tuviese la opción de la manumisión, *ahorrándose* a sí mismo —comprando su libertad, en lengua sarracena—. Pese a ello, apenas se llevaba a la práctica siendo más que mísero dicho sueldo y no convenía ni era costumbre el denunciar abusos por miedo a las consecuencias. Las largas jornadas y la falta de alimento ya de por sí eran un castigo mayor que las esporádicas palizas continuadas a pesar de dicha ordenanza. Los de su cofradía de estibadores, sin cobrar suelo alguno —ni siquiera testimonial—, seguían siendo utilizados como de costumbre o peor: para el trabajo, a modo de avales para pedir préstamos, o para hacer negocio con ellos, tal que objetos o animales.

Amuley, entre carga y descarga de bultos, observaba de reojo a los cautivos recién llegados desembarcando engrilletados. Miraba sus rostros llenos de espanto, desorientados y sobrecogidos por aquel desconcertante bullicio que bien podría llevarlos a la locura. Negros que, de seguro pocos días antes estaban con su tribu viviendo una vida feliz en comunión con la Madre Naturaleza; curtidos sarracenos capturados en escaramuzas navales o en razias en las costas berberiscas; rostros de fiera que solían ir directamente a trabajos como el de Amuley —si tenían suerte—, a las minas de hierro no muy lejanas o a remar a galeras reales donde decían que la vida no se alargaba más de un año. Los amos no querían esclavos que pudiesen amenazar sus vidas.

Amuley vivía rodeado de gente envilecida por el entorno, casi todos herrados o tatuados en sus frentes o mejillas con símbolos extraños, iniciales de antiguos dueños, empresas a las que pertenecían o con esa de la *ese* y el *clavo* —que él mismo portaba en su frente—; señalando —sin lugar a dudas—, su condición social como esclavo.

Amuley ya no pensaba. Pensar era doloroso para él. Su secreto para no perder el poco ánimo que lo mantenía firme era no hacerlo y eso lo mantenía fuerte. Seguía con una inquebrantable confianza en sus dioses, aunque en esos días no hablase apenas con ellos, dejando pasar de largo señales siempre atendidas desde la infancia. Señales ofrecidas por estos con el fin de dar respuestas que él siempre estaba preparado para interpretar, ya fuese el vuelo de un pájaro al amanecer, la forma de las nubes o muchas otras que ya no atendía ni escuchaba.

Residía centrado en soportar ese castigo físico, tanto de día como de noche. La jornada terminaba cuando el capataz lo decidía, no había horas en el día, sino barcos que descargar y cargar de nuevo. Allí cada uno aguantaba su miserable peso llevando tal que podían el sufrimiento. Aguantar, quitarse la vida o perderla escapando. Amuley resistía sin protestar, la vida le pasaba por delante mientras hacía tiempo que tan solo miraba al suelo a dos pasos por delante suyo, sin nada que esperar si la alzaba del todo. Se planteó muchas veces salir de allí, pensó en todas las opciones de libertad, sin embargo era mejor quedarse en la ciudad que aventurarse a riesgo de una nueva captura con pena en galeras o ejecución. Tan solo conocía Sevilla y le sería muy complicado sobrevivir a una huida a tierras de los mahometanos en el reino de Granada o al enemigo de Portugal. El camino sería en extremo peligroso siendo de otra raza y estando herrado en la frente como lo estaba; volverían a hacerle esclavo, de seguro, y estaba al tanto del promedio de vida de un hombre en las minas o galeras. Sabía también que, en los bosques de las montañas del norte de Sevilla, algunos esclavos huidos sobrevivían de lo que daba la tierra y del pillaje a los campesinos. Amuley no quería cambiar esa vida por otra viéndose obligado a estar huyendo constantemente, sobreviviendo al igual que un malhechor. Algo en su interior lo empujaba a quedarse y soportar su cruz, —como decían los cristianos—. Algo le recomendaba permanecer allí firme pese a un espíritu inanimado, sin dejarlo sucumbir del todo.

Tan solo un puñado de esclavos —normalmente negros o algunos veteranos como él—, tenía la pequeña licencia de poder salir de los barracones a sus anchas por la noche; con la condición de quedarse por las calles del arrabal de Triana sin cruzar a otra orilla, la de Sevilla. No obstante, a muy pocos les quedaban ganas después del duro día. Al volver, la poca humanidad sobrante, la compartían con pellejos de licores caseros, restos de comida o contando historias de mujeres bonitas, crónicas o noticias de guerras y batallas escuchadas siempre de otros.

Aquellas eran calles peligrosas en la noche incluso para las gentes de allí, que se encerraban en sus casas hasta la mañana debido al gran número de forasteros extraños, marinos borrachos, rufianes de tasca y prostitutas libres y esclavas. Con todo, esos esclavos no se relacionaban con esa clase de gente. Aun siendo de la más baja condición, ellos lo eran aún más. Amuley pertenecía a la morralla de los esclavos, la escoria de la sociedad. Sus recursos no daban para un trago, ni siquiera para comer en ninguna tasca y, mucho menos, para yacer con prostitutas de raza negra, las más baratas por no gustar en demasía. Los esclavos y otras gentes de mal vivir semejantes a él se congregaban en pequeños grupos alrededor de una plaza cercana al puente de barcas que cruzaba a Sevilla desde Triana. Allí prendían hogueras, cantaban en sus lenguas, bailaban danzas propias o tocaban instrumentos improvisados adecuados a los de su tierra y raza, hechos con lo que podían. Algunos de ellos llegaban a beber alcohol fermentado a base de frutas y verduras podridas del mercado. Incluso se podían encontrar pequeños puestos de pescado frito y carnes de dudosa procedencia, también muy fritas, que mataban así el inmundo sabor a podrido.

Amuley pidió un permiso —ya era veterano esclavo en esa cofradía—, precisaba tomar algo de distancia de su inercia diaria simplemente observando cómo otros vivían. Recogido y amargado como un mulo manso, se sentó en esa noche sobre un escalón de aquella plaza junto a un grupo de negros. Estos tocaban pequeñas tinas de barro y tambores hechos con pequeños toneles de madera, tensados sus tímpanos de piel de cerdo con cordones hechos de alguna parte del gato que no recordaba. Mezclados entre ellos, algunos sarracenos tocaban las palmas y hacían sonar cascabeles y crótalos. Las intensas llamas de una hoguera iluminaban la escena que, entre ecos, ritmos, carcajadas y gritos de los presentes, daba salida a sus penas. Amuley cerró sus ojos y procuró respirar profundo para saborear tiempos pasados no muy diferentes a esos, como grato testigo de aquella fiesta nocturna. Desde su interior brotaban emociones producidas en el recuerdo de largas noches pasadas junto a los mahoh en ese tipo de ceremonias, celebrando días de júbilo dedicados a sus dioses. Por unos instantes esa emoción lo rompió, provocándole un nudo en la garganta. Años hacía que no lloraba ni por rabia; aun así, en esa noche sintió unas irrefrenables ganas de gritar, de gritar fuerte esa pena. Pero no podía, el orgullo se lo impedía. Se agazapó allí donde estaba y al fin comenzó a manar su desdicha en un torrente de furia reprimida, y presionó su rostro con tal fuerza que sintió sus ojos al punto de bullir en llanto. Por querer evitarlo, miró hacia ese cielo estrellado en el aparente semblante inexpresivo que pocos sabrían dominar en una íntima manifestación de dolor profundo. El mismo gesto de ese anciano de Erbania desvalido e impotente en esa playa ante la desolación: ese mismo gesto. Parpadeó con ímpetu sintiendo cierto alivio para su espíritu. Unos pensamientos lo acompañaron hasta la adolescencia de su isla de la mano de una oscura silueta femenina proyectada en el muro frente a él. Una sensual sombra originada por las llamas de la hoguera, una joven negra bailando en solitario serpenteante, acompasada por otros. Aquellos mismos pensamientos lo arrastraban a trompicones por entre su pasado hasta la extraña vida llevada en esos días: de cuando era un joven de Erbania o Forteventura —como la llamaban los cristianos— con el afán de explorar su isla, salir a aventurarse a tierras desconocidas; pero no así, no de esa manera. Ni en el más ensombrecido de sus sueños hubiese pensado terminar ahí sentado. Doña Caterina —hipó llevado por un estertor de dolor al pensar en ella— nunca se interesó por su destino. Le guardaba cierto rencor por ello pese a haberse portado bien con él cuando fue su ama. Lo había refinado, enseñado varias lenguas, incluso a desenvolverse como distinguido sirviente de alta alcurnia. De su mano conoció a gente importante, incluso llegó a intercambiar unas palabras con el rey de Castilla, algo que ya consideraba haber vivido por boca de otro. Mientras observaba esa sombra contonearse, repasaba melancólico todas aquellas increíbles historias sucedidas, vividas en carne y hueso. Repentinamente notó cómo una presencia se acomodaba cercana a él, a su lado; respetando una distancia prudencial para la noche, procurando no estar demasiado cerca para no inquietar siendo desconocido. Desconfiado, puso sus dormidos sentidos en alerta sintiendo a su pesar —en esa etapa tan débil de su vida—, que cualquier hombre tenía el poder de doblegar su voluntad. Advertía esa presencia clavada en él; no obstante, no quiso cruzar miradas por cautela. No le importaba ni quién era, ni qué quería. No tenía intención de iniciar una conversación con nadie, deseaba estar solo en ese lugar y en ese momento de introversión con su tristeza.

—Cómo has cambiado, querido amigo.

Ese tono grave parecía estar refiriéndose a él. Un tono familiar el cual venía de una incómoda silueta negra a la que aún no había mirado. De pronto, un terremoto de sublimes sensaciones olvidadas lo sacudió por completo cuando semejante voz remachó, delatándose:

—No estaba seguro de que fueras tú, canario.

Amuley quedó paralizado al contemplarlo.

—¿Jeremías? ¡¿Jeremías?!, ¡Por todos los…!: ¡Jeremías! —prorrumpió por tercera vez sucumbido ante esa blanca sonrisa destacando su negro rostro como el tizón.

Aquellos dos hombres se regalaron un entrañable abrazo digno de recordar. Amuley y Jeremías nunca llegaron a tener gran confianza —de hecho, nunca se habían abrazado— ni cuando ambos vivían en el palacete de los señores, pero las vicisitudes del destino los habían unido en una misma desdicha de caminos diferentes. Semejante reconocimiento de méritos mutuos entre esos dos hombres era un logro no conseguido en los buenos tiempos bajo los techos de la casa palacio.

—Tal y como te recordaba, Jeremías. Por los dioses que no pasaron los años por ti.

—No puedo decir lo mismo, hermano canario. Por tu aspecto veo que la vida no te trata bien.

El físico de Amuley estaba demasiado cambiado preso de una expresión desconsoladamente agriada.

Amuley no quiso entrar en detalles ni miserias. Sintió alegría con aquella casualidad, una sensación enterrada que aspiraba a mantener por un rato más.

—Estás más fuerte, africano, cualquiera se las gasta a duras contigo —desvió así la conversación hacia otros derroteros que no fueran él, riendo los dos por la mera satisfacción de volver a verse vivos.

—Tenemos muchas cosas de qué hablar, hermano —regaló Jeremías, evaluando la súbita emoción surgida al ser sacudido por emociones viejas de recuerdos viejos en aquella casa en la que convivieron: especialmente el momento de su compra, y el posterior camino hasta la casa palacio de doña Caterina, comprimido todo ese coraje —del que supo a la postre que disponía— en un rostro en mezcla de solemne derrota y perplejidad. Tuvo que esbozar una inevitable sonrisa rememorando la que en su día les provocó a él mismo y a su ama, por el respingo que pegó cuando pasó frente a la gran vidriera que daba entrada desde el patio principal de la casa, algo que, inevitablemente, entre claros y oscuros, mostró su imagen a la perfección, identificando en ella su rostro al acercarse curiosamente, espontáneo. Ese salvaje —como él en su día— nunca había visto al espíritu que acompaña cuando uno se reflejaba en un cristal; ni siquiera un cristal; nada, en definitiva, de ese mundo que conocería a pasos de gigante en la más cruda de sus realidades: la de ser esclavo. Esa última reflexión, sumada al reencuentro con ese guerrero canario, en ese día demacrado, deshizo los entusiasmos que pudiesen venir de sus recuerdos.

Amuley pensaba que el destino que los dioses ofrecían dependía muchas veces de agudos entendimientos por parte de los hombres, pero con lo que estaba por escuchar en esa noche de boca de Jeremías, su razón no tendría dudas de que todo llegaba por voluntad de ellos, de una u otra manera. Tanto era cuestión de verlo, como de valor y tiempo; el mismo esperado para esa casualidad, cuan causalidad regalada por ellos, —por sus dioses—, en el peor momento de su vida; casi a punto de ofrecérsela voluntariamente. Los dioses —del mismo modo que los mortales—, podaban las intenciones del hombre como ramas para que brotasen más fuertes. «Sí», así era, confirmaría esa noche.

Ese mismo esclavo de raza negra, que había comprado a Amuley para su señor seis años atrás en el muro de la iglesia Catedral, a ese esclavo africano de plena confianza de don Reinaldo durante años, nada le libró de ser revendido a otros por haber querido casarse con Silvana, la esclava con la que quería experimentar el señor.

—¿Dónde te llevaron, Jeremías?

—Me vendieron a un carbonero de Triana. Llevo todo este tiempo apenas sin cruzar el puente de barcas, sin entrar en Sevilla, pero estoy bien enterado de lo que ocurre intramuros. También me comentaron que te vendieron a ti, Amuley. A poco que se pregunte en la calle se sabe todo.

Amuley confirmó —escuchando a ese hermano esclavo sin compartir sangre—, que Jeremías mantenía con esmero los recursos necesarios para sobrevivir en esos días, para todos difíciles. A diferencia de Amuley, el destino lo había llevado a disfrutar de una mayor libertad pudiendo llegar a mantener un contacto personal con viejos conocidos para ambos —socorriendo tan solo al africano por diferentes motivos—; sirvientes en su mayoría de casas pudientes, acercándole comida o licores de calidad a hurtadillas de sus amos, llegando incluso a donarle monedas de *Enricvs dei* de menor valor de cobre o plata: dineros, seisenes de vellón, cinquenes o blancas —por los cinco dineros de su valor—. Confesaba bajo una astuta sonrisa a su vez, disponer a buen recaudo, incluso de reales de plata para conseguir la libertad ahorrándosela él mismo.

Jeremías sacó un gran trozo de lo que había sido una hogaza de pan y un buen corte de tocino del zurrón pegado al pecho, ofreciéndoselo a Amuley. Este los cogió con suavidad, ocultando la desesperación por engullirlo. Jeremías olió su hambre y depositó sobre sus manos no solo aquel trozo, sino toda la comida portada encima que no era mucha, una tras otra, agradeciéndolo Amuley bajo una sencilla mirada de respetuoso reconocimiento.

Jeremías, presionando sus molares, descorchó una pequeña damajuana de cerámica colgada bajo el brazo, ofreciéndole un trago de buen vino que le supo a bendición. Amuley se sentía extraño, agradecido por algo de tan diferente gusto a lo acostumbrado en esos días. La grata sorpresa, la compañía y el ofrecimiento de las viandas le habían mudado los aires de su ánimo y semblante —bromeó irónico Jeremías—. Amuley tomó aire profundamente en ese instante, perdiendo la mirada en aquella mujer de raza negra que seguía bailando, sacando el arrojo de compartir algo a lo que no dedicó energía hasta ese momento, sin tener claro si por la pereza de unas consecuencias o por no dejarse caer en el victimismo de su drama.

—Como dicen estos castellanos, hermano Jeremías: no hay nada que al hombre aporte mayor satisfacción que una buena comida y un buen jergón. Pero eso se queda corto de patas con tu respeto, hermano, siempre me has tratado con lealtad y lo has seguido haciendo hasta hoy. Me siento respetado por ti y agradecido por ello, fui un guerrero canario y tú también tendrás mis respetos para toda tu existencia y las siguientes.

Jeremías posó la mano en el hombro de Amuley y este la sintió como el justo momento para despejar las dudas que lo corroyeron durante ese tiempo.

—Hermano, disculpa mi atrevimiento por si te desagrada mi consulta, pero, ¿qué fue de Silvana? La llevo en mis pensamientos a menudo.

Jeremías expresó una grave carcajada ahogándola en un profundo suspiro alzando la mirada y quedó pensativo por un instante, observando esas mismas sombras sinuosas de la exótica bailarina frente a ellos.

—No sabes nada de lo ocurrido en estos años, ¿verdad? —Amuley confirmó su pregunta negando con la cabeza—. Amigo, mi negra murió. Silvana murió de un miserere a las pocas semanas de separarnos. Mi pena fue que no pude despedirme de ella. El nuevo dueño no quiso pagar cristiana sepultura por ser esclava reciente sin amortizar, y la echaron a una fosa junto con otros como si fuera un despojo.

—Lo siento, Jeremías.

—Ya pasó, aquello ya pasó, ya no tiene importancia, ya está muerta. Hubiese muerto igualmente estando juntos y siendo felices en la misma casa, el cólico miserere no respeta a nadie. Pero me hubiese gustado despedirme, créeme; pasar las últimas horas de agonía con ella y haberla acompañado en su camino hasta dejarla en las manos de Dios. Juana, Adassa, esa puta que lástima sea de tu raza canaria, sabía de lo nuestro.

»El problema fue que, cuando se enteró de que el señor estaba interesado en mi negra, sintió tantos celos que lo informó de unos planes de boda que no eran tales; todo por miedo a perder su privilegiado lugar en la casa. Sabía que era mentira, no habíamos dicho nada todavía a ningún párroco, ni siquiera hablado de casamiento por si nos separaban antes de enterarse. Ya sabes que la Iglesia protege los matrimonios cristianos entre esclavos e impide su separación por los amos. ¡Todo se lo inventó esa maldita para hacer daño! —Amuley escuchaba obsequioso en su atención a Jeremías—. Pero lo pagó después. Sí, hermano, la perra lo pagó.

Amuley frunció el ceño al escuchar esto último y agudizó los sentidos en ansia de curiosidad. Por un lado, deseaba saciar el rencor sabiendo de cualquier mal fin que hubiese tenido Adassa; mas su otro lado, el de sufrido esclavo conocedor en propias carnes del dolor físico extremo y el de la soledad en las pérdidas de seres queridos, tampoco le deseaba mucho sufrimiento en ese desenlace que estaba esperando escuchar.

—¿Cómo que lo pagó?

Jeremías se sonrió. —No lo sabes, ¿verdad?, no… no lo sabes —Jeremías rio de nuevo, irónico— ¡Qué diablos! cómo te ibas a enterar en donde andas metido. La canaria quedó preñada del señor y tuvo un bastardo.

Amuley al escuchar esto último se pasó las manos por el rostro, lentamente sorprendido y sin entender por dónde iría el resto de aquella información reveladora.

—A don Reinaldo no le importunaron mucho aquellos sucesos y la nueva situación; compró a dos bellas sarracenas que ocuparon el hueco de Adassa en su alcoba, y eso no lo pudo evitar ni la madre que la parió. Por otra parte, el rey de Castilla se marchó con sus cortesanos por un tiempo a visitar otros destinos por el reino y, con él, el amante de doña Caterina. Esta, que además de su pena tenía en la casa a un hijo bastardo de Adassa y al pequeño harén de su esposo, le entraron unos males de soledad por los que dejó de comer, de hablar y de salir de sus aposentos. Desde aquello vive sin vivir en ella.

Amuley sentía verdaderamente lo sucedido, pues fue siempre compasiva con él. Dándole la impresión de que nada había sucedido como él consideró, erróneamente siempre alojó la esperanza de que doña Caterina apareciese algún día para ayudarlo; pero, con lo relatado por Jeremías, quedaba más que justificada su ausencia. Su señora cayó hechizada de pena.

—Ahí no quedó la cosa, hermano. Cuando el niño de Adassa fue destetado se quedó con el señor. Legalmente era su amo además de padre, aunque eso fuese lo de menos, amigo. Adassa fue vendida sin la criatura poco después, a los mismos mercaderes que nos llevaron a nosotros; y estos la revendieron a una casa de cortesanas. La puta terminó de fulana —pese a ser cristiano practicante, Jeremías no había alterado con los años su rencor a los blancos— ¿Qué te parece, canario?, ¡que se pudra en el Infierno esa perra!, ¿verdad?

Amuley, a decir verdad, no sentía ningún tipo de satisfacción por lo sucedido a Adassa, sino todo lo contrario. Sintió pena por ella.

—Cómo odio todo esto, Jeremías, no lo soporto más. Me hubiese gustado... ya no digo vivir, sino morir en mi tierra, en mi isla, verla por última vez, aunque fuera un día y desfallecer allí mismo después. No puedo más.

Tras escuchar esa suplica, a Jeremías se le vino a la cabeza una información de las muchas que le llegaban habitualmente por las calles, pudiendo ser de ayuda para el canario.

—Creo que puedo echarte una mano, hermano. No prometo nada, deja que haga unas gestiones por ahí; de todas maneras, no guardes falsas esperanzas. Hay un francés buscando gentes que sepan de lenguas, no sé para qué, pero busca canarios. Posiblemente será para tratar con esclavos de los de tu raza recién llegados o algo parecido, seguro que es mejor dueño que los que tienes ahora. Deja que hable con un par de contactos. Te debo una, hermano, estás viviendo esto por mi negra. Sé que el motivo de tu venta fue hacer justicia por Silvana y te lo debo. Yo también te respeto, hermano.

Amuley afirmó leve sin albergar ninguna expectativa de cambio en su situación, quedando los dos al unísono hipnotizados con el baile de aquella exuberante mujer alrededor de la hoguera compartiendo esa damajuana.

XIV
Sevilla-Cádiz

Ciudad de Sevilla, en esa misma semana.

Demasiado tiempo esperando —pensaba Jean Le Verrier— en esa esquina donde había quedado con el hombre que le prometió traer un esclavo canario que manejase su lengua franca. Repasaba aprensivo lo del día anterior con otro rufián que lo engañó, al que le pagó varias monedas por adelantado y no volvió a ver. Esa era la segunda vez que le citaban para traerle a un esclavo con las características buscadas y, precavido, en esa ocasión no pagó nada por adelantado. Iba solo y un intenso calor le ascendió desde sus tripas inquieto, por si aquella podría ser otra treta y lo estuviesen vigilando para robarle. Sevilla era una ciudad peligrosa. Había movido cielo y tierra en su búsqueda, y la gente estaba al corriente de que llevaba capital encima para sufragar el arreglo de un esclavo. «Dios santo, como caiga en esta también, el señor me mata», se amartilló en ese instante. Habría corrido la voz del motivo de esa búsqueda temiendo que algún pícaro ya hubiera pensado por su cuenta y en esa ciudad abundaban —volvió a golpearse con ese pensamiento—.

Betancourt le encargó —como al hermano Boutier—, el hallar a otro esclavo más que dominase el castellano y el francés —algo casi imposible de encontrar—, mas con los maravedíes calientes del rey castellano en su bolsillo ya podían permitirse un gasto así. Los otros dos de los que disponían en Cádiz, llevaban esas lenguas en sus cabezas por separado. Con todo, esas tres lenguas en un esclavo, era algo sumo complicado de encontrar. Pero quizá en esa ciudad cosmopolita y multirracial, como importante puerto de entrada a Castilla de todo lo exótico del Mare Nostrum y la mar Océano, tuviese suerte. Puso empeño en ello sin la preocupación inicial de escatimar, ya que disponía de esos nuevos fondos. Y ahí quedaba él, pasando el mal trago en esa calle sombría, posiblemente perdiendo el tiempo y el dinero por ser tan cristianamente confiado en sus formas. Aparte de una docena de mendigos, nadie más se le había acercado en esos minutos interminables en los que ya anochecía. No convenía que un forastero, además de religioso, anduviese solo. Le Verrier ya estaba pensando en marcharse cuando una voz grave se dirigió a él en un torpe francés.

—¡*Mesié*!, ¡señor!

Emergiendo de entre la penumbra de una esquina, apareció un hombre negro de grandes dimensiones. Le Verrier, desconfiado en un primer momento, comenzó a andar más a prisa yéndose de allí y ese hombre apretó el paso tras él.

—¡*Mesié*! —volvió a repetir en voz alta— Buscáis esclavo canario, ¿no? —puso en claro aquel desconocido.

Le Verrier apenas pudo entender palabra alguna excepto *canario*, y paró en seco para escuchar lo que tenía que decirle.

—Sois vos quien buscáis esclavo canario, ¿no? —volvió a preguntar ese hombre corpulento de raza africana.

—*Oui, je cherche,* busco, sí —contestó el fraile.

—Yo conocer al mejor para *mesié,* conoce castellano y la suya francesa. Mejor para vos —repitió despacio eso último, para que el religioso lo entendiese.

—*Oui, mais,* ¿*est-ce qu'il parle français et espagnol?*

—No os entiendo —instó su interlocutor.

—¿*Parle canarien, parle français?*

—Sí, *mesié* Padre, que le digo a vos que habla bien las dos y la suya de allí salvaje. Todas.

—¿*Où est-il?* ¿dónde ver? —inquirió.

En ese momento, el negro sonrió y se frotó los dedos índice y pulgar —en expresión no verbal, dando a entender que hablaba de dinero.

—En eso tendremos que llegar a un trato, Padre. —Siguió frotándose esos dedos—. Negocio.

—Yo no moneda, ver canario sí, luego moneda.

—Pues vos no ver canario hasta ver yo aquí monedas —terminó así de brusco abriendo la palma de la mano, dando ligeras palmaditas chulescas.

Ese tipo negro, tras fijarse mejor en el hombrecillo de bondadoso rostro del que sobresalía una mirada nerviosa bajo aquel hábito, no se sintió digno, cayendo en la cuenta de estar siendo víctima de sus propios y más oscuros prejuicios hacia los europeos, adquiridos en sus amargas experiencias. Que tal vez debiese de comportarse de otra manera, que ya no le merecía la pena tanto odio en sus entrañas —reflexiones redondeándose tiempo en su pensamiento—. Pese a no fiarse de nadie, parecía estar tratando con una buena persona, y él no era nadie para hacer daño a los que por voluntad no se lo hacían a él. Cansado de la gentuza con la que acostumbraba a tratar, no quiso meter a ese hombrecillo en el mismo saco y forzó ese nuevo carácter del que quería comenzar a disponer, modulando las canallas formas habituales de su talante con los de esa raza.

—Perdón, padre francés, mi nombre es Jeremías. Pertenezco a la carbonería de Triana y va por delante mi palabra de honor de que a vos llevaré hasta ese canario del que os hablo— imponiendo una de sus rudas manos negras a la altura de su propio corazón.

Le Verrier, al ver el cambio de proceder de ese hombre, tan fuerte que ya podía haberle golpeado para robarle sin problemas, se arriesgó y sacó la faltriquera de debajo del hábito. Al intentar ofrecerle unas monedas, Jeremías lo detuvo.

—Después, Padre —haciendo honor a su palabra y ademán para que lo siguiese.

Le Verrier se puso la capucha y tras ese hombre —de tal talla que nadie por aquellas calles oscuras osaría acercárseles—, salieron extramuros de la ciudad cerca del muelle del Arenal. Ese paraje bien parecía un bosque arrasado por el fuego, repleto de palos y vergas como troncos pelados e inertes de los barcos amarrados, que dormían plácidamente a esas horas sobre las aguas del río. El lugar se apreciaba irreconocible por la noche en comparación al bullicio distintivo de las horas diurnas, cargado de gritos de capataces, comerciantes, tratantes de esclavos y marineros. Nada de eso se escuchaba en ese momento de pura calma. Antorchas y hogueras, en cambio, iluminaban el puente de barcas que cruzaba a Triana, a la otra orilla del río Guadalquivir, donde se distinguía el castillo de San Jorge y tras de él, sus arrabales. Continuaron por varias callejuelas, esquivando borrachos y prostitutas, hasta llegar a una plaza donde este tal Jeremías le acercó hasta un corro entorno a una de esas hogueras, en la cual había un grupo de hombres compartiendo su soledad sin hablarse.

Al ver a Jeremías acercarse a ellos, uno de esos hombres se levantó: nervudo, delgado, de larga melena negra como la noche y en un claro francés de torpe pronunciación para Le Verrier, indicó: —Buenas noches, *Pater*, lo estaba esperando.

—¿¡Eso es francés o no es francés!? —cuestionó Jeremías al religioso, respondiendo Le Verrier en jovial afirmación mímica, con una gran sonrisa y el puñado de monedeas que en ese momento Jeremías aceptó de buen grado, en un negocio justo para todos; algo en extremo complicado de suceder en esos tiempos.

—¡Suerte, señores! Suerte, hermano —exclamó satisfecho y, sintiéndose pagado en todo, se apartó de ellos para dejarlos conversar con cierta reserva.

—Vos dirá, señor —exclamó el canario tras su silencio.

—Yo no soy señor de nadie, mi nombre es padre Le Verrier, llámeme así, ¿y el de vos?

—Mi nombre es Amuley y soy de la isla de Erbania, llamada por ustedes de Forteventura. Nacido allí y criado en esas tierras hasta ser capturado hace ya doce años. Cuento ahora con algo más de treinta, perdidas mis cuentas por deseo propio.

Le Verrier se fijó en la cauterización de su frente en la que tenía grabada a fuego una marca de esclavo.

—Y, dígame, ¿cómo es que sabéis vos mi lengua, Amuley?

—Pertenecí a una dama francesa algunos años y ella me enseñó su lengua. Solo la hablo, no sé escribirla y apenas leerla, al igual que el castellano.

—Y ahora, ¿a quién pertenecéis? —preguntó acertadamente Le Verrier.

—Mis dueños son una compañía de estibadores del puerto, pero yo no conozco a mis dueños, solo a los capataces que son quienes tratan con los de mi condición.

—Decidme, Amuley, ¿estaríais dispuesto a volver a vuestra isla?

Mil pensamientos se le pasaron por la cabeza al escuchar aquella inesperada pregunta. Ese hombre no sabía la magnitud de lo que acababa de preguntar. Aquella cuestión le importunó, provocando un cambio en su expresión. Le Verrier concibió un innegable desconcierto en su rostro y se explicó mejor: —Estoy buscando a un intérprete de lenguas para una expedición a las islas de Canaria.

Amuley lo escuchó madurando aquella propuesta, intentando valorar las consecuencias de la misma. ¿Sería capaz de participar en una expedición para que volviesen a hacer a su pueblo algo como lo que ya le hicieron en el día de su captura? No, no podría hacerlo, se respondió con lucidez. Pero, del mismo modo, podría ser capaz de engañarles y escapar una vez allí al abrigo de su pueblo original. «Conozco a los cristianos, conozco sus puntos débiles. Si digo que no, encontraran a otro dispuesto: ¡decide Amuley!», se dijo.

—¿Para qué me necesitáis?

No hizo falta verbalizar los miedos de Amuley para que Le Verrier entendiese el motivo de la pregunta.

—Yo soy padre de la santa madre Iglesia, hijo.

Amuley frunció el ceño con gesto de haber visto a muchos religiosos haciendo cosas poco cristianas. Para él, ser padre de la Iglesia no era ni garantía ni pasaporte de integridad, pues no eran más que hombres, como él.

—Yo mismo necesitaré de vuestros conocimientos para que los compartáis conmigo. Quiero saber vuestras costumbres, vuestra lengua nativa; quiero conocer a vuestro pueblo para saber transmitiros la palabra de Dios.

—Ya tienen sus dioses, no necesitan otro más —objetó con aspereza.

Le Verrier quedó por un instante estancado con aquella afirmación.

—Sí, lo sé hijo —contestó Le Verrier.

Amuley lo corrigió al instante: —Me llamo Amuley, no soy vuestro hijo.

Le Verrier, que achacó ese comentario a su desconocimiento del papel de la Iglesia o al mal uso de la lengua, no lo tomó en cuenta.

—Sí, Amuley, claro que tienen su dios y por suerte es el mismo que el mío. Todos pertenecemos a Dios porque Él es nuestro refugio y nos protege de los peligros, ¿no es así?

Amuley no entendió muy bien lo que decía ese religioso; así y todo, asintió: ciertamente él mismo sentía a sus dioses de esa manera. Debía de atenuar su desconfianza para con ese religioso, se recomendó.

Le Verrier relató con más detalle los motivos económicos y evangelizadores de la expedición, algo que no tenía por qué compartir con un esclavo, pero sentía que debía de hacer para ser honesto con aquel canario. Llegaron a entablar una cómoda conversación con Amuley allí sentados, junto a esa hoguera en el arrabal de Triana, un lugar a esas horas incluso más salvaje para Le Verrier que las mismas islas Afortunadas.

Dos hombres tan diferentes, un monje francés y un esclavo canario, llegaron a entenderse charlando en ese peculiar entorno, en ese ambiente tan especial para ambos.

—Debéis de negociarme con mi capataz —terminó resumiendo Amuley.

—No os preocupéis, tranquilo. Mañana buscaremos a vuestro jefe y negociaremos con él.

El clérigo quedaba satisfecho con haber conocido a ese esclavo, pero aquella interesante conversación tuvo que concluirse por la lluvia que apareció de pronto. Estaba deseando informar a su señor sobre sus logros en esa cuestión. Ese canario llamado Amuley, parecía un hombre con equilibrado arrojo, valores, y claro en sus palabras. Parecía haber encontrado al esclavo indicado. Asimismo, notaba algo especial en su mirada ávida y maltrecha, como si un lobo dormido se agazapase bajo ella. Pese a este detalle, trasmitía honestidad y algo más que no era capaz de describir. Predecía algo bueno de manos de ese Amuley. Le sorprendió que, pese a todo el sufrimiento relatado, permaneciese firme, sin el derrotismo que él mismo tendría en su caso. Un hombre endurecido a base de golpes que no le habían hecho mella por dentro. Superviviente gracias a una increíble fidelidad a sí mismo y a solidas creencias que lo mantenían aún en pie. Tenía cualidades que Le Verrier anhelaba para él, incapaz de conseguir nunca por sus medios. «Es nuestro hombre: es el indicado», se repetía.

Había llovido la noche anterior y Betancourt se levantaba la capa para no manchársela con el pastoso albero del puerto del Arenal. A Le Verrier —que lo acompañaba—, le parecía mentira haber pasado por ese lugar tan apacible la noche anterior y de nuevo encontrarlo en esa mañana tan diferente y bullicioso. Buscaban a un tal Ramón que, al parecer, todo el mundo conocía por allí: el capataz del esclavo canario.

Betancourt indicó a Le Verrier que preguntase él mismo por ese hombre, pues en las ocasiones que lo intentaba, esas gentes, faltas de todo respeto, se le reían por su acento en su misma cara.

Le Verrier procuró —dentro de la variopinta amalgama de hombres manejando bultos— topar con un capataz, y en esas se dirigió a uno de los que allí estaban, al que preguntó por el tal Ramón. No resultó ser el que buscaban y este señaló con la mano en una dirección que parecía ser la correcta.

Betancourt y Le Verrier se movían entre tropiezos con otros y sus mercancías, sorteando caballos de tiro, esclavos y charcos de barro. Uno de estos esclavos tiró el fardo a sus pies de sopetón.

—¡*Mais!, ¿vous êtes imbécile...?* —no terminó Betancourt, cuando el esclavo que lo portaba en torso desnudo y sudoroso se apartó la larga melena que cubría su rostro.

—¡Mi Señor…! —exclamó Le Verrier que iba tras su señor— ¡es este!

—¿Así que es este nuestro canario? —exclamó refiriéndose a Amuley.

—Sí, mi señor —refutó Le Verrier.

Betancourt miraba de arriba a abajo la constitución de ese esclavo, cuando notó unos leves toques sobre el hombro de ese canario con el extremo de una fusta.

—Disculpe que le corrija señor. Ese no es *notre* canario, es *mon* canario.

Ese era el capataz al que buscaban, el tal Ramón, el que agarraba esa fusta y que, aunque no hablaba francés, había entendido claramente el significado de *notre canarien*: nuestro canario.

—¿Con qué noble hidalgo tengo el gusto de coincidir? —se expresó cargado de sarcasmo, en voz rasgada de seco acento del norte de Castilla. Ese capataz vestía un harapiento gambesón de mangas deshilachadas, mal cortadas, y un sombrero de paja que apenas permitía verle los ojos.

Ni Betancourt ni Le Verrier entendieron lo que dijo ese hombre. Pero Amuley, llevado por el ansia, se encargó de traducir al francés las palabras de ese capataz. En ese instante no cayó en el grave error cometido al hacerlo, un fatal error que pagaría con creces.

—*Je suis Monsier Jean de Betancourt et il est pater Jean Le Verrier, de la Normandie,* en misión para el rey de Castilla— respondió Betancourt para su traducción.

El capataz, que mascaba una raíz de orozuz que le sobresalía de la boca, se la sacó urdiendo aquello, encogiendo las cejas en mueca del que busca el propio interés.

—Ya, sí, sí, ¿y el rey sigue bien?, ¿me traéis vuestras mercedes recuerdos de él? —contestó, burlándose de ellos y su supuesta misión.

El sarcástico capataz puso la fusta bajo el mentón de Amuley y comenzó a levantar la cabeza lentamente, mientras acercándosele al rostro lo interrogó para resolver sus sibilinas dudas en esa extraña situación:

—Por el mismísimo papa de la santa Iglesia, ¿qué quieren de ti estos franceses, perro?

Amuley permaneció mudo ante las miradas del noble y el religioso francés, que quedaron sin saber cómo reaccionar ante tal comportamiento insolente en tierras extrajeras, que con creces hubiese pagado en las normandas.

—Claro, ya entiendo, sí; tú entiendes a esta gente, ¿verdad?, tú sabes gabacho, ¿no? De lo que se entera uno, vaya, vaya… —el capataz se aclaró en voz rota, continuando tras una falsa carcajada—: Vaya, vaya con el canario. Va a ser que está valorado en el mercado y no lo sabíamos por aquí.

Una sensación de rabia hacia sí mismo corroyó las entrañas de Amuley, al ser consciente del error cometido al haber hablado en francés momentos antes. Había mostrado una carta sin pensar y en esos lugares había que jugarlas con talento. El mínimo detalle traía siempre consecuencias irremediables. El capataz bajó la fusta y soltó otra forzada carcajada, creyéndose más sabido que sus interlocutores.

—Tranquilos los señores —recomendó, viendo las caras de Betancourt y Le Verrier, alteradas por el atrevimiento de su propio descaro— Qué querían ¿negociar el alquiler de este esclavo?, ¿algún trabajo en concreto? —curioseó a los normandos haciéndose el tonto, pues intuía buenas ganancias en ello.

Le Verrier asintió y el capataz empujó a Amuley.

—Tú, a trabajar, venga... ¡largo!, ¡perro!

Amuley recogió el fardo del suelo con desgana, perdiéndose entre los demás lento, pero encarado a ellos, frustrado y sin perder de vista al religioso francés; como si fuese la última vez que lo fuese a ver, como si esa oportunidad se le escapase entre los dedos irremediablemente tal que arena.

—Si lo desean vuesas mercedes —indicó, señalando hacia un barracón cercano de tablas—. Allí hablaremos más tranquilos.

Una vez allí, en ese lugar que apestaba a letrina de taberna, el capataz se enteró de sus intenciones.

—¿Comprar?, ¿no arrendar? —preguntó sabiéndose ganador en esa negociación.

A duras penas, —en el escaso castellano de Le Verrier— y pecando de ingenuo, intentaba mostrar interés a ese miserable capataz, tratando de decir que lo necesitaban comprar para una expedición del rey castellano, y que les corría prisa; que ya tenían reservados sus pasajes en una nave mercante para partir al amanecer del día siguiente, rumbo a Cádiz. El capataz, valiéndose de lo que le acababa de explicar con honestidad el religioso, no perdió la oportunidad de aprovecharse de ellos y pujó muy alto por el esclavo, un altísimo precio que alteró bruscamente a Betancourt, quien exclamó en francés a Le Verrier: —¡Vayámonos!, ¡no hay más que hablar con esta morralla!

—Esperen, sus *mesiés* —interrumpió— digan, ¿cuánto querer pagar?; esto es negocio, ¿no?

Le Verrier tragó saliva y con ella parte de su orgullo, tirando por lo bajo: —Seis mil maravedíes.

El capataz sonrió nuevamente, sabiéndose ganador en aquella negociación.

—No, hombre, no. Veinte mil maravedíes estaría bien y esta tarde se lo entrego con los papeles firmados bajo el nombre que deseen.

No salían de su asombro, siendo la misma cifra que el rey Enrique les entregó para la expedición. Pedir eso era un verdadero disparate.

—Sabe mi lengua, la suya francesa y el canario salvaje suyo, son tres lenguas y eso hay que pagarlo ¿no? Otro esclavo así ya le digo yo que no lo van a encontrar por aquí.

Le Verrier no entendía muy bien las palabras del capataz, pero lo que sí iba comprendiendo eran las mezquinas intenciones de ese miserable. Betancourt, de repente y sin poder aguantarse más su noble pundonor, lo agarró por las solapas del gambesón.

—Te ensartaba con mi espada, hijo de mala madre —en un tono que al capataz no le hizo falta saber su idioma para interpretar el significado. A pesar de ello, le sonreía irónicamente despreocupado durante ese arranque de ira. Le Verrier logró separar a Betancourt del tal Ramón, y salieron por aquella puerta del barracón.

—¡Ya volverán vuestras mercedes!, ya volverán a por él…, no hay otro así en Sevilla —les gritó el capataz desde la misma puerta a viva voz.

Amuley, que en la distancia permanecía pendiente de sus negociaciones, corrió al encuentro del religioso francés.

—¡Padre!

—No puede ser, no ha bajado tu precio —Le Verrier negó balanceando su cabeza y tras un desolador silencio, continuó—: Conozco a mi señor, es testarudo y en pos de las insolencias que ha tenido que aguantar de ese capataz, no negociará más con él, os lo aseguro.

Amuley quedó partido en dos de impotencia al escuchar esas palabras. Abatido, derrumbado.

—Esperen unos días, en que lo repare, en que vea que no estáis tan interesados, veréis cómo de seguro os busca y por unas monedas más de mi precio me venderá seguro. ¡Ese capataz es un miserable hijo de perra! —argumentó al religioso en una última y lógica oportunidad propuesta por esa desesperación que vivía en ese instante.

—Amuley, no tenemos esos días de los que me habláis, ¿veis la nave de cuya arboladura tan solo sale un mástil?, un palo, ¿la que cargan allí?, ¿la que tiene un pequeño carajo de vigía en lo alto? —señaló Le Verrier a una vieja coca atracada en la orilla de Triana—. Pues al amanecer de mañana zarpará con nosotros dentro, rumbo a Cádiz. Ya está toda la carga que necesitábamos en sus bodegas, tan solo faltaba un esclavo canario por embarcar, e ibais a ser vos.

Sonó de repente un fuerte zumbido seguido de un latigazo contra la espalda de Amuley. Ese capataz lo había flagelado enérgicamente con su fusta.

—¡A trabajar, perro! —gritó.

Le Verrier se sobresaltó. La violencia de ese azote fue tal, que tan solo escucharlo dolía. Sin embargo,

Amuley ni se inmutó, simplemente apretó los dientes soportándolo congestionado mirando a Le Verrier. Mas su constitución o condición parecían forjadas a fuego, estar hechas a ese dolor ante el estupor del religioso. Se agachó con método recogiendo el bulto, desapareciendo entre una fila de hombres como él, que cargaban una de las naves cercanas.

—Veinte mil... vein-te-mil maravedíes —volvió a repetir el capataz, puntualizando descaradamente la cantidad requerida desde un principio, sin bajar un ápice de esta.

Caída ya la noche, el capataz engrilletó a Amuley. No iba a compartir con nadie aquel potencial y lucrativo negocio que podría suponerle, pero a pesar de ello, andaba receloso en previsión de que ese esclavo o algún otro fuese a «jodérselo». Todavía había opciones de sacar provecho, y por consiguiente, esa noche lo aisló en un barracón cercano en la orilla de la parte de Triana; no quería correr riesgos. De resultar, le sería muy rentable. Sabía —según le confesaron esos franceses—, que tenían la necesidad de comprar a su esclavo con prontitud, ya que partirían hacia Cádiz con la bajada de la marea del río Guadalquivir hacia el mar, coincidiendo con las primeras luces del alba.

El capataz, agitado, daba vueltas por aquella pieza de paredes de tabla. Hacía algo de fresco ahí dentro. Colocaba y descolocaba de un lado a otro de la boca, inquieto, la raíz de orozuz despeluchada, casi consumida del todo, que mascaba mientras observaba a ese esclavo canario. Lo que tenía claro, cristalino, era obtener el máximo de ganancias de ese negocio tan evidente. Dejaría al esclavo toda la noche engrilletado a esa viga de madera; de esa manera, no tendría oportunidad de escapar a la coca donde estarían embarcados esos franceses, si alguna intención en hacerlo pudiese albergar. Él lo haría, en su caso, evaluó. Si era verdad que zarparían al alba, no llegaría a encontrarse con ellos y, si aquello fue una estratagema para verle presionado en la negociación, «van aviados, jodidos se irán de manos vacías». Satisfecho de que sabía jugar sus cartas, «a mí no me la da ni Dios, esos gabachos no tienen ni zorra idea de quién soy yo», se concluyó.

—¡Te vas a quedar aquí en esta pocilga sin ver tu tierra de nuevo, perro! —Se refirió a Amuley, echado frente a él.

Por su parte, del mismo modo, Amuley hacía sus cábalas: ese capataz con toda seguridad pretendía engañar a sus jefes con el precio de venta, quedándose con un buen pellizco; por esa razón andaba tan interesado. Si ese fraile o su señor no aparecían a concretar algo antes de que terminase esa noche, intentaría escapar por todos los medios posibles. En esa ocasión y por primera vez, se planteó la posibilidad de no tener miedo a las consecuencias, incluso la muerte, en ese intento de liberarse. Llegar antes del amanecer a la nave que ese fraile le había señalado —ya sabía cuál era—, no era el pasaporte hacia la libertad para uno como él, pero sí hacia la resurrección de su espíritu, que arrastrando años erraba sosteniéndose en frágiles voluntades.

Pasaban las horas como las nutridas dudas que lo inquietaban entre las mil formas de escapar que se le ocurrían. A pesar de todo, ¿iba a dejar la oportunidad de sacar una buena tajada su capataz? Quizá no los veinte mil demandados, pero al menos diez mil sí los podría llegar a obtener, de seguro. ¿Y si después de escapar y llegar al barco, ya tenían a otro como recambio? Cayó en la cuenta a su vez de que sus documentos tardarían un par de días en arreglarse, a no ser que fuese el mismo tratante directamente el que hiciese la venta. El tiempo corría en contra de esa adquisición en el mercado legal, si su intención era la de marchar a Cádiz al alba, a no ser que los normandos hubieran mentido y no zarpasen a la mañana siguiente en esa nave que dijeron. ¿Y si fuese así?, ¿y si no?, se cuestionaba. Pese a ello, entonces, ¿por qué el fraile había señalado la nave insistiéndole en que zarparían al alba? Contradicciones en las que no quería caer bajo un acto valeroso que no le mereciese la pena llevar a cabo. Angustiado, contempló que podría colarse como polizón una vez allí, apostando todo a que estuviesen embarcados en esa nave, si realmente lo estaban. Pero, ¿y si lo descubrían?, ¿y si lo cogían antes de llegar? Por otra parte, ¿y si hubiesen cambiado sus planes, para poder comprarlo con más calma en la negociación, y no zarpaban hasta días después? «No», determinó; él no era tan importante, él era un esclavo.

Del mismo modo, rumiaba acerca de las posibles reacciones de su capataz si lo descubría a destiempo en sus intenciones. Como él, tenía igual de claro por qué permanecía esa noche maniatado allí: una posible huida. «Perro viejo, el malnacido», se advertía.

De algún convento cercano se escuchó el toque de oración de completas. Amuley sentía como si esas campanas tañesen la cercanía de la hora de su propia ejecución a la mañana siguiente. El capataz, embriagado de aburrimiento, tras beber una vez más de la bota de vino apuntó a Amuley con ella, acertado en la distancia con el fino chorro con el que se distraía sádicamente. Amuley intentaba abrir la boca y perseguirlo para que le entrase algo de vino, tenía sed. El capataz quería empaparlo más que teñirlo de tinto, que pasase frío esa noche en no más que abatir sus voluntades. Cuando acertaba en la boca bajaba el chorro, hasta que, por su propia dignidad, Amuley ladeó la cabeza. El capataz mojó sus prendas hasta hartarse, tomando un largo trago a continuación del mismo pitorro con el ansia de un ternero sin destetar.

—No merece la pena derrochar vino con un perro como tú, la noche va a ser larga —dijo carraspeando el anterior trago mal bajado, para después seguir bebiendo.

Se alegraba de haber descubierto ese detalle acerca de ese esclavo, un desliz de ese canario que si no en esa noche, más adelante le iba a reportar pingües ganancias. Habría demanda de intérpretes en navíos mercantes, seguro. «Cómo se lo tenía callado el hijo de perra, sabía francés el perro canario». Satisfecho de su reflexión, estimó que ya era suficiente para ese día, terminó todo el contenido de la bota de vino escurriéndola sobre su boca y apagó las velas, salvo una de ellas, la de un candil cercano a él, con la finalidad de permitirse algo de visión sobre el esclavo en esa pequeña barraca hasta la amanecida.

Transcurrida una eternidad, la campana anunciaba a maitines. Seguía oscuro, pese a ello sus ojos estaban bien adaptados a esa penumbra. Amuley escuchó al capataz removerse en el sitio a causa de ese toque. Este se introdujo a tientas en la boca un gran trozo de tocino y aprovechó para echar otro trago de la bota de vino, pero ya no había más, votó a Dios por ello y se dirigió a Amuley a continuación, mascullando con la boca reseca llena de tocino: —Te van a dejar en tierra, esclavo. No eras de mucho interés para ellos.

Cuando terminó de hablar, escupió la bola de grasa harto de mascarla con intención de acertar en la cabeza al canario, mas erró el cálculo.

—Come, perro...

El capataz, tras reír él solo su elocuencia canalla, se recostó en el jergón de paja disponiéndose a dormir de nuevo, aprovechando los efluvios de ese vino que aún mantenía en la sangre.

Amuley, atado de manos pero llevado por el instinto de supervivencia, se estiró para coger el trozo de carne, pero a pesar de ello desistió por orgullo. Resistiría las punzadas de dolor que el hambre producía en sus tripas con tal de no comerse ese despojo; de no mezclar en su cuerpo la saliva de ese, más cerdo que el animal de dónde provenía la carne. En esa maniobra se dio cuenta de que la argolla a la que estaba maniatado tenía cierta holgura en su unión a la viga donde andaba enclavada. Quedó pensativo durante largo rato, amparado en esa oscuridad que acrecentaba la huella de profundo rencor que ese capataz había dejado en él.

Clareaba el cielo y Le Verrier, desde el castillo de popa apoyado sobre la borda, miraba la ciudad de Sevilla, tan serena a esas horas tempranas, salpicada por el contraste de incipientes antorchas y lumbres por entre el puerto y las murallas. Por un instante, le vino a la memoria la madrugada en la que se encontraba embarcado frente a las sarracenas murallas de la ciudad africana de El Mehadieh, y se le encogieron las tripas.

Tomó algo de aliento de ese aire fresco venido de manos de la inminente mañana que se avecinaba, sacando ese insano pensamiento de la cabeza con prontitud, volviendo ese legajo por otro que le ocupaba mucho más en ese momento, lamentándose para sus adentros: «Lástima ese canario», se dijo, «hubiese facilitado mucho mi labor en las islas. Tenía algo... tenía el carisma de una astucia que parecía honesta. Cuán rápido hubiese aprendido sobre ese pueblo con su ayuda».

Los marineros comenzaban a despertar, arropados sobre las esteras extendidas en la cubierta del barco; algunos ya deambulaban desperezándose, mientras otros se despabilaban con el agua de un balde. Ya no era noche cerrada y la última guardia de cubierta había terminado con un tañer de campana hacía poco. El señor de Betancourt se encontraba durmiendo —interpretó Le Verrier—, escuchando sus característicos ronquidos viniendo de un reservado, velado e improvisado por su condición de noble al resguardo bajo la tolda. Con la esperanza de un último intento de negocio en su despertar, pensó en hacerlo, pero enseguida discurrió que no era buena idea. Le Courtois, hermético y parco en palabras, también merodeaba por la cubierta a esas horas, sin saludar a Le Verrier aun habiéndolo visto.

—Padre, buenos días, ¿quiere agua o alguna una manzana? —Le Verrier agachó la cabeza y reparó en un muchacho al que le sacaba casi tres palmos y otro tras él, más menudo, que le miraban fijamente.

—*Merci*, gracias, hijos míos —dijo el franciscano, tomándola de la mano de la criatura.

—¿Cómo llamas? —preguntó Le Verrier haciéndose entender en castellano.

—Yo me llamo Expósito Entero y ese es Medio Expósito —anotó, señalándose el pecho y a continuación, al otro chiquillo que los miraba con prudencia. El muchacho, así que le hubiesen abierto una puerta de atención poco común en ese barco lleno de hombres ásperos, comenzó a hablar descontroladamente: —No somos hermanos, pero al fin y al cabo como si lo fuéramos, ¿sabe, Padre? Venimos de la misma casa de Expósitos, un hospicio, ¿sabe?, y el capitán nos da cobijo hace tiempo y nosotros trabajamos para él, ¿sabe? Aquí se come mejor que en el orfanato, ¿sabe? A mí me llaman Expósito Entero por ser el mayor y este es Medio Expósito por ser el pequeño y estar a medio hacer, es sordo, ¿sabe?, no habla, ni escucha por las orejas, ¿sabe, Padre? Y vuestras mercedes, ¿por qué van a Cádiz? —finalizó con esa indiscreta pregunta el interminable parloteo.

Le Verrier, que increíblemente se había enterado de todo, le relató la empresa que iban a desempeñar en las lejanas islas Afortunadas, gesticulando con muecas graciosas y mímica a la vez a modo de cuento, para que se enterasen bien, sobre todo el niño sordo. Quedaron los dos chiquillos embelesados con aquella aventura hasta que se vieron interrumpidos por varios pitidos. Comenzaban las maniobras marineras para zarpar. Y todo estaba en marcha al instante, cada uno con su labor: tensaban escotas, revisaban obenques, adujaban cabos, terminaban de estibar la carga y un sinfín de pasos a seguir, procedimientos para poner a punto la nave. Al rato, en un mutismo de actividades, Le Verrier pudo escuchar el toque de laudes de la campana de un convento cercano y el silencio de Betancourt, que había dejado de roncar.

Ese mismo toque de laudes —resonando más claro—, despertó ligeramente al capataz de ese posterior y profundo sueño. Este entornó ligeramente una mirada enturbiada. Frente a sus ojos secos intuía ver algo en aquella oscuridad, con la minúscula llama del candil que estaba a punto de apagarse. Allí, tumbado boca arriba, distinguió algo moverse frente a él. Repentinamente esa sombra lo paralizó, el latido de su corazón se descompasó por un instante acelerándose vertiginoso, y el miedo le dilató las pupilas de tal manera que pudo ver los ojos de Amuley sobre los suyos a menos de un palmo. Lo miraba seguro, fratricida, en veraz ansia de justicia.

Intentó salir forcejeando, pero no consiguió zafarse de él: lo tenía inmovilizado. Amuley se dejaba sentir cómodo en crueldad, en esa acelerada respiración de su capataz de los que iban a ser sus últimos hálitos de vida. En macabro silencio, le mostró detenidamente el trozo de tocino poniéndoselo bien cerca de los ojos, perverso como nunca creía haber sido ser, con el fin de que distinguiese bien que era el mismo que le había escupido horas antes. Le propinó un contundente codazo en la boca del estómago que dejó sus pulmones colapsados sin poder tomar aliento. En ese momento, Amuley aprovechó para introducir hasta la garganta abriendo bien su boca con las dos las manos, el trozo de carne hasta donde más hondo pudo llegar. Amuley soltó al capataz, que se levantó frenéticamente desorientado, con las manos en el cuello, bloqueado, sin poder introducir ni exhalar aire. Se ahogaba. Se ahogaba con el mismo trozo de tocino que había escupido horas antes a los pies de ese esclavo canario. Amuley tenía prisa, la claridad ya se colaba entre las rendijas de las tablas desencajadas de la barraca: se estaba haciendo de día. Tiró al suelo al capataz de una zancadilla y aprovechó para inmovilizarlo pinzándolo con la fuerza de piernas y brazos, ejecutándole un movimiento de lucha de los mahoh, que se alegraba de recordar a la perfección en esa madrugada. No quería dejarle marcas de violencia por ninguna parte del cuerpo, y permitió que él mismo se ahogase con el gaznate obstruido, disfrutando de la visión de su muerte. Entre gemidos de cachorro y estertores, observó con satisfacción cómo ese infeliz se orinaba encima. Amuley, llevado por una justa y depravada acción de venganza, le susurró al oído: —Por un trozo de cerdo como tú vas a morir hoy, te lo has buscado, ¿quién es el perro ahora?

El cuerpo del capataz al cabo de unos instantes dejó de moverse y emitir sonidos. No respiraba. Su corazón no latía, lo comprobó un par de veces. El empeño de Amuley en matarlo no le había permitido caer en la cuenta del tiempo transcurrido; debía llegar al barco, contando con que no hubiese zarpado ya. Nervioso, logró quitarse los grilletes con la llave del capataz.

Amuley salió corriendo tan rápido como pudo, tropezando al salir de la barraca y cayendo por los suelos. Se incorporó nuevamente. Corría semejante a un animal salvaje. Desde los arrinconados tiempos en su tierra natal, no sentía esa sensación de libertad que le proporcionaba correr controlando su cuerpo a esa velocidad. Aún estaba fuerte, aún era capaz. Por unos momentos disfrutó, pese a lo ocurrido, hasta caer en la cuenta de los grilletes que quedaron junto al cuerpo del capataz. Esos grilletes eran la única prueba por la que podrían inculparle si alguien estaba al tanto de que pernoctó esa noche allí con él.

Paró en seco y miró hacia atrás. Desesperado, devolvió la mirada a los barcos atracados en la lejanía, en los que ya se observaba movimiento. «¿Me dará tiempo?». Alternó la mirada hacia a ambos lados nuevamente, dubitativo, hasta decidirse.

El capataz aún yacía en el mismo sitio cuando entró de nuevo: muerto, sobre un charco de orina y espumarajos blancos que le habían salido por todos los orificios de la cara. Aprovechó para borrar su propio rastro y poner sobre el cadáver la bota de vino vacía. De esa manera, aunque no embarcarse esa mañana, al capataz lo darían por muerto tras haberse ahogado borracho comiendo el trozo de tocino que aún seguía en ese asqueroso gaznate. Lo comprobó de una vez más con unos dedos que tuvo que secarse de babas aún atemperadas. Conociendo la avaricia de ese capataz, contaría con algo de suerte a su favor, posiblemente nadie sabría que Amuley pasó la noche en esa barraca; no lo relacionarían con él.

De nuevo y sin perder tiempo, salió en dirección al barco que le señalaron los normandos. Raudo como un rayo. Tras tirar los grilletes al río deshaciéndose así de pruebas que lo pudiesen incriminar, continuó galopando sin parar. En nada pasó por el mismo lugar donde dio la vuelta y siguió sin mirar atrás. Como reloj de arena terminando la cuenta, perseguía la noche en sus últimos restos yéndose por entre el cielo tal que si de una cuenta atrás se tratase. El sol saldría en instantes. Quizá ya no le diese tiempo. Debía darse más prisa. Aumentó la velocidad de la carrera hasta la extenuación, posiblemente fuese la última de su vida. Algún mendigo desperezándose vio pasar algo a toda velocidad sin lograr identificarlo, incluso varios gatos al paso se engrifaron de sopetón.

«Aún está el barco, sí…, parece aquel, por Magec que sea ese, ya veré para subir, ahora toca correr…, correr, Amuley… ¡corre, maldita sea!», presionándose así y exprimiendo todas las energías disponibles para ser más veloz que nunca. Entre decenas de palos y desde esa orilla, no acertaba a ver cuál era la nave en cuestión referida por el religioso francés, sin embargo, a lo lejos vio cómo una de ellas zarpaba siendo apartada del embarcadero por un bote de remos.

Le Verrier veía cómo pasaban una estacha desde esa vieja coca a un bote de remos, mientras Expósito Entero iba relatando la maniobra al fraile francés.

—Ahora ellos arrastran la nave hacia el centro del río, ¿sabe?, para ir rumbo al sur, aprovechando que baja la marea con la corriente del río. Y… desde la cubierta, los hombres sacarán los cuatro remos esos largos para ir empujando también contra la orilla, ¿sabe?

De pronto, el capitán de la coca, percatándose de que pudiesen estar molestando al fraile, propinó un seco y sonoro cogotazo a cada uno.

—¡No molestar más, carajo!, quitarse de aquí. ¡Tú!, Entero, echa las cañas a ver si sacamos algún esturión. ¡Tú!, Medio, mete un buen redoble a proa ya, me cago en la... —frenó en un soplo de cordura—, leche que mamasteis. —El capitán se pensó dos veces lo de cagarse en la Virgen, si bien ese hombre era francés y tal vez no lo entendiese, asimismo era un miembro de la Iglesia, siendo acertado encomendarse a Dios en condiciones y no votando así antes de iniciar una navegación—. Lleváoslos allí con los salvajes a donde vais, que es lo que son— advirtió ese capitán, volviendo a popa para continuar con las maniobras, mientras los dos chiquillos huían de otro capón correteando por la cubierta con las manos en la cabeza burlándose de él por la espalda.

Le Verrier sonrió quedándose solo, sin haberse enterado muy bien de la conversación en castellano, asomándose por la otra banda y oteando en el horizonte la silueta del arrabal de Triana, para ver cómo algunos rayos de sol ya comenzaban a centellear en las cruces de algún campanario; dedicó un último recuerdo a aquel esclavo canario de mirada cautivadora.

De pronto algo llamó su atención. Intentó escudriñarlo, pero había desaparecido entre mástiles y mercancías acumuladas en orillas y embarcaderos. Apretó unos ojos aún dormidos para humedecerlos y, al abrirlos una vez más, lo confirmó: a lo lejos alguien corría tan rápido como un galgo hacia ellos. No se lo creía, «pudiese ser él», afirmó sin dar crédito a lo que sus ojos eran testigos «*Virgo sancta, duos habet et bene pendentes*», musitó inconsciente siquiera de lo que decía, al ser lo primero que le brotó del alma por la boca en latín. Una frase papal de uso popular, con la que confirmaba el valor de lo que advertía, en una introspectiva modulación que quedó para él: —Virgen santa, le cuelgan bien colgados esos testículos... ¡es él!

—¡Señor!... —llamando la atención del capitán de la nave mercante al instante, que reparó en el fraile malhumorado por interrumpirle en la maniobra— ¡Aquel viene nosotros! —concluyó señalando a un individuo en tierra jadeando, que bien parecía un esclavo por su atuendo haraposo.

Amuley, que intentaba no caer al suelo desfallecido por el esfuerzo, veía con gran alivio cómo el padre francés paraba la maniobra tras haberle reconocido. Miró a poniente y oró como hacía tiempo: «A ti Achamán, creador del mundo; Chaxiraxi, Madre Naturaleza; gracias Achuguayo, dios de la Luna por tu *tizziri*, tu rayo que me ha iluminado y que me ha dado la luz en la oscuridad de esta noche». Y a levante, con sus manos en el pecho: «gracias Magec, que comienzas tu andadura por la gran bóveda del cielo, gracias».

Sin pensarlo más, aprovechó una de las estachas aún amarrada y trepó por ella hasta la cubierta como si de un gato se tratase.

El ofuscado capitán, desesperado por la desfachatez de aquellos franceses en el gobierno de su nave, indicó a los remeros que parasen hasta nueva orden.

Le Verrier se acercó raudo a Amuley, agarrándole fuertemente del brazo llevado por la tensión del momento, exigiéndole por su bien al oído y entre dientes: —Ni se te ocurra hablar en castellano, solo en francés—: Amuley asintió tambaleándose.

El capitán, desencajado, gritaba a viva voz pidiendo explicaciones por ese esclavo que de repente había aparecido allí sin que él tuviese conocimiento, amenazando con desembarcarlos a todos. Le Verrier y ese capitán se enzarzaron en una tensa discusión entremezclando las dos lenguas, hasta que una voz les interrumpió: —¡*Taisez-vous*!, ¡silencio!

Betancourt apareció impecablemente vestido, con aspecto de llevar varias horas despierto, pese a no ser así. Dio unas monedas al capitán «por el pasaje de mi esclavo», y pidió disculpas por no haber explicado correctamente que eran cuatro, y no tres, los pasajeros; un error de planificación en sus bultos. El capitán de la coca, un rudo marinero de Cádiz que hacía ese mismo trayecto desde hacía ya veinte años, indagó a Betancourt; aquello no le olía bien: —¿Este es de vuestra merced?

Amuley, tras escuchar esa pregunta del capitán entendió por qué ese Padre le indicó que solamente hablase en francés, y comenzó a hablar en esa lengua incontroladamente con Le Verrier delante del capitán. Betancourt, por su parte, contestó esa pregunta, aclarando: —¿Osa poner vos en duda mi palabra, capitán?, es de mí, todo *pegféc, ecouté vous, il parle bien français* —terminó de hacerse entender con el rudo gaditano, haciéndolo ver cómo era testigo de que el esclavo hablaba su misma lengua francesa con verdadera fluidez, algo inverosímil en esclavos de Sevilla.

Betancourt prosiguió con la parodia que habían comenzado improvisadamente, para engatusar a ese capitán; en perfecto francés de nuevo, mandó con vehemencia callar a Amuley mientras sacaba un legajo de entre los muchos que llevaba colgando consigo de un canuto de cuero encerado y, refiriéndose al capitán una vez más, exclamó: —¡Mire *vous*, aquí escrito *tout*!

El documento redactado en lengua franca no tenía nada que ver con lo que a esclavos se tratase, pero el capitán —sin saber leer apenas en castellano y mucho menos el francés—, hizo el paripé mirando ese escrito, intentando descifrar en él alguna palabra para no quedar como un ignorante. Acertando a decir para salir al paso: —Y, ¿por qué viene ahora y no antes?

Le Verrier miró a Betancourt y Betancourt miró a Le Verrier, sin respuesta. El señor, preocupado más en el triunfo de su expedición que en el bienestar de ese esclavo, fue lo más elocuente que su instinto dispuso haciéndose entender despacio y en castellano: —Ayer yo permiso a este para amancebarse y beber, y venir sin tensión. No gustar tener mi gente tensa.

El capitán escuchaba desconfiado al barón con los ojos bien abiertos. Sabía que los franceses eran muy modernos con los asuntos de sus sirvientes, además el esclavo apestaba a vino rancio y estaba sucio como él solo, por haberse quedado dormido seguramente en el suelo de alguna sucia taberna. ¿Y por qué iban a engañarlo con ese esclavo que se veía que venía de Francia?, reflexionaba rascándose la barbilla. «¡Qué diantre! han pagado el pasaje», se resolvió dándose media vuelta y marchando de allí sin más con las monedas.

—¡Vamos, cojones!, ¡remeros, a tensar de proa!, ¡ustedes! ¡amollar el largo de popa!; ¡timonel!, ¡centra la nave, ya!, ¡carajo, ya...! —gritando a la tripulación esas órdenes precisas para continuar con la maniobra.

La coca ya se movía por arrancada río abajo al ser arrastrada ligeramente por la corriente. Medio Expósito realizaba un sonoro y acompasado tamborileo a pie en la proa, mientras Entero vigilaba las cañas echadas desde la popa por si caía algún valioso esturión en los fondos fangosos. Los hombres que caminaban hacia delante y hacia atrás sobre la cubierta, manejando los cuatro largos remos que estabilizaban la nave, dejaron de hacerlo cuando largaron las velas justas por orden de ese capitán y esta comenzó a navegar por sí misma bajando por el río Guadalquivir.

Aunque proscrito en ese día —quedando fuera de ley su condición como esclavo—, no más que un fugitivo sin papeles, para Amuley la sensación de estar a flote viendo cómo se alejaba de Sevilla era la emoción más extraordinaria de liberación sentida en su vida. Disfrutaba reparando en Magec. «Buen presagio», se dijo, apareciendo por levante entre las fastuosas torres del Oro y de la Plata de aquella ciudad de la que guardaba amargos recuerdos. Su prisión durante doce largos años. Inspiró profundamente y dio gracias por esa señal que lo inflaba de ánimos al sentirse confiando en un incierto destino. Nada nuevo para él, nada diferente a lo sufrido, sin embargo, ese podría conllevar el sabor fresco de novedosas sensaciones: «¿La esperanza que perdí viene a mí nuevamente?». Guardó un instante íntimo, dedicando una oración por el alma que pudiese tener ese capataz; la tuviese o no, eso era cosa de dioses, y rehuyó de ese pensamiento. Lo nombró por el nombre en ese ruego: «Ramón». Había acabado con su vida esa mañana.

Pese a haber sido un guerrero altahay de los mahoh, nunca había matado a ningún hombre. No sentía remordimientos, si acaso orgullo de haber mantenido una frialdad metódica a la hora de llevar a cabo esa ejecución con los resultados esperados. Turbio, pero misterioso a la vez, era para lo que se preparó en Erbania, y esa mañana lo puso en extrema práctica, hasta las últimas consecuencias: «matar o morir», como tradición guerrera de su tierra, la de los mahoh. Ejecutado cuerpo a cuerpo, con valentía, sin engaños ni artimañas: lo mató con sus propias manos. «Que su espíritu parta en armonía por la eternidad, pues nadie se merece nada peor que el haber sido demonio en vida». Lacónico, deliberó que simplemente lo había ayudado a abrir las puertas del Infierno, lugar donde tarde o temprano iba a dar con sus huesos, ahorrando así más sufrimiento con su existencia.

Pasó el día hasta la caída del sol, observando las cercanas orillas del río inmerso en sus pensamientos y ensoñaciones, hasta que una conocida voz se los interrumpió.

—Aseaos y poneos esto —Le Verrier le entregaba algo de ropa para que se vistiese a la altura de un sirviente afrancesado: su nuevo papel—. Cuando hayáis terminado, os presentáis al señor.

Quedaba poca luz natural en el habitáculo donde pidió permiso para entrar Amuley, en el que apenas distinguía al señor llamado de Betancourt entre sacos, barriles y otras mercancías resguardadas del relente bajo la tolda de popa. Con su larga melena recogida en una cola, cubierto por una camisa blanca bajo un coleto de cuero sin mangas, a Betancourt le costó reconocerlo, había llegado a la nave hecho un harapiento y en ese momento tenía aspecto de hombre. El barón comenzó a hablarle en un francés de acento diferente al acostumbrado por Amuley con doña Caterina, pero que entendía en su mayoría: —Sentaos, canario.

Amuley lo hizo en un sencillo taburete gemelo al que estaba sentado Betancourt. Le Verrier y Le Courtois observaban, en pie y en silencio, cómo el señor miraba a Amuley inexpresivo, con los codos apoyados en las rodillas cosquilleándose la barbilla reflexivo, palpándose la incipiente barba sin rasurar. La situación parecía seria.

—¿Qué hicisteis para llegar hasta esta nave?, ¿cómo os librasteis del hijo de perra del capataz que teníais? —interrogó inquisitivamente.

—Tenía, mi señor —hizo una breve pausa—. El capataz que tenía —contestó impasible a sangre fría.

Betancourt clavó la mirada en Le Verrier con asombro: —Buena elección, Padre. —Aplaudió e incluso estuvo a punto de soltar una carcajada de regocijo, al imaginarse a ese majadero muerto, incluso él mismo habría disfrutado dejándolo tieso.

El clérigo franciscano quedó pasmado con Amuley.

—¡Virgen santísima! pero, ¿qué habéis hecho, salvaje? —exclamó devoto de sus mandamientos.

- 244 -

Amuley fue sincero y no dejó ningún detalle sin relatar. Honradamente llegó a ofrecerles que, si no aceptaban esa conducta se tiraría por la borda y se fugaría al reino de Granada o al de Portugal, con sus riesgos. Terminó así todo lo que tenía que decir y un largo silencio colmó el ambiente bajo los murmullos constantes de aquel barco.

—¿Qué hacemos contigo? Bien…, dejadme pensar qué hacemos contigo —dijo Betancourt tras escuchar esa historia a la que dio total veracidad, reflexionando para hilar todos los detalles que ese esclavo había relatado en contra. Quedó tranquilo y aliviado a la vez, tras escuchar cómo perspicaz —pese a ser un salvaje—, cayó en simular un ahogamiento partiendo de un asesinato. Audaz por su parte.

Le Verrier por su lado entendió —no compartió—, los motivos que llevaron al canario a cometer semejante pecado. Se le acercó e imponiendo las manos sobre su cabeza, recitó un condescendiente salmo, trascendente tan solo para él en ese momento: —Líbrame del enemigo, Señor; me refugio en ti. Enséñame a cumplir tu voluntad, pues tú eres mi Dios. Que tu espíritu, que es bueno, me guíe por tierra llana.

Betancourt seguía acariciándose el mentón observando a Amuley detenidamente. Ladeaba la cabeza estudiándolo, y al fin se irguió tras una palmada en sus rodillas.

—¡Sí!, ¡eso es…! ¡Padre!, vaya y pregunte por entre la tripulación, a ver quién sabe hacer grabados en piel.

Le Verrier, extrañado por lo inquietante y absurdo del encargo, asintió y se marchó a cumplir esa orden sin cuestionarla.

—Levantaos. —Amuley se puso en pie, Betancourt se acercó a su rostro y comenzó a interrogarlo con una saeta de preguntas incesantes, una tras otra, a ritmo rápido, para que no le diese tiempo a pensar sus respuestas. Quería comprobar de esa manera el manejo real que tenía en las diferentes lenguas que decía dominar.

—¿Sois de la isla de Lancerotte?

—No, mi señor, soy de Forteventura... Erbania —rebatió contrariado.

—Traduce «guerrero» a vuestra lengua —y Amuley contestó.

—Ahora esta frase al castellano: «Les saludo, soy guerrero de la isla Canaria de Forteventura». —Y lo hizo sin problema, sonando correcto.

—Y ahora en vuestra lengua canaria.

—*Ahul fel, altahay tigzirin tekanariyin Erbani,* disculpad —corrigió Amuley, en palabras extrañas para los presentes: —*ahul fel, altahay tigzirin tekanariyin* Forteventura.

—¿Conocéis Lanceloto? —negó este oscilando ligeramente su cabeza.

—¿En la suya hay fuentes o pozos de agua dulce?

—En el norte, que es mi reino, sí; y los conozco.

—¿Sabríais señalarme dónde? —Amuley asintió.

—¿Cuántos nativos hay allí?

—No lo sé, menos que cabras, miles.

—¿Hay rey en vuestra isla?

—Hace años, dos.

—Dos, ¿cómo que dos?

—Uno en el norte y otro en el sur.

Betancourt estaba sorprendiendo con esas determinantes respuestas, algunas no se las esperaba.

—¿Y soldados, tienen soldados?

Le Verrier entró al poco a través del toldo, lo acompañaba un marinero menudo de talla, con brazos y rostro tintados con diferentes dibujos o marcas, muchos de ellos tan desgastados que no se identificaban en ellos formas o motivos.

—Aquí hay uno que dice saber hacerlo, mi señor; es el barbero de la nave y graba en piel también a la tripulación.

Los dos Expósitos, el Entero y el Medio, aprovecharon esa entrada para colarse también en el oscuro habitáculo iluminado por unas cuantas velas afianzadas para navegar, escondiéndose sigilosamente tras unos barriles para que no revelar su presencia.

—Ya hablaremos más tarde de esto, canario: Ahora vamos a arreglar este desaguisado en el que nos habéis metido. Me la estoy jugando por vos, canario. Si esto sale bien, me habréis ahorrado tiempo y un buen puñado de maravedíes—. Advirtiendo de nuevo en voz baja: —Canario, no habléis en castellano u os tiro yo mismo por la borda. Cuando lleguemos a Cádiz ya veremos, por ahora solo francés.

Ese marinero que entró en el habitáculo no había entendido nada de lo que hablaban en esa lengua que no dominaba.

—Padre, preguntad a este elemento si sabría tintar en piel una flor de lis.

—Dice que sí, mi señor, que es fácil —contestó al encargo Le Verrier tras comentárselo al marinero.

—Sí, ya lo he escuchado —destacó el barón a Le Verrier, haciéndolo sentir estúpido.

El marinero describió el proceso al religioso: tardaría al menos una semana en cicatrizar del todo y que se estropearía con el tiempo, con el salitre y con el sol.

Betancourt indicó a Le Verrier el sitio donde tintar la flor, haciendo el tamaño con sus dedos.

—Decidle que comience ya, no hay tiempo que perder —ordenó Betancourt en francés.

Amuley comenzó a notar un tableteo seguido de pequeñas perforaciones en su piel. Confió en ese religioso con gesto de conformidad y no preguntó por lo que le estaban haciendo. «El que vive por un porqué, aguanta cualquier cómo», se repitió en la mente esa última frase castellana que le facilitaba el ánimo en momentos determinantes como ese.

En cuestión de minutos terminó. Notaba como su piel supuraba sangre en el sitio donde le habían tintado la flor de lis, ungiéndola con aceite oloroso.

Le Verrier nuevamente se encontraba en esas situaciones tan peculiares al lado de su señor, en las parecía ser el único que no se enteraba de lo que estaba sucediendo a su alrededor; pese a estar ya acostumbrado, no dejaban de incomodarlo.

Betancourt pensaba en voz alta para el franciscano y Le Courtois: —Contamos con dos días para llegar a Cádiz y otros dos o cuatro al menos para hacer el trámite del papeleo de este esclavo.

Le Verrier no entendía, observando con cierta rabia a Le Courtois, viendo cómo este asentía a esas informaciones que él no deducía, preguntándose si estaría comprendiendo a lo que se refería su señor, o si era tan adulador que objetaba sin molestarse siquiera en comprender, tal como le estaba pasando a él.

—¿Una semana para qué, mi señor? —preguntó Le Verrier con prudencia y humildad, para ahorrarse otro desplante del barón.

—No os estáis enterando, ¿cierto? Venga, Padre.

Betancourt rasgó un trozo de tela de un tirón y cubrió a modo de cinta la marca de la *ese* y el *clavo* de la frente de Amuley con ella.

—Poneos bizco, canario.

—¿Cómo dice, mi señor? —Amuley no entendía.

—¡Haceos el bisojo!, ¡así! —Y Betancourt se puso bizco delante de él para mostrárselo.

Amuley lo imitó. Le Verrier no daba crédito a lo que veía permaneciendo confundido. Lo mismo le sucedía a Le Courtois, que arrugaba la frente al ver esa ridícula escena. Medio Expósito no se pudo aguantar y soltó una carcajada sin controlar el volumen debido a su sordera, seguida de otra de Expósito Entero por contagio. Le Courtois advirtió su presencia y les arreó varias patadas sacándolos de allí por las orejas.

Ninguno entendía nada de lo que quería mostrar su señor, que bien parecía haber perdido el juicio.

—Mire, Padre, observadlo con detenimiento.

Le Verrier quedó mirando al esclavo canario frente a él, que mantenía aún los ojos bizcos.

—¿Le viene a vos algo a la cabeza al mirar a este hombre?, ¿a quién le recuerda? Miradlo detenidamente —extendió esa pregunta a Le Courtois.

De pronto Le Verrier cayó en la cuenta entendiéndolo todo: lo de ponerse bizco, la flor de lis y la cinta en la cabeza.

—¡Claro, mi señor!: ¡el esclavo que compró el hermano en Cádiz! —exclamó Le Verrier, sorprendido del parecido al otro canario que había comprado gracias a la gestión de fray Boutier en un taller de telas. Este tenía una flor de lis en el cuello como símbolo a la casa a la que pertenecía y era bizco.

—En efecto, Padre, ahí estará la clave para solucionar este asunto. Lo haremos pasar por él, por el otro esclavo.

—¿Le haréis pasar por el otro entonces, mi señor?

—No exactamente, Padre. Lo vamos a duplicar.

Amuley relajó los ojos quedando atento en el sitio.

—Pero, mi señor, entiendo que queráis hacer pasar a este por el otro, pero... ¿cómo certificareis eso?

Betancourt explicó las órdenes precisas al llegar a Cádiz: él iría a intentar convencer a ese piloto castellano con los maravedíes del rey de Castilla calientes en su faltriquera —a ese tal Juan—, para que o los acompañase o les vendiese los mapas que tenía en su poder. Ese esclavo, por otra parte, era una fuente de conocimientos nativos para aumentar la capacidad de triunfo de la expedición y, por consiguiente, correrían el riesgo legal al duplicarlo. Le Verrier acudiría a la Casa Consistorial de Cádiz con ese nuevo canario para obtener una copia del certificado de compra depositado allí mismo con el otro esclavo de Cádiz. Alegaría que ese documento estaba entre legajos sustraídos en ese viaje y que la cédula de su compra original se perdió en otro asalto de los muchos que había. Toda vacilación quedó despejada: aquello no era más que un asunto que se solucionaba —si no ponían pegas— pagando el impuesto real y un pellizco al escribiente.

Los dos Expósitos, dolidos en sus orejas de la brusca arrastrada de ese francés al echarlos de la tolda, bajaron a la bodega. Navegando en alta mar tras haber sorteado ya la barra de Sanlúcar de Barrameda, en esa noche no harían guardia: iban a descansar. Antes de colgar sus hamacas, ambos cumplieron con el ritual de todas las noches. Abrieron el cofre donde guardaban sus pocas pertenencias y tesoros obtenidos en sus navegaciones: botones raros, hebillas, plumas de animales extraños; todo un surtido de objetos que ellos veneraban y con los que desataban su imaginación confinada en un mundo cruel hacia ellos, atrapados en una vida de hombres rudos. Tan solo se tenían el uno al otro y ese apoyo mutuo les había salvado de alguna situación extraña o abuso por parte de algún desalmado. Se cuidaban mutuamente.

Sobre la tapa del cofre y como todas las noches, Medio Expósito colocó un pequeño saco del tamaño de su cabeza. No lo abrió del todo, tan solo lo suficiente para que esa figura iluminase sus rostros al reflejarse en el candil con el que se alumbraban. De esa manera comenzaron un particular e íntimo rezo.

De pronto, escucharon un ruido y taparon el saquito de arpillera con rapidez, guardándolo en el cofre de nuevo. Algunos marineros lo sabían, pero por suerte, a nadie de esa tripulación, muy dados al gusto por lo ajeno, les había dado por robar aquello. Daba mal augurio.

Expósito Entero cubrió los pies de Medio Expósito en la hamaca para que no se le enfriasen durmiendo y le dispensó un largo y dulce abrazo.

—Duerme algo, hermano —a lo que Medio Expósito contestó regalándole una cariñosa sonrisa.

XV
Cádiz-
La Inmensidad

Ciudad de Cádiz. Reino de Castilla. Días después.

Por entre la concentrada bruma se disimulaba el sol en aquella ciudad de luz. La noche anterior la lluvia se escuchó con la fuerza de un rugido. Betancourt observaba el entorno con otro talante. Pese a notarse avivado, respiraba tranquilo. El giro en los acontecimientos le había sosegado el mal carácter que arrastraba por razones de peso. Indagando entre los lugareños, supo que ese piloto con el que quería volver a encontrarse estaría vendiendo pescado en salazón en su puesto habitual de la plaza del Mercado, junto a la puerta principal de la Casa Consistorial a donde se dirigían a gestionar «el asunto». Por ese asunto y otro no menos importante para la empresa, el señor de Betancourt, el padre Le Verrier y el canario Amuley caminaban por los pavimentos resbaladizos de camino a aquella plaza.

Le Courtois fue enviado por el barón a liberar de la prisión de Cádiz —bajo orden lacrada del rey Enrique de Castilla—, al capitán Gadifer de La Salle e informarle, a su vez, de todas las novedades ocurridas en la ciudad de Sevilla, en la audiencia con dicho rey que los había indultado de los cargos; y en pos, acompañarlo a la nave retenida en el Puerto de Santa María por las autoridades, para que estas fuesen devolviendo su ancla y timón decomisados, y así retomar el mando de la tripulación, que quedó en funciones sobre el caballero normando Bertín de Benerval.

Betancourt y sus acompañantes aprovecharían esa mañana para hacer el asunto de la reproducción por «sustracción en obra», del documento de compra del otro esclavo: Alfonso, el que compró Boutier en Cádiz legalmente. La intención de dicha artimaña con esa copia no era más que para cubrir con ella a la persona del nuevo esclavo: Amuley. Esclavo al que llamarían también Alfonso, para no caer en confusión en dicha fusión de identidades. Después de realizar esos trámites más urgentes, estudió Betancourt, intentaría convencer a ese testarudo piloto gaditano, ya que lo más seguro se encontrase en el mismo lugar cercano a donde se dirigían.

Siguiendo sus planes, entraron en la plaza de camino al consistorio. De repente, se escuchó entre el gentío una armonía que le resulto familiar —venía de una flauta—, la dichosa flauta de aquel tipo, se dijo Betancourt que, sorteando lo que pudo a gentes y género, llegó hasta ella y, efectivamente, confirmó que era él, ese Juan, quien la estaba haciendo sonar. Luciendo la misma ropa y rostro desarrapados que la última ocasión que se vieron.

—Padre, vaya vos arreglando lo del documento con este —refiriéndose a Amuley—, que ahora entro yo cuando acabe con el otro.

Betancourt en esa ocasión no estaba dispuesto a andarse con remilgos ni tonterías con ese español y quedó en pie frente a él seco, seguro, hasta que Juan reparó en aquel francés.

—Reconocéis me vos, ¿no? —indagó el normando al gaditano.

A Le Verrier, extremadamente nervioso, le sudaban las manos y las axilas de una manera poco común en él, como el tembleque de sus extremidades. Presionado, no quería cometer ningún fallo cumpliendo escrupulosamente las indicaciones de su señor. Se jugaban mucho, tanto como un delito de encubrimiento de asesinato de un castellano, apropiación de bienes en forma de ese esclavo y falsedad documental en notarías del reino, lo que no era moco de pavo. Para que ese esclavo canario tuviese un legajo que lo legalizase, sería menester hacerlo todo ilegal, se intentaba convencer con eso, ante esa forma tan propia de cargo de conciencia. Se consideraba un hombre de buena fe en todos los sentidos y participar en esos asuntos, mentir en concreto, lo ponía muy nervioso. «Perdonadme, Señor», se repetía, «sabéis que es para fines cristianos», profesando con inseguridad que toda la gente con la que se cruzaba pareciesen mirarlo con la certeza de estar frente a un delincuente. Nada más lejos de la realidad, pues no eran más que sus miedos los que razonaban por él. Respiraba profundo para tranquilizarse, repitiéndose la frase anterior «para fines cristianos», sin provocarle efecto: continuaba transpirando sin control, casi goteando.

Era su turno, y el escribiente comenzó a indagar los datos para buscar el documento original depositado en el archivo:

—¿Nombre del dueño?

—Barón Jean IV de Betancourt.

—¡Rediez!, complicadito lo pone vos Padre. ¿Fecha de compra?... ¿Nombre del esclavo?

—*Amu*..., eh..., ¡Alfonso!, Alfonso, *oui*, uf, sí, así... sí, Al-fon-so. —Después de patinar en aquel desliz al nombrarlo como no debía, a Le Verrier le vinieron ganas de salir corriendo de allí; incluso un leve mareo le tupió ligeramente la razón percibiendo su alrededor de igual manera que en el interior de un túnel.

—¡Ajá!... —afirmaba el escribiente.

A Amuley aún le dolía el golpe que se había dado tras tropezar con uno de los escalones de la entrada a esa dependencia, no estaba acostumbrado a andar con los ojos bizcos. Aguardaba en pie junto a ellos constriñendo aún la visión, esperando terminar pronto fingiendo ser un trasojado, con esa ridícula tela en la frente cortándole la circulación para tapar la cicatriz que lo marcaba como esclavo. El clérigo francés se la apretó tanto —momentos antes, con el nervio—, que hasta le alteró la expresión del rostro: de una mirada seductora a una candorosa. Aun así, el religioso no cesaba de mirar inconscientemente aquella tela de reojo, aterrorizado por que se le cayese y terminase estropeando el plan establecido.

El escribiente continuó buscando el documento en cuestión, entre los estrechos pasillos que dejaban las estanterías de legajos entubados.

—¡Ea! Bien…bien. Aquí está.

Le Verrier se giraba perturbado echando un vistazo por donde entró, pero su señor de Betancourt no aparecía.

—Corríjame, Padre, —solicitó el escribiente, continuando en particular recital de tonos notariales aquella lectura oficial— de raza canaria, trasojado, tintura de flor de lis en pescuezo… —Le Verrier señaló el tatuaje volteando la cabeza de Amuley que, pese a ser reciente, habían tiznado con algo de hollín— moreno de cabello…en fin, bueno…, no parece que sea este, ¿no?

—¿Cómo no? —Aterrado por unos instantes, Le Verrier reparó en que el escribiente soltó esa chanza bromeando como buen español del sur, para divertirse con la reacción de un franciscano afrancesado, algo que jamás se le hubiese ocurrido hacer con un religioso español por las consecuencias.

—Es evidente que es este, diantres; indiscutible, Padre —hilvanó el escribiente—. Los gabachos tienen el humor en los pies —diciendo esto último entre dientes—. De acuerdo, Padre; su señor debe presentarse para rubricar el documento, si no, no se lleva la cédula, está a nombre su merced.

—Oh, *oui*, sí, aquí, *ici*, ahora entrar, sí. —Pero Betancourt seguía sin llegar y Le Verrier estaba al borde del desmayo. No se reconocía en esos interminables instantes de ansiedad, en los que no paraba de asomarse al pasillo con innecesaria impaciencia a ojos de aquel escribiente.

—¿Me recuerda vos? —sonsacó una vez más Betancourt al pescadero, supuesto piloto y flautista accidental.

Juan lo miró de arriba abajo apartándose la flauta de su boca; despacio, calculador, con manifiesto desdén.

—Me cago en el diablo... —Chasqueó la lengua rudo—. ¿Cómo no me iba yo a acordar de vuestra gabacha merced? —contestó venenoso— ¿Qué carajos deseáis ahora?, ¿una zapatilla, una lubinita, una corvinita, quizá? —Apuntó su género, el que tenía expuesto en cerones de mimbre, señalándolo flautita en mano a la vez que varias moscas del tamaño de uvas pasas salían espantadas por el movimiento del brazo.

El señor tragó incómodo, no más por el intenso olor de ese puesto, que por lo terco que era ese Juan y lo difícil que resultaba meterlo en cintura.

—Vengo por vos, Juan, quiero acompañéis en expedición de Afortunadas —propuso una vez más sin cejar en el empeño.

—¿Afortunadas?, afortunadas serían si no hubiesen conocido al canalla cristiano. Ya os dije que allí no vuelvo y menos aún para ayudar a que arruinen la existencia a esos. —Sin dar su brazo a torcer.

Betancourt puso rodilla en tierra junto a él, un gesto que, viniendo de un hidalgo, llamó la atención de Juan e incluso de varios de los transeúntes y tenderos de su alrededor.

—¡*Mon Dieu*!, —y forzó el poco castellano que iba aprendiendo en esos días— por mi honor doy palabra, vamos hacer aquello cristiana Castilla. Negocio con ellos, solo. Y yo ahora con vos: cinco mil maravedíes hoy y otros cinco mil de regreso.

Betancourt pudo ver cómo le cambiaba la cara al español. Era mucho dinero. Juan se controló provocándose en él los recuerdos de imágenes nefastas de aquellos asquerosos días en Lanzarote que tanto le turbaban y devolvió la mirada a Betancourt. A su alma le daba pereza tan solo pensarlo sin merecerle la pena. Apretó el hocico y negó taciturno levantando una ceja en silencio, mientras se volvía a poner la flauta en la boca.

—¡*Mon Dieu*!, ¡*merde*! —repetía el barón visiblemente enfadado al entrar en la Casa Consistorial, buscando a su párroco y confesor.

Al fin aparecía el barón como agua fresca, aportando algo de sosiego a Le Verrier.

—¡Mi señor!, falta vuestra rúbrica y queda todo listo. Marchemos ya, por el amor de Dios. Las ganas que tengo de irme… —susurró Le Verrier en confidencia.

Betancourt se identificó; no obstante, mientras se inclinaba sobre aquel mostrador de madera para aplicar en el documento su sello personal, el escribiente gaditano miró como extrañado a ese esclavo: le pareció que, en el tiempo de un parpadeo, ese canario no estaba bizco. Amuley —percatándose de la mirada de extrañeza de ese hombre—, rápidamente volvió a retomar el gesto de sus ojos en un comprometido carraspeo. Ese escribiente fue interrumpido por el noble francés al devolver el legajo firmado, instante en el que por suerte se le esfumó aquel suspicaz pensamiento.

Betancourt, Le Verrier y Amuley salieron por el pasillo, sonando entonces un golpe seco: Amuley se había golpeado nuevamente. En esa ocasión contra el quicio de la puerta. Le Verrier, apurado, le agarró del brazo para salir cuanto antes y el escribiente, a carcajadas acertó a decir: —¡Yo ese esclavo, ni regalado!— al ver la delgadez y aparente torpeza de Amuley.

Le Verrier suspiraba con los ojos cerrados aliviado por estar saliendo al fin de allí. Con todo, una vez más, lo sobresaltó un grito de boca de ese escribiente.

—¡Alto!, ¡esperen!

Se le iba a salir el corazón del pecho, notaba sus latidos incluso en la cabeza y se volvió preso de sus miedos junto con su señor.

Ese escribiente, con un legajo en la mano, miraba impávido a Betancourt. Aliviado, Le Verrier cayó en la cuenta de haberse olvidado el dichoso legajo sobre el mostrador llevado por sus tensiones. Pero al ir a cogerlo, el escribiente retiró su brazo.

—¿En vuestra tierra estas gestiones las hacen de balde, por la gracia de Dios, o las salda el rey francés?, porque aquí en Castilla son cuestiones de tributo, ¿me entiende?

De la misma manera se les había olvidado costear la gestión. Ante aquellos sarcasmos castellanos Le Verrier quedó indefenso, no entendía; sin embargo, Betancourt sí y claramente.

—Padre, solo quiere que se le abone la gestión, tranquilo. Dele también una propina por su considerada atención con nosotros; y ¡dese prisa, diablos!, ¡que no se me escape el terco que está ahí fuera!

Le Verrier se palpó la faltriquera sacando un real del interior de esta. —¿Está bien? —preguntó esto último al escribiente, que afirmó sorprendido sin abrir la boca, por si acaso ese francés bajaba la cifra.

Ya estaba, el plan seguía su curso.

Betancourt, creyéndose con gran fuerza de convicción, tras bajar los escalones de la Casa Consistorial que daban a la plaza, se encaró por segunda vez brazos en jarras delante de aquel testarudo español. Este ladeó su perfil y dedicó una mirada en desaire contra el alarde de chulería del «gabacho», actuando hasta ver a dónde estaba dispuesto a llegar. Betancourt comenzó a interrogarlo tenazmente para retarlo, en un cambio de estrategia que iría por donde le dolería a una persona orgullosa como él mismo. Un vicio —el orgullo—, del que disponía en abundancia, pero que quedaba en segundo plano para él respecto al dinero, todo lo contrario que para ese «terco pescadero maloliente» que aún no tenía precio.

—Vos no tenéis mapas de islas. Vos darse importancia y solo sucio pescadero.

Juan asintió paciente, volviéndole la mirada tras repasarlo por entero antes.

—Ni sabe dónde están en un mapa. ¡Ja!, ¿piloto…? —pronunciada esa última palabra con tal menosprecio, que aguijoneó duramente el orgullo de Juan—, vos ni sabe dónde está el norte.

Juan volvió a asentir con ceremonia en cierta dificultad para no irse encendiendo en ello.

—Es vos embustero… farsante, un comediante.

Betancourt era buen manipulador curtido en la corte francesa, y aquellas duras acusaciones penetraron en los poros de Juan llegando a tocar su fibra del todo.

—¡Me cago en todos tus muertos, gabacho!, ¡por mi Virgen del Carmen que todo lo que dicen de mi es incuestionable!, ¡no toquéis los cojones!, ¡porque os juro que mañana me ahorcan de los entresijos que hago con vuestras entrañas!—. Y se levantó tan atormentado del sitio como el niño que llevaba dentro sin curar.

—Jean de Betancourt jura por Virgen Carmen, que dispone de mi nave. Vos pilotar allí y si *bien tout*, palabra honor, esa nave de vos al regreso.

Juan encajó con estupor tan increíble y único ofrecimiento que se daba una vez o ninguna en la vida. No solo en la suya, si no en la de cualquier marino. Un susurro de su casi extinguido entusiasmo por la vida, frenó en seco sus reticencias. Significaba poseer su propia nave, «suya», si terminaba aquella empresa satisfactoriamente, para navegar después en total libertad sin tener que depender de nadie.

Juan reflexionaba y Betancourt notó que había hecho mella. En el transcurso de ese silencio también percibió el gesto de Le Verrier, que con asombro miraba al suelo negando con el gesto sobre lo que no sabía ese rudo marino castellano: que la carabela *Sans Nom* —la que les quedaba tras el motín sucedido días atrás—, era propiedad del capitán de la expedición, del caballero Gadifer de La Salle, y no del barón. Que la del barón se la llevaron los amotinados con ellos. A saber cómo apañaría su señor este trato en un futuro, si ese Juan aceptaba la desorbitada oferta que le estaba ofreciendo en ese instante; o, por otra parte, cómo reaccionaría ese español si se enterase de esa información durante la expedición. Quizá su señor hubiese parlamentado eso con el capitán Gadifer, pero todo había ocurrido tan rápido en esos días que no pudieron coincidir desde que lo hicieron prisionero en el penal de Cádiz. Quizá Betancourt tuviese informaciones que él no sabía, quizá Le Courtois llevaba las informaciones de ese trato consigo para poner al tanto al capitán cuando se encontrase con él en ese día. Demasiados *quizás* para no haber puesto un pie en esas islas aún: «Protegednos, Señor, de este hombre y sus locuras, que nos queda mucho trecho por delante», dispuso en ese santiamén como nota de preludio al relato que podría resultar de aquella expedición, que ya resultaba más que rocambolesca.

En ese momento de la singladura, ya en ese reino extranjero de Castilla, repasaba las que no eran pocas vicisitudes sin tan siquiera haberla comenzado: media Europa navegada por la costa del mar Océano entre conatos de naufragios, abordajes españoles e ingleses, de acusaciones falsas y otras merecidas de pillajes, de motines y deserciones de la mayor parte de la tripulación, de audiencias reales, de peligrosos caminos y ciudades como Sevilla, cautivos en Cádiz primero e indultados en pos; a fin de cuentas, sin haber empezado aún a llevar a cabo los motivos que los habían llevado hasta allí. Los de él, en concreto: evangelizar salvajes canarios, algo que cada vez veía más espinoso de llevar a cabo en aquella carrera de tiras y aflojas en suertes extrañas.

Betancourt mantenía aún los brazos en jarras considerando el silencio de ese castellano como forma de dar respuesta positiva a su desmedida oferta. No obstante, el tiempo pasaba y no respondía. Los pies del barón comenzaron a palpitar en el suelo, en el mismo compás de espera que los de su ánimo en el pecho y, en un arrebato de orgullo no pudo contenerse más.

—¡Padre!, ¡al inferno!... ¡vayámonos! —expresó en castellano.

En ese instante Juan se levantó de súbito sin hacerse esperar más, en una respuesta que hubiese preferido sopesar con digestión. Con todo, sus vísceras se adelantaron a su corazón, aliviando así la tensión de aquella cuerda que le habían echado.

—¡Aquí no está todo el pescado vendido! ¿De qué nave se trata? ¿En qué condiciones se halla?

Betancourt, que había dado media vuelta, paró en seco sin haber entendido dicha metáfora en castellano, pero sí las dos preguntas que la seguían.

—¡Es *mon* nave y con eso os basta! —le contestó.

Juan se amorró con aquella respuesta inesperada, pero su chulería lo atrajo al reto de descubrirla por él mismo. Fuera como fuese, sería suya, según prometía ese normando. Remachó entonces su callada afirmación, rubricando con la mímica de sus manos forzadas y lentas, simulando la firma de un documento.

—Lo que vos decís, por escrito, mi señor. Por escri-to. —Juan se refirió a Betancourt como «mi señor» conscientemente por primera vez, sintiendo ese matiz el barón de la misma forma que un bálsamo para su orgullo—. Demasiadas fullerías llevo yo ya a mis espaldas, me cago en el diablo —terminó apostillando el rudo castellano.

Betancourt sancionó satisfecho apretando los labios, contenido de una emoción insana de triunfo: —Me alegro —refutó indicando con su brazo la entrada a la Casa Consistorial de donde venían de tramitar el documento de Amuley—. Bien... venid vos, Juan, escribiente de notario ahí dentro.

Le Verrier abrió los ojos como platos, estremecidas las madres de sus tripas, sin saber con certeza si la razón de esa desagradable sensación era la insensatez del trato que iban a firmar o el verse delante de aquel empleado nuevamente. «El escribiente», se proyectó con cierta angustia.

—Mi señor, no hace falta que entremos, ¿cierto? —examinó titubeando, refiriéndose a Amuley y a él. Pregunta que Betancourt obvió en su euforia.

El cielo se oscureció aún más casi al final de aquella mañana, llenándose de nubes negras que traían los vientos del norte. Comenzaba a caer una leve llovizna sobre las blancas azoteas de Cádiz y sus ropajes, camino hacia el muelle de donde salía la pequeña embarcación que los cruzaría al Puerto de Santa María. Juan el Isleño y Jean de Betancourt iban con sus legajos correspondientes bajo el brazo, habiendo procurado el barón unas monedas más por ese pequeño trabajo extra a ese escribiente en la redacción de aquel contrato. Los cuatro caminaban mojándose, mudos, atendiendo sus propios pensamientos pero sin quitar ojo a las conductas particulares de cada uno de ellos, sin llegar a mirarse.

Betancourt avanzaba satisfecho, aparentemente relajado. Le estaba saliendo todo demasiado bien pese a las dramáticas circunstancias iniciales que se habían sucedido durante ese viaje. Sonreía con la satisfacción de considerarse un buen gestor, con la certeza de que todo sucedía como él definía. En esa extraña mañana plomiza para Cádiz contaba con dos puntales en conocimientos, determinantes para la expedición: ese esclavo, que desde ese día se llamaba Alfonso, y ese piloto gaditano, que pese a ser un mendrugo difícil de digerir, su veteranía lo saldaba. Prefería no dar cabida al asunto de cómo solucionaría lo de entregarle la nave, ya lo vería a su debido momento. Estando por escrito o no, si la empresa triunfaba aquello le suponía un mal menor. Lo principal para el barón en ese momento era su éxito y, para conseguirlo, debían zarpar lo antes posible.

Le Verrier, en ese caminar, cavilaba profundas palabras que le vinieron a un pensamiento reflexivo en la búsqueda de sentido; tal vez sin la oportunidad de meditarlas en algún templo, pues zarpaban con prontitud a esas islas salvajes que lo estremecían. No se quedaría con la necesidad de hacerlo, ya que una célebre frase lo sumergiría en ese momento en un debate interno: «Tened por sumo gozo, hermanos míos, cuando tengáis que enfrentaos con diversas pruebas», confirmándose en el registro mental, que provenían del Apóstol Santiago. ¿Su admirado predicador habría tratado con alguien como su señor, en alguna ocasión, para poder afirmar aquello tan categórico? ¿Estaría él persiguiendo el sueño de un loco? Tenía claro que, el que se despertaba bajo la influencia de un sueño, este mismo lo proveía de las necesarias fuerzas para levantarse, tropiezo tras tropiezo, en pos de él. Que este podía dar el sentido a la existencia de uno en este mundo creado por Dios, aparte de Dios mismo. ¿Había orgullo en ello?, ¿honor, tal vez? o simplemente dignidad en ese individual juego de voluntades. Cumplirlo llenaba de satisfacción, en esos términos que describía el apóstol. ¿Sería la búsqueda de aquella dicha, de aquella satisfacción, la que empujaba hacia delante con locuras similares a las de su señor en esa expedición? Locuras en su discernimiento, cierto, pero no para el barón. Sintió el pesó en ese instante de la historia de su vida como hombre dedicado a la fe, cargada de trozos de sueños rotos que otros pudieron cumplir: esposa, hijos, una familia, un hogar. Eran esos... ¿sueños o fantasías? «Las fantasías», reflexionaba: ¿eran tal vez sueños sin vida nacidos muertos por la enfermedad de la insatisfacción? ¿Era su insatisfacción la que lo hablaba en ese soplo?, ¿su sensatez?, ¿o el corazón? ¿Había tenido demasiadas fantasías en su vida entonces?, ¿ningún sueño sensato? ¿Era acaso esa expedición, una misma fantasía que unía las voluntades de su señor y las suyas, o un sueño plausible de realizar para el barón, y tan solo una fantasía evangélica para un religioso como él? ¿De qué dependía? Para los amotinados no lo fue, por esa razón los traicionaron, no creyeron en lograr lo que otros sí veían posible. ¿Los traicionaron o se traicionaron a ellos mismos al abandonar? ¿De qué dependía entonces?: ¿del peso de la voluntad? ¿Cuál era el secreto?: ¿la fe?, ¿la vergüenza del abandono?, ¿el pundonor?, ¿medirse el valor? ¿comparárselo con el de otros quizá?, ¿la disciplina? ¿Obtenerlo merecía perseguir miserias y la posible pérdida de la vida en ello?, ¿tal y como se la jugaban y más que se la iban a jugar?

«Era el propósito, en el propósito»: dilucidó casi místico, atribuyéndolo a una revelación. «En el propósito»: en ello estaba el ánimo, los medios, el fondo y el objetivo a conseguir. Una línea de tiempo de constancia y trabajo, que quizá no terminaba con el objetivo en sí mismo, si no que permanecería adquirida en uno ya para siempre en ese y en los siguientes. Pues ya fuera el caso de obtener o no ese objetivo, ¿sería esa experiencia vital en el propósito a su vez, el mayor de los propósitos en ese objetivo? Si fuera ese el caso, el propósito residiría como un don adquirido. «El propósito, ¡sí! ¡Señor, por eso me habéis brindado esas palabras del apóstol!, ¡agradecido a vuestra divina providencia!», remachándolas de nuevo: *«con sumo gozo…cuando tengáis que enfrentaos con diversas pruebas.* Es ese gozo, ¡vuestro gozo!, el gozo del esfuerzo en el propósito. ¡Ese es realmente el propósito para nosotros tus hijos, Señor!», santiguándose insondable tras proveerse el mismo de aquella sentencia, con una sonrisa orgullosa en el rostro.

Juan, por su lado, aun sin haber visto físicamente la nave en cuestión por la que cambió su parecer, no era capaz de comprenderse en aquel insólito cambio de opinión de última hora; algo extraño le había empujado a decidirse. No sabía aún por qué, pero tenía la intuición de que había tomado la decisión correcta. No confiaba del todo en que ese normando estuviese siendo franco con él sobre sus intenciones, mas algo lo empujaba a dejarse confiar en ello extrañamente. Un análogo pensamiento al de Le Verrier, sobre el sentido que daban los sueños a las vidas de los hombres le germinó, como si entre ambos se hubiesen contagiado del mismo susurro en el alma. Cumpliría ese sueño en semanas, siendo capitán y propietario de su propia nave, a una edad en la que aún tenía mucho que bregar en la mar. Abandonando allí el pescado en los cestos, por primera vez resurgía de ellos como algo que ya no fuese con él. Extrañamente, a la vez se distanció de ellos abandonándolos tan malolientes, de la misma forma que a esa etapa de su vida de la que tomaba el valor de salir enfrentándose a él mismo. Servirían al menos para alimentar a los pordioseros de la plaza, se sonrió. Su burro, que al igual que a él, nadie reclamaría, se lo quedarían los de la cuadra, «ese no muere de hambre», especuló en un exabrupto de satisfecha certeza que nadie apreció. Se marchaba de allí sin mirar atrás, hacia el otro lado de la bahía, en pos de alcanzar las lejanas partes del Mediodía al otro lado del mundo conocido; presto de un insólito aire en la mirada tras años sin reflejar, que podría llegar a llamarse ilusión en él.

Amuley, inescrutable como siempre, se resumía en una eventual satisfacción: lo habían legalizado. Tenían un documento legal que lo amparaba. Deshonestas, pero legales las formas de obtenerlo; sin embargo, esos eran detalles sin importancia para él. Dejaba esa mañana en aquella ciudad costera castellana y muy atrás, las amarguras vividas en Sevilla. Una larga etapa de su vida tan azarosa, que le resultaba complicada de recoger entera para poderla trasmitir a cualquiera que se interesase por saber de ella. Ahora se llamaba Alfonso y pertenecía a un señor francés llamado Jean IV de Betancourt, a quien seguiría hasta su tierra natal, la de los mahoh, a su isla de Erbania, y allí ya vería. «Los dioses guiarán mi camino, confío que sea así», se dijo.

Llovía con más intensidad cuando llegaron al embarcadero. Merodeando a diestro y siniestro, varios chiquillos ociosos y pedigüeños andaban por allí pululando en la escollera. Dos de ellos se acercaron al heterogéneo grupo de Betancourt con más decisión que los otros; portaban un pequeño baúl, un saco de arpillera, un ruinoso tambor y una herrumbrosa trompa con ellos.

—¡Señor!, ¿os acordáis de nosotros?, la coca de Sevilla, ¿sabe?

Betancourt pasó de largo empujándolos a un lado como a todos los demás, pero Le Verrier los reconoció.

—¡*Mes amis*! Expósitos, ¡ho-ho-ho!

—¡Padre!, ¡vamos a luchar contra los salvajes con vos! —resumió en una frase Expósito Entero, alzando la mirada a la altura de la del religioso, despejando cualquier duda sobre de sus intenciones.

Amuley se sonrió indulgente, al escuchar lo que había dicho ese niño castellano sobre los de su raza.

—Podemos pagarnos el pasaje y trabajar tan duro como hombres, ¿sabe? —se vendió de esa manera levantando el pequeño saco que llevaba en la mano, dándose palmadas en el pecho con la otra.

—¿*Ouais*? ¿Y qué lleváis para costear? —Le Verrier, algo retrasado respecto de los demás que continuaron, quiso darles su ocasión, sonriéndoles.

Betancourt oteaba la posición de la chalupa que los cruzaría al otro lado de la bahía, impaciente por aquella lluvia que no cesaba. En ese impás, Expósito Entero, para contestar a la pregunta del fraile Le Verrier sin hablarlo sino demostrarlo, depositó el pequeño saco sobre un pilar de madera que sobresalía del lodazal que había dejado la marea baja y, sin pretenderlo, inocentemente compuso un momento sublime digno de recordar al descubrir su contenido delicadamente. Ante todos se mostraba la frágil y pulcra figura de una inmaculada Virgen en un alabastro amarfilado con Jesús sobre sus rodillas. Esa imagen, que misteriosamente y por circunstancias de la vida terminó cayendo en manos de esos dos jóvenes grumetes, tenía algo especial y llegaba en un momento más que personal para Le Verrier; tanto que lo llevó a postrarse de rodillas ante ella.

—¡*Ave María!, gratia plena, Dominus tecum, benedicta tu in mulieribus, et benedictus fructus ventris tui Iesus. Sancta Maria...*

Al disponerse a rezar en voz alta, varios de los presentes se vieron obligados a arrodillarse por usanza, algunos por devoción, respeto; otros por ahorrase mal fario y un puñado por guardar apariencia cristiana hasta terminar aquella oración en un *santi,* seguido de un *amén,* en eco general como de costumbre.

Le Verrier se incorporó cerrando el pequeño saco y dirigiéndose a su señor que no había perdido detalle de todo lo sucedido, proveyendo firme: —Esto es señal divina, mi señor. Venida de manos de dos criaturas de Dios. Os ruego deis permiso a estos dos ángeles huérfanos que se han cruzado en nuestro camino, para que vengan con nos. —Betancourt lo miró, no más preocupado de volver cuanto antes a retomar el mando de la expedición, que sorprendido de la propuesta. Su párroco matizó a continuación—: Nos faltan hombres y podrían sernos de utilidad, quién sabe si como pajes, grumetes o mochileros de la tropa..., vos diréis. Esta

Virgen nos protegerá en el viaje, si todo nos guarda buenaventura, erigiré el primero de los templos en aquellas ínsulas para su contemplación.

Ilustración extraída de la obra *Le Canarien* (Siglo XV)

Al alba de ese día, Juan observaba la nave con orgullo entrecerrando los ojos desde aquel embarcadero del Puerto de Santa María. Repasaba pros y contras de la que, en un futuro próximo, sería de su propiedad, para esa singladura en abiertas e infinitas aguas de la peligrosa mar Océano, y otras vicisitudes marineras más que inconscientemente quedaban para experimentar su pericia marinera sin nombrárselas en ese instante: «Buena manga tienes, querida *Sans Nom*. Con pequeña torre de proa: buena si hay abordaje o combate en la mar. Ancho castillo en popa que te sobresale de la borda aportándote categoría, querida. Bajo tu toldilla, una cómoda cámara en la cubierta principal. Tus entrañas por completo en única bodega a todo lo que te da la quilla, sobrequilla y el arranque de las cuadernas. Bien entrada en carnes, pero prieta, así me gustan. Tan solo los dos escobones de proa como aberturas a través del casco; ese de estribor, es el del ancla, se te puede llegar a alternar con el de babor en caso de necesitarse, ¿eh?, nos vamos conociendo, querida. Tu ancla se sujeta en recogida plano por ese cable, bien: parece firme, sin despeluchar. Un solo mástil con su carajo de observación, suficiente. De arboladura en vela redonda de tres bolsas, con eso me aguantas bien. Bella te han puesto para zarpar, a ver si te aguantan los vientos alisios esos gallardetes y besantes de armas hidalgas en proa y mástil, que solo ellos entienden, salvo la de mi Virgencita con la que, a Dios gracias, te han glorificado, pues los veo poco afianzados. Los estandartes rígidos de la popa parecen bien sujetos, lo mismo las adargas y escudos empavesándote la borda del castillo, sí… estás bonita.»

El sonido en ondear de banderolas rompía en latigazos sin compás el silencio de todos aquellos hombres embarcados menos Juan, que terminaba de pasar revista concienzudo a la obra muerta de la nave en esa banda, en ese último minuto antes de embarcar a través de la escala que retiraban al instante de tocar con sus dos pies descalzos en la cubierta principal. Firmes, varios hombres de guerra se descubrían de sombreros de ala, bonetes, bacinetes y capacetes, arrodillándose a continuación toda la tripulación al completo: arqueros, marineros, gavieros, mujeres, frailes, esclavos, etc., pues se celebraba una solemne plegaria en la cubierta de la carabela *Sans Nom*, frente a la blanquecina Virgen recién incorporada a esa incierta singladura que les quedaba por delante, figura que había pasado de esos Expósitos a estar bajo custodia de los dos frailes normandos desde su aparición.

Los primeros rayos de un sol esperanzador despuntaban intensamente amarillos sobre sus rostros arrodillados hasta que, Le Verrier, en un sentido *santiamén,* dio final a esa importante oración previa a lo que les vendría de próximo a todos ellos. Una aventura en la que necesitarían mucho más que fe para mitigar todos los temores que reflejaban sus rostros en esa ineludible partida. Bajo aquel espectro de luz en un horizonte de agua, semejante a un extenso campo de trigo mecido por el viento sobre fondo gris, la *Sans Nom* zarpaba solemne.

Expósito Entero hacía sonar toques de trompa, acompasados por un redoble de Medio Expósito desde la popa, desplazándose la nave con lentitud por la bocana del río Guadalete para salir a la bahía de Cádiz, bajo las intensas órdenes del piloto Juan de Dios Navarro. Juan sabía —por experiencia en innumerables navegaciones en la mar—, manejar las maniobras marineras en diferentes lenguas. «Hará buen día. Contaré con ligeros vientos del noreste», consumando así su barrunto para esa jornada de navegación y al corriente del tiempo que haría bajo profunda experiencia. Henchido, de igual manera que las que ya consideraba «sus velas», se veía dueño de esa carabela y tan seguro en su dominio como de ejecutar una travesía impecable con la ayuda de Dios, Neptuno, la providencia y los agüeros, relevantes asuntos que tenían la misma importancia que cualquiera otros, o más, a la hora de echarse a la mar, en los que profesaba profunda y extrañamente, como religión propia de marinos.

Crujían cuadernas, mástiles, jarcias y aparejos en la digna y fiable *Sans Nom* cargada de armas, pipas de vino, sacos de harina, gallinas, cerdos y otras muy diversas provisiones con fondos del rey de las castillas. Nave generosa en su navegación que, aproada al viento a medio trapo, tomaba rumbo al sur de la inmensidad de la mar Océano, con la bendición de una bula papal, beneplácito real de Enrique III y sus regios maravedíes. Asimismo, contaba con piloto experto como el que más, y tres esclavos de lenguas de aquellas islas: la llamada en la fe correcta como Isabel, comprada en La Rochelle; Alfonso, trasojado natural de la isla de Lanzarote, comprado en Cádiz y el nuevo Alfonso —Amuley—, natural de la de Forteventura. Estos dos últimos permanecían ahora unidos por el mismo nombre cristiano y una pequeña flor de lis tatuada en el cuello cada uno. Además, contaban con dos capellanes, un capitán para la guarnición, dos pequeños pajes castellanos y una dotación de más de ochenta almas entre caballeros y tripulantes soldados, con un puñado de esposas de algunos de ellos, que valientes se aventuraron.

Betancourt disfrutaba sintiendo cómo las olas rompían por la amura de estribor, meciéndolo en esa cámara bajo la tolda. Se sentía eufórico de ver que al fin partían para lo que sería una singladura única hasta el momento, un hito que le incluiría en los anales de la historia. Su fama no la obtendría como descubridor, pero sí como conquistador: conquistador de las islas Afortunadas, las de Canaria, para la Corona de Castilla y León. Objetos y candeleros colgados se balanceaban alrededor de él de un lado a otro tintineando al compás del mar, mientras sonreía repasando los detallados mapas que ese piloto trajo como único equipaje, desde la Isla de León, donde dejó todo y nada al embarcarse. Frente a él, el mapa de Fuerteventura, desplegado ante la atenta mirada de Amuley y los caballeros Gadifer, su hijo bastardo Haníbal, Bertín de Benerval y Le Courtois.

Alfonso —el otro esclavo varón trasojado—, esperaba en cubierta el turno para informar sobre la suya natal: la de Lanzarote. Entretanto, en espontáneas maneras, intercambiaba algunas palabras que conocía en francés con el fraile Pierre Boutier; excesivamente confidentes ambos para lo poco que se conocían. Entre ellos parecía estar germinando un trato más allá de la mera curiosidad del uno por el otro. Alfonso, pese a ser bizco, era bello y estilizado en su figura a diferencia de Boutier. Un esclavo de modales demasiado amanerados para ser varón, pero sin excesos para tacharlo de «invertido» de cara a la tripulación. Gestos disimulados como adornos en su obrar, quién sabe si por el anterior oficio en un taller de telas y costuras de Cádiz; sobreactuaciones que de seguro irían desapareciendo en contacto con aquella ruda tripulación normanda. A lo esclavos les solía pasar eso, pensaba Le Verrier: adquirían el carácter propio de casa de donde procedían.

Nadie reparaba en ellos, conversaban relajados dejándose llevar por ese momento en el que se alejaban de la ciudad de Cádiz y la mayoría participaba en la maniobra. Se interesaban por detalles de sus vidas queriendo saber más el uno del otro, entre sonrisas y miradas atrevidas. Boutier, inconscientemente, se acercó demasiado a ese esclavo atusándole la camisola con naturalidad; algo que Alfonso, turbado en esa ternura espontanea del fraile con él, contestó con miraba agradecida. Al ser consciente de aquel atrevimiento por su parte, Boutier bajó con avidez los brazos del cuello del esclavo; ese gesto le podría suponer canallescas invenciones entre esa tripulación. Perturbado por si alguien osase juzgarlo, se cercioró de posibles testigos alrededor, disimulado una vertiginosa mirada sin enfoque que se cruzó con la de Le Verrier, quien apartó la vista sin la necesaria rapidez para que el *hermano* no se diese cuenta de que lo había visto perpetrando una escena que entrañaba cierto peligro para él, en ese comprometido detalle anormal entre hombres. Aquel comportamiento inusual lo dejó contrariado. Si eso era lo que le había parecido ser y volvía a suceder, hablaría con Boutier para advertirle de que anduviese con cuidado con sus conductas. Le Verrier no tenía nada en contra de los que mostraban esos gustos diferentes mientras fueran buenos cristianos, pero ser sodomita estaba considerado un delito grave contra la moralidad y existían leyes que lo castigaban con mucha severidad. Debía tener en cuenta que, en esa expedición, quien aplicaba la ley era su señor y los sodomitas no le agradaban lo más mínimo.

—Padre… —una sensual voz de un inesperado encuentro lo sacó de esos pensamientos piadosos con Boutier. Era ella: Isabel, la esclava intérprete de lengua canaria que compró Gadifer en Francia para la expedición.

—A la paz de Dios, me complace vuestra presencia, Isabel —vocalizó, advirtiendo que le había temblado la voz por estar frente a ella.

Quedaba torpe en palabras cuando sentía a esa mujer a su lado; paralizado ante lo desconocido, ante lo exótico. Mudo frente a aquel atractivo rostro canario. Sin darse cuenta, quedó admirando sus facciones mientras ella observaba el horizonte que se extendía hasta ella en trazos de viento por entre sus cabellos avellanados. No sería quizá una belleza al uso para muchos y menos en su caminar patiestevado, pero sí lo era para Le Verrier. Desprendía para él una original sensualidad que la provocaba mostrarse única, como si un fulgor luminoso la acompañase por donde anduviese. Sus movimientos, su mirada, sus mejillas, su boca; el voluptuoso perfil bajo los ropajes de hombre que vestía; la oscura naturaleza salvaje de la que provenía: toda ella cautivaba.

—Partimos, pues, ¿no? —afirmó el religioso, calculando apenas terminado de decir, la tontería que acababa de verbalizar, pues era obvio.

Isabel ladeó su rostro suave, para mirarlo con esa sonrisa que derretía su estómago como la cera de un cirio encendido, interesándose por algo más profundo:

—¿Tenéis miedo, Padre?

Parecía que hubiese olido un oscuro sentir con aquella pregunta; algo que podría haber sido la más pura de las afirmaciones en ese día: su miedo. Le Verrier no pudo sostener la tensión de sus ojos sobre él y la resbaló sin darse cuenta a la altura de sus pechos, coincidiendo por azar, con el gesto de ajustar el escote bajo los cordones de esa camisola que el viento dejó entrever. En ese soplo en el que simultaneó gesto con mirada, el fraile sintió vergüenza, culpándose de que pudiese pensar que lo estaba haciendo sin sana conciencia y, ágilmente, apartó sus ojos hacia la misma dirección del horizonte en la que ella lo hacía con anterioridad. Delante de esa hembra perdía el control sobre sí mismo, no era él; o tal vez sí lo fuera, y más que nunca, le decía una voz interior. Con legitima justificación, ciertamente no se había permitido nunca experiencias carnales, desechándolas por pereza o reprimidas por vergüenza, meditó. Cojo al respecto, caminaba torpe gestionando emociones ante ella; perdía el control, llegando a tomar de la mano la excusa de que era el demonio quien lo tentaba a través de esa canaria. Por ello, procuraba huir de esa mujer, rehuir de esa esclava desde el día en que la conoció en La Rochelle.

—Eh… no, ¿miedo? no, inquietud tal vez, por concebir bien mi labor en dichas tierras, no más. No temas, el Señor esta con vos, Isabel —recomendó con aquella afirmación tan reiterada en la Biblia a la esclava canaria, diciéndosela para él mismo también.

—Yo sí tengo miedo, Padre; por lo que pueda encontrar al llegar. No sé si aún allí tendré familia, si me hablará mi gente o me escupirán a la cara, vos me protegeréis ¿no, Padre? —terminó mientras le agarraba el brazo con esas manos suyas tan sumamente suaves para ser esclava, gesto que estimuló al religioso con un cosquilleo que ascendió por su espalda, dejándolo con un nudo en la garganta.

—No os preocupéis, dulce Isabel, yo os protegeré —contestó al tiempo que impuso una de las suyas sobre las de ella, sintiendo en esa pausa en el que cruzaron frugalmente las miradas, la inexplicable sensación y a la par, sublime certeza, de que ese contacto confirmaba más que un fuerte empuje en el latir de sus corazones. No solo era algo físico, vislumbró; se transmitían una mutua atracción en la que, Le Verrier, al menos, en parálisis de prudentes razones, aplacaba con tierno contacto un irrefrenable apetito que lo tentaba a desbordarse a cada momento frente a ella. Sin embargo, esas naturales torpezas que se depositaban en él, las desconfianzas propias de sus miedos frente al abismo de emociones inexploradas, lo ayudaban en la contención de primitivas conductas inherentes al ser humano.

Seguidamente y volviendo a sus cabales, cayó en la cuenta de que actuaba de manera similar a lo que le había inquietado instantes antes de manos del hermano Boutier con ese esclavo Alfonso. Eran religiosos que se debían a las enseñanzas de Jesús y a la santa madre Iglesia a modo de prioridad, maduró; y tras esa importante máxima sustentadora como único credo de su vida, se soltó de la esclava con sutileza, marchando pensativo al sollado que hacía de aposento para ellos en ese barco.

Los dos Expósitos continuaban sonrientes y animados jugando, mientras perdían el equilibrio con los inconstantes golpes de mar en el pantoque de la nave, en un delirio de ilusiones y sueños en el nuevo rumbo que tomaron sus vidas. No solo por haber sido enrolados en una expedición de conquistadores, sino porque por primera vez en estas, se encontraban de alguna manera bajo el amparo de alguien que parecía piadoso, incluso cariñoso, sin buscar nada a cambio por serlo. Por primera vez se sentían protegidos, confiando en que el padre Le Verrier y las esposas de algunos tripulantes que los acompañaban en la empresa los salvaguardarían de cualquier intento de injusticia para con ellos. Les daba lo mismo la lengua en la que hablasen esos hombres, ya se harían entender poco a poco, se decían por gestos. Y estaban dispuestos a trabajar duro, algo a lo que ya estaban acostumbrados. Al ser además la primera vez que esos dos jóvenes grumetes salían a alta mar, Expósito Entero tuvo que hacer un enorme esfuerzo para convencer con argumentos de peso a su hermano pequeño sin apellido, de la seguridad de esa nave frente a los monstruos marinos que acechaban la mar Océano, confiando en la inestimable protección de la Virgencita en esa singladura. Al menor de ellos, el estar allí rodeado de aguas infinitas lo tenía verdaderamente atemorizado pues, sin perder ojo alrededor en esa cubierta, creía percibir a cada instante enormes sombras cruzando bajo la nave. Creía ver bajo ella gigantescos leviatanes arrebatando de cubierta a marineros o engullendo la nave con todos ellos dentro: leyendas de decenas de marinos que se aventuraron más allá del rio Guadalquivir.

Guglielmo de Giute, sereno, se quitó las botas recostándose en una de las hamacas de la bodega. Aún no había tenido la oportunidad de sentarse a charlar con su amigo Le Verrier de lo ocurrido en Sevilla y Cádiz. Muchos otros soldados con experiencia hicieron lo mismo: sabían de batallas y largas campañas contra el enemigo, por eso procuraban dejar a punto sus armas lo antes que podían para, a continuación, comer y descansar lo más que les fuera posible antes de llegar a su destino; porque, —como buenos soldados— nunca se conocía cuándo se comenzaba, ni cuándo se terminaba una campaña; y mucho menos, una conquista que, aunque se prometía pacífica, era un término poco ajustado en esos tiempos inhumanos, en los que se luchaba y moría por gestas de señores deseosos de poder. Por eso, Giute dirigía unas palabras al Señor, el mismo del que en otra época de la vida llegó a renegar, ofreciendo sus armas a voluntad del Altísimo, para dar muerte a enemigos merecidos. Tenía claro que no participaría en más degolladeros, ni otras atrocidades en las que ya se había visto involucrado. Confiaba en que el padre Le Verrier equilibrase la sensatez del barón en esa conquista, sin dar lugar a acciones indignas para el olvido.

Los dos frailes, coincidentes en una parte de la bodega reservada para ellos, permanecían en silencio hasta que Le Verrier, llevado por la necesidad, se sinceró:

—¿Y ahora quién confiesa a quién, hermano?— sonriéndose y con ello, reprimiendo en exceso la emoción; conocedores de las pequeñas intimidades de cada uno, algo que tratarían a partir de entonces como secreto de confesión, para lo cual ya tenían práctica. Por otro lado, y sabiéndose responsables de la parte que les tocaba en esa empresa única en la que iban a participar, les invadían inciertas sensaciones que compartieron en ese lugar, riendo nerviosos recordando lo sucedido hasta ese mismo día y temiendo lo que viniese después. Ya no había vuelta atrás, iban de camino a su destino, terminadas ya las gestiones y preparativos, y en ese momento se enfrentaban a algo sumamente desconocido para ellos.

Le Verrier —en la necesidad de expresar la importancia de lo que les sucedía, mas a modo de crónica a su vez— se vio abocado a documentar la aventura en la que estaban involucrados. Se sentó en el suelo de madera junto al hermano Boutier, mojó la pluma en el tintero, apoyó bien los codos para no errar en el trazo por los bruscos golpes en el pantoque que abatían el recio casco de la *Sans Nom* y comenzó a escribir sobre una tabla en voz alta, legajo tras legajo.

Lo que en un principio iba a ser una manera de redactar lo que fuese sucediendo, terminó como documento histórico colmado de relatos sobre experiencias propias y de otros que estaban por aún por suceder en aquellas islas de Canaria; de aventuras increíbles narradas con detalle y sensibilidad: de lo real, de lo vivido; convirtiendo ese escrito, sin nunca llegar a saberlo ellos, aquellos trazos de pluma sobre legajos hueseados, en un documento de incalculable valor que por siglos sería la historia misma de la conquista de dichas islas: «Crónica de la expedición a las islas de Canaria del ilustrísimo barón Jean IV de Betancourt. *Le Canarien*». Y en pos, continuó trazando letras con su pluma de ave y tinta, inspirado por el hermano Boutier que, sentado junto a él, apuntaba sus particulares detalles para que los reflejase:

«Siendo así que es cierto que muchos caballeros, al escuchar contar las grandes aventuras, las hazañas y las hermosas acciones de los que, en tiempos pasados, han emprendido hacer viajes y conquistas sobre los infieles, con la esperanza de cambiarlos y convertirlos a la fe cristiana, han cobrado valor, atrevimiento y voluntad de parecerse a ellos por sus buenas obras; y con el fin de evitar todos los vicios y ser virtuosos y que al terminar sus días puedan ganar vida eterna, Gadifer de La Salle y Jean de Betancourt, caballeros naturales del reino de Francia, han emprendido este viaje para honra de Dios y para mantenimiento y aumento de nuestra santa fe, a las partes del Mediodía, a ciertas islas que están hacia aquel lado, que se llaman las islas de Canaria, habitadas por gentes infieles de diversas leyes y de diferentes lenguajes... con la intención de convertirlas y de atraerlas a nuestra fe; y por esto este libro se llama Le Canarien. Y nosotros, fray Pierre Boutier, monje de Saint-Juoin-des-Marnes y el señor Jean Le Verrier, presbíteros y capellanes y servidores de los caballeros nombrados más arriba, hemos empezado a poner por escrito todas las cosas que les acontecieron desde su principio y toda la forma de su gobierno, de lo cual podemos haber tenido verdadero conocimiento, desde que salieron del reino de Francia...de La Rochelle el primer día de mayo de 1402, para venir a las regiones de Canaria, para ver y visitar todo el país, con esperanza de conquistar las islas que hay allí y atraer a las gentes a la religión cristiana, con muy buen navío suficientemente provisto de gentes y víveres y de todas las cosas necesarias a su viaje».

Extracto del original de la obra *Le Canarien*, atribuida a los frailes Jean Boutier y Jean Le Verrier (siglo XV)

Continuará.
Un dulce abrazo.